ハヤカワ・ミステリ

JOSEPHINE TEY

ロウソクのために一シリングを

A SHILLING FOR CANDLES

ジョセフィン・テイ

直良和美訳

TOKYO HAYAKAWA BOOKS

A HAYAKAWA POCKET MYSTERY BOOK

A SHILLING FOR CANDLES

by

JOSEPHINE TEY

1936

ロウソクのために一シリングを

装幀　勝呂　忠

登場人物

クリスティーン（クリス）・
　　　　　　　クレイ……映画女優
ロバート・ティズダル……………………イバラ荘の泊まり客。ホテルのウェイター
ミセス・ピッツ……………………………イバラ荘の使用人
オーウェン・ヒューズ……………………イバラ荘の持ち主。俳優
ジェイソン（ジェイ）・ハーマー……作曲家
エドワード・チャンプニズ…………クリスティーンの夫
ハーバート・ゴトベッド……………クリスティーンの兄
ジャイルズ・チャンプニズ…………エドワードの兄
アースキン…………………………………弁護士
ジャミー・ホプキンズ……………………《クラリオン》紙の記者
リディア・キーツ…………………………占星術師
ポティカリー………………………………沿岸警備隊の隊員
トーゼリ……………………………………ホテル経営者
バーゴイン…………………………………ウェストオーバー郡の警察署長
エリカ・バーゴイン………………………バーゴインの娘
ジョージ・マイヤー………………………医師
マータ・ハラード…………………………女優
ウィリアムズ………………………………ロンドン警視庁の巡査部長
アラン・グラント…………………………ロンドン警視庁の警部

1

ある夏の朝、午前七時を少しまわった頃、ウィリアム・ポティカリーは崖のてっぺんの草が生い茂った短い坂道を、慣れた足取りで下っていた。手を伸ばせば届きそうなところに、二百フィート下に横たわる凪いだイギリス海峡が乳白色のオパールのように輝いている。大気は澄み渡り、いまだ雲雀《ひばり》の姿もない。陽がさんさんと降り注ぎ、聞こえるものといえばはるか下の浜辺から響いてくるカモメのやかましい鳴き声だけ。あたりにひとけはなく、ポティカリーのがっしりした、いかにも頑固そうな性格を思わせる体軀が黒い影となってぽつねんと移動した。いまだ踏みしだかれぬ草の葉に輝く無数の露のしずくが、神が創り給いた新たな一日の始まりを示唆していた。だがそこはポティカリーのこと、そんなふうにはとらえない。露が置いているのはお天道様が昇っても地表近くの霧はなかなか消えないということを示すにすぎなかった。露に関してはこうして無意識のうちにあっさり片づけ、腹が空いてきた今、頭を占めているのはギャップと呼ばれている、浜辺への下り口がある崖の切れ目まで行ったら向きを変えて沿岸警備隊詰め所に戻るべきか、それともせっかくのさわやかな朝だから、ウェストオーバーまで歩いていって朝刊を買い、最新の殺人事件に関する情報をいつもより二時間早く仕入れるべきかということだった。今日日《きょうび》はラジオがあるから朝刊の記事にさしたる新鮮味はない。だが、歩いていく目的とはなる。戦時であろうが、平和な時代であろうが、目的ってもんがなきゃいけない。ウェストオーバーまで行って一面の見出しだけ覗いてくるってわけにはいかないじゃないか。それに朝刊を小脇に抱えて朝食に戻るっていうのは何となく気分のいいものだ。やっぱり町まで歩いていこう。ポティカリーは決心した。

爪先が角張った黒い深靴がわずかに速度を増し、ぴかぴかに磨かれた革が陽光を反射した。靴はよく手入れされていた。規律に従ってさんざん靴を磨いて青年時代を費やしたポティカリーなのだから、いっそのこと無意味な規律をうっちゃって靴など汚れたままにしておき、独立性を主張するなり、個性を強調するなりしてもよさそうなものだ。だが愚直なポティカリーにそんな真似はできず、相変わらず熱意を持って靴磨きに精を出しているのだった。貧乏性の持ち主なのかもしれないが、学問を修めたわけではないからしちめんどくさいことは知らず、したがって気にもならなかった。個性に関しては、本人の態度物腰がどんなものであるかを指摘してやれば、いちいちごもっともとうなずくだろう。しかしむずかしい用語では理解できない。軍隊では一括りに〝つむじまがり〟と呼んでいた。

カモメが一羽、崖の上にひょいと現われ、けたたましい鳴き声とともに浜にいる仲間めがけて急降下した。カモメがやけに騒いでいる。ポティカリーは崖っ縁まで行き、引きはじめた潮がどんな喧嘩の種を浜に置いていったのだろうと覗き込んだ。

おだやかに泡立つ波打ち際の白い線を緑青色の点が断ち切っている。布切れだ。ベーズ（緑色の荒いラシャ）か何かのようだ。奇妙だな。水に浸かっていたわりにはずいぶん鮮やかな色を——

ポティカリーは青い目をはっと見開いてしゃちこばった。黒い深靴がせわしなく動き始めた。密生した草の上でドン、ドンと鼓動のように足音が響く。陸上選手顔負けのタイムで二百ヤード離れたギャップに到着した。泥灰質の土におおまかに刻まれた段々を喘ぎながら駆け下りる。ポティカリーは慌てふためくいっぽうで怒りが込み上げてきた——朝飯を食べる前に冷たい水に入るからだ！　狂気の沙汰だ、まったく。こっちの朝飯もだいなしだ。肋骨が折れていなければシェーファー法（俯位人工呼吸法）が一番だ。どうやら、肋骨は折れていないらしい。気絶しているだけかもしれない。だったら、もう大丈夫だって大声で励ましてやるか。手足が砂と同じ褐色じゃないか。だから緑色の物体を布切れだと思ったんだ。狂気の沙汰だ、まったく。やむをえないかぎり、誰が好きこのんで明け方に冷たい水に入るものか？　軍隊でやむなく泳いだ経験があったがな。アラブ人を救援する部隊が紅海の港に上陸するのを迎え入れたときだ。あんないけ好かない野郎どもを救援する理由は理解しがたいが、ともかく泳ぐっていうのはああいう場合だけだ。やむをえない場合だけ。それに近頃の朝飯ときたら、オレンジジュースと薄っぺらなトーストが関の山。スタミナがつくわけがない。狂気の沙汰だ、まったく。

浜辺を走るのは容易ではなかった。大粒の白い砂利石はつるつると滑り、たまに砂地があれば波打ち際のこととて柔らかく、靴がもぐった。それでもようやくカモメが群れている現場にたどり着き、羽ばたく翼と野放図な鳴き声のまっただなかに飛び込んだ。

シェーファー法も、いかなる救助法も必要なかった。ポティカリーはひと目でそれを見て取った。手遅れだ。紅海の浜では動揺することなく死体を収容したポティカリーだが、不思議にも今は胸を締めつけられた——誰も彼もが目を覚まして素晴らしい一日を迎えようってのに、こんな若い身空で死んじまうなんてあんまりじゃないか。まだまだこれからだというのに。生前はさぞかしきれいだったんだろうな。髪の毛は染めているようだが、他は非の打ち所がないや。

寄せた波が女の足を洗い、赤く塗られた爪のあいだを嘲笑うかのように返っていく。一分もすれば潮は何ヤードも引いてしまうだろうが、海にこれ以上無礼な真似をさせるにしのびなく、ポティカリーは亡骸を引きずって少し高い位置に移した。

それから、電話連絡に思いが及んだ。ポティカリーはあたりを見回して、泳ぐ前に女が着ていたであろう衣類を探した。しかし、どこにも見当たらなかった。おそらく満潮時の潮の位置より低い場所に置いたために波がさらっていったのだろう。あるいは海に入ったのはここではなかったのかもしれない。いずれにしろ体を覆ってやるのはあきらめ、ポティカリーは踵を返していちばん手近な電話がある沿岸警備隊の詰め所目指して浜辺を重い足取りで戻りはじめた。

「浜に死体が上がったぞ」ポティカリーは受話器を取って警察の番号を回し、ビル・ガンターに告げた。

ビルは舌を前歯に当ててツッツッと鳴らし、頭をぐいとうしろに反らせた。その簡単な仕草が、面倒な事態になったわずらわしさ、溺れるような真似をしでかす人間の無分別に対しての感情、常に最悪の事態を予想しそれがほんとうになった満足感を雄弁に物語っていた。「自殺したいんなら」と、いつものくぐもった声で言う。「わざわざここでやることもなかろうに。南部にいくらも海岸があるんだから」

「自殺じゃない」ポティカリーは受話器に話しかける合間に、荒く息をついて答えた。

ビルはその返事を無視して続けた。「南部の浜辺の使用料が高いからってわけなんだ！　人生にくたびれちまったときくらい、ケチ臭い真似をやめてかっこよくこの世におさらばすればいいものを。それができないんだよな！　安いところを探しておれたちの目の前でおだぶつしてくれるって按配だ」

「ビーチー・ヘッドだって自殺は多いぜ」公平なポティカリーはぜいぜいと息を切らして応じた。「それに自殺じゃないんだよ」

「自殺に決まってるじゃないか。崖ってのは何のためにあると思う？　大英帝国の砦かよ？　いいや、違うね。自殺するのに便利なようにあるのさ。今年はこれで四人目だぜ。所得税を納める時期になったらもっと増えらあ」

ポティカリーの話し声が耳に入り、ビルは口をつぐんだ。

「——娘っこ、いや女性だ。派手な緑色の海浜着を着てる」（ポティカリーは水着という言葉を知らない世代に属していた）「ギャップのすぐ南。百ヤードぐらいのとこだ。いいや、誰もついていない。こっちも電話をかけに戻らなきゃならなかったから。だけどすぐ現場に取って返すよ。ああ、そこで落ち合おう。やあ、巡査部長、おはよう。まあね、朝っぱらから気分のいいもんじゃないが慣れてきたよ。え？　いや、いや、水泳中の事故のようだ。救急車？　そう、ギャップまで寄越してくださいよ。ウェストオーバーからの本道を来ると三番目の道標のところに枝道があるから、それをたどってくればギャップの陸側の木立で行き止まりになる。うむ、了解。じゃあ、のちほど」

「どうして水泳中の事故だってわかる？」ビルが言った。

「海浜着を着てるんだぜ。聞いてなかったのか？」

「海浜着を着てたって飛び込み自殺はできるさ。事故に見せかけようとしたんじゃないのか」

「この時期に飛び込み自殺はできないよ。浜辺に落っこちるだけだ。それに、どうなるかは本人にだってようくわかるんだから」

「だったら、溺れるまで水の中をずんずん歩いていったのかもしれない」生まれつき諦めの悪いビルは粘った。

「ほほう？　それよか、おおかたあめ玉でも食い過ぎて死んだんだろうよ」ポティカリーはやり返した。アラビアにいたときは諦めの悪い兵隊は大歓迎だったが、毎日こうして顔を突き合わせているのはうんざりだった。

2

男たちは亡骸を囲んで小さな輪を作った。ポティカリー、ビル、巡査部長、巡査、それに救急隊員がふたりという顔ぶれだ。救急隊員のうち若いほうは今にも吐きそうな顔色で、みんなの前で恥をかくのではないかとびくびくしていたが、他の男たちは仕事のことしか頭になかった。

「この人を知っているかね？」巡査部長が尋ねた。

「いいや」ポティカリーは答えた。「見たことがない」

誰も女性の顔に見覚えがなかった。

「ウェストオーバーから来たんじゃないってことは確かだな。あそこは目の前に素晴らしい浜があるんだから、わざわざこっちまで来るわけがない。もっと内陸寄りのところからだろう」

「ウェストオーバーで溺れてここまで流されてきたんじゃ

ないでしょうか」巡査が意見を述べた。

「いいや、時間が合わない」ポティカリーが反論する。「それほど長く水に浸かっていたようじゃないから。この近辺で溺れたんだろう」

「じゃあ、どうやってここまで来たんだろうな？」巡査部長がきいた。

「車に決まってるさ」ビルが言った。

「で、その車は今どこに？」

「みんなが車を停めておくとこだよ。枝道の突き当たりの木立のところ」

「ほう？」巡査部長が言った。「あそこには一台もなかったがね」

救急隊員たちも相づちを打った。ふたりとも警察といっしょにやってきたのだが——救急車はそこに停めてあった——他に車はなかったと。

「奇妙だな」ポティカリーが言った。「陸側には歩いてこられるようなところに人家はないぞ。とくにこんな朝早くには」

「どっちにしろ、歩くような人とは思えないな」年かさの救急隊員が言った。「金持ちらしいもの」ほかの連中が物問いたげな顔をするのを見て、付け加えた。

男たちは押し黙り、しばし亡骸を見つめた。たしかに救急隊員の言うとおり、金をかけて手入れをした体だった。

「それにしても、この人の洋服はどこにあるんだ？」巡査部長が不審げに言った。

ポティカリーは、満潮時の潮の位置より低いところに置いたために波にさらわれたのではないかという推理を披露した。

「ふむ、それはありうるな」巡査部長は言った。「しかし、どうやってここまで来たのかなあ？」

「ひとりっきりで泳ぐなんておかしいですね」若い救急隊員が勇をふるい、吐き気をこらえて口をはさんだ。

「近頃はおかしなことなんて何もないのさ」ビルがぶつくさこぼした。「グライダーに乗って崖から飛び降りて遊んでなかったのが不思議なくらいだよ。腹ぺこで泳ぐのなんか当たり前とくる。阿呆な若い連中にはうんざりだ」

「足首につけてるの、ブレスレットですかね？」巡査が尋ねた。

たしかにブレスレットだった。Cのような形をしている、プラチナ製の輪がつらなった特徴のある鎖だった。

「さあて」巡査部長が腰を伸ばした。「遺体を死体置き場に運んだうえで身元を調べるしかないだろう。このぶんだとさほど手間はかからないな。家出人とか浮浪者といったふうは微塵もないから」

「そうですね」救急隊員がうなずいた。「今ごろは執事が泡を食って署に問い合わせてるかもしれませんよ」

「ああ」巡査部長は考え込んだ。「だが、どうやってここまで来たのか気になるな。それに何を――」

彼は崖に沿って目を上げると言葉を切った。

「おっ！　誰かいるぞ」

そろってギャップの崖のてっぺんを振り向くと、男の姿が見えた。やけに熱心に浜のようすをうかがっている。巡査部長たちがそちらへ向かいかけると男はすばやく身を翻し、姿を消した。

「散歩をするにしては早い時刻だな」巡査部長が言った。「それに何で逃げ出したんだろう？　話をきいたほうがよさそうだ」

ところが巡査を連れて足を踏み出すか出さないうちに、男は逃げ出すどころかギャップの下り口を目指したに過ぎないことがわかった。ほっそりした黒い影がギャップの下り口から彼らのほうに向かい、こけつまろびつ、無我夢中で駆け下りてくる。近づくにつれ、大きく開けた口から漏れる激しい息遣いが聞こえた。ギャップからはさしたる距離もなく、それに若い男であるというのに。

青年は小さな人だかりには目もくれず、遺体をその視線から遮ろうとして思わず立ちはだかったふたりの警官を押しのけた。

「ああ、やっぱりそうだ！　ああ、やっぱり！」青年は叫び、いきなり座り込んでおいおいと泣き出した。

六人の男はあっけにとられ、一瞬黙りこくって青年を見つめた。やがて巡査部長が背中をそっと叩き、間の抜けた声で言った。「さあ、大丈夫だから」

だが青年は体を前後にゆさぶって泣き続けた。

「ほれ、ほれ」続いて巡査がなだめた（よく晴れた素晴らしい朝に何ともはやおぞましい光景だ）。「泣いてたってしょうがない。しっかりしろ——してくださいよ」青年が使っている上等なハンカチに気づいて、巡査は言い直した。

「身内のかたですか？」巡査部長はさきほどの通り一遍の口調をその場にふさわしく改めて問いかけた。

青年はかぶりを振った。

「ほう、では友人かな？」

「この人、とっても親切だったんですよ。すごく親切だったんだ！」

「ううむ、だったら、少なくとも手は貸してもらえそうだ。いったい誰だろうと首を傾げていたところでね。この人、誰なんです？」

「そのう——ぼくがやっかいになっている家の人です」

「なるほど。だが、こっちが知りたいのは身元なんだ。彼女の名前は？」

「知りません」

「知らない？　ちょっと、しっかりしてくださいよ。あなたしか頼りにできないんだから。やっかいになっていたんなら名前くらいご存じでしょうが」

「いいや、ほんとうに知らないんだ」

「じゃあ、何と呼んでいたんです？」

「クリス」

「クリスね。姓は？」

「ただ、クリスと」

「それであなたは何と呼ばれてたんですか？」

「ロビン」

「あなたの名前なんですね？」

「ええ、ロバート・スタナウェイ。いや、ティズダル。以前はスタナウェイだったけど」巡査部長の目つきに気づいて説明が必要と感じたのだろう、そう付け加えた。

巡査部長の目つきはじれったいのをこらえて〝忍耐、忍耐〟と語っていた。だが、実際に口にしたのはこうだった。

「ずいぶん奇妙な話ですな、ミスター、ええと」

「ティズダル」

「ティズダル。彼女が今朝どうやってここに来たのかご存じかな?」

「ああ、もちろん。車でですよ」

「車で?　その車がどうなったか知ってますか?」

「ええ。ぼくが盗みました」

「何だって?」

「盗んだんですよ。たった今返しにきたところなんです。まったく浅ましい真似をしてしまった。ごろつきになったみたいな気がして戻ってきたんだ。彼女が上の道路にいなかったから、ここで地団太踏んでいるんだろうと思って覗いてみたんです。そうしたら、あなたたちが何かを囲んで立っているのに気がついて――ああ、何てこった、ああ」

青年はふたたび身悶えた。

「あなた、この女性とどこに滞在していたんです?」巡査部長はやけに事務的な口調で尋ねた。「ウェストオーバー?」

「いいや、違います。彼女は小さなコテッジを持ってるんですよ――いや、その、持っていたんだ――ああ、何てこった。イバラ荘というんです。メドレーをちょっとはずれたところ」

「およそ一マイル半陸側に入ったところだな」地元の出身ではない巡査部長の物問いたげな顔に応えて、ポティカリーが補足した。

「ふたりだけで?　それとも使用人がいるんですか?」

「ミセス・ピッツという人が通いで村から来て食事の世話をするだけです」

「なるほど」

わずかなあいだ沈黙が落ちた。

「ようし、始めてくれ」巡査部長が声をかけると、救急隊員ふたりは担架の上に屈み込んで作業を開始した。青年は鋭く息を吸い込み、もう一度両手で顔を覆った。

「死体置き場でいいんですね、巡査部長?」

「そうだ」

突然、青年は顔を覆っていた手をどけた。

「だめだ!　とんでもない!　彼女には家があったんだ。家に運んでやるのが筋ってもんだろうが」

「身元がわからない死体を誰も住んでいないバンガロー（比較的小さな平屋の家）に運ぶわけにいかないんでね」

「バンガローじゃないさ」青年は機械的に否定した。「そりゃあ、家に運ぶわけにはいかないというのもわかるけど。それにしても哀れじゃないか——死体置き場だなんて。ああ、気の毒に！」彼は声をあげた。「何でこんなことにならなきゃいけないんだ！」

「デイヴィス」巡査部長が巡査に声をかけた。「きみは他の人たちといっしょに戻って報告しておいてくれ。わたしはミスター・ティズダルといっしょに——ええと、イバラ荘だっけ——そこに行くから」

　砂利石をきしませて担架を運ぶ救急隊員のあとにポティカリーとビルが続いた。その足音が遠ざかってから、巡査部長はようやく口を開いた。

「彼女のところに泊めてもらっていたんでしょ。だけど、いっしょに泳ごうって気にはならなかったようですな」

　ティズダルの顔に恥じらいらしき表情がふと浮かんだ。彼は口ごもった。

「ええ。その——朝飯前に泳ぐっていうのはどうも気が進まなくてね。ぼくは——臆病なんですよ、いつだって」

　巡査部長は意見を述べず、ただうなずいた。「泳ぎにいったのは何時ごろ？」

「わかりません。前の晩、朝早く目が覚めたらギャップに泳ぎにいくとは言ってましたけど。ぼくも早くに目が覚めたんですが、彼女は出かけたあとだった」

「なるほど。さて、ミスター・ティズダル、いくらか気持ちが落ち着かれたようならそろそろ行きましょうか」

「ええ、ええ、いいですとも。もう大丈夫」青年は立ち上がると巡査部長と連れだって無言で浜を横切り、ギャップの段々を上って車のところまで行った。車はティズダルが言ったとおり、枝道の突き当たり、木立が影を落とす下に停めてあった。持ち主の財力を少々誇示するきらいがあるものの、美しい車だった。クリーム色の二人乗りで座席とトランクのあいだに空間が設けられ、荷物を入れたり、あるいは必要に迫られた場合に予備の座席として使えるようになっていた。巡査部長はその空間を探り、女物のコートと冬の競馬会に行く女性がよく履いているシープスキンのブーツを取り出した。

「泳ぎにいくときはいつもこの格好だったんですよ。水着の上にコートを羽織ってブーツを履くだけ。タオルもあるはずだけど」

タオルが見つかった。巡査部長は緑とオレンジを組み合わせた派手なタオルを手に取った。

「おかしいな。浜へ行くときに持っていかなかったなんて」

「日に当たって体を乾かすのが好きでしたからね」

「名前を知らなくても習慣はよくご存じというわけか」巡査部長は助手席に乗り込んだ。「どのくらいいっしょに住んでいたのかね？」

「ぼくは泊めてもらってたんです」ティズダルは初めて苛立った響きをにじませて訂正した。「はっきりさせておきましょうよ、巡査部長。そうすればだいぶ手間が省けるだろうから。クリスはぼくに宿を提供してくれていた。それだけの関係です。たしかに彼女のコテッジでふたりきりで暮らしていて他に目を光らせてる人間はいなかった。だけど使用人がわんさといたとしたってぼくらの仲を勘ぐるものはいなかったでしょうよ。それがそんなに不思議ですか？」

「とてもね」巡査部長は正直に応えた。「何でこんなものがここにあるんだろう？」

巡査部長は紙袋に入ったふたつのまずそうな丸パンをしげしげと見つめた。

「ああ、それね。彼女が食べるかと思って持ってきたんです。そんなのしか見つからなくて。ぼくが子供のころ、泳ぎにいくときはいつも丸パンを持っていったんだ。だから、喜んでくれるんじゃないかと」

急坂になっている枝道を下るとウェストオーバーとストーンゲートを結ぶ本道に出た。車は本道を横切り、反対側の草深い道に入った。道標は〝メドレーへ一マイル、リドルストーンへ三マイル〟と示していた。

「では彼女のあとを追って浜へ行った時点では車を盗むつもりはなかったんだね？」

「当たり前でしょうが！」ティズダルは憤慨すれば相手が納得するとでも思ったのか、語気鋭く言い返した。「丘をのぼったら車が目の前にあったんで、つい魔がさしたんだ。今だって、ほんとうに盗んでしまったなんて信じられない。ずいぶん馬鹿な真似をしてきたが、あんなことをしたことはありませんよ」

「そのとき彼女は海に入っていたのかな？」

「わかりません。見に行かなかったから。もし彼女の姿をちらとでも見ていたら、盗んだりしませんよ。ぼくはパンの袋を車にほうり込んでそのままおさらばしたんです。カンタベリーまでの道のりを半分行ったところで、はっと我に返った。そこですぐさまUターンしてまっすぐ戻ってきたんだ」

巡査部長はそれに対しては意見を述べなかった。

「コテッジにどれくらい滞在しているのかまだきかせてもらっていないが」

「土曜の深夜からですよ」

今日は木曜日だ。

「それでもまだ彼女の姓を知らないという話を信じろというのかね」

「そうですよ。変に思うのはわかるけど。最初はぼくだって変だと思ったんだから。だけど、彼女はまったく自然に振る舞っていた。一日目が過ぎるとぼくたちはお互いをあるがままに受け入れるようになったんです。彼女をずっと前から知っているような気がしたな」巡査部長が返事をせずにストーブの火のように疑念を発散させていると、青年はむっとして付け加えた。「知ってりゃとっくに教えてますよ！」

「ほう、そうかね」巡査部長はそっけなく応じた。そして、青年の落ち着いてはいるものの青白い顔を横目でじっくり見た――派手な愁嘆場を演じたくせに、もうけろっとしてるじゃないか。当節の若いもんはまったく軽薄だ。何に対しても心底から感じるってことがない。ヒステリーを起こすしか能がないのさ。納屋の裏でこそこそやる行為を愛だと思っているんだ。それ以外の感情はセンチってわけだ。自制心もなけりゃ、我慢もできない。難しい事態にでもなれば尻尾を巻いて逃げ出しちまう。幼い時分に尻を叩いてしっかりしつけないからだ。それもこれも子供に自由にさせろなんて新しい考えのせいだ。あげくにどんな人間ができたか見てみろって言いたいね。浜でわあわあ泣き喚いたと思えば、もうけろっとしてるじゃないか。

それから、ハンドルに置かれたきゃしゃな両手がぶるぶると震えていることに気づいた。ロバート・ティズダルが当節の若いもんであるにしろ、けろっとしているのとはほど遠かった。

「ここかね？」車が生け垣で囲まれた庭の前でスピードを落とすと巡査部長は尋ねた。

「ええ、そうです」

木骨煉瓦造りのコテッジは五部屋ほどありそうで、今を盛りと花が咲き乱れるイバラとスイカズラの生け垣が七フィートの高さにも茂って道路からの視線をさえぎっていた。アメリカ人や写真家、週末を過ごしに来る観光客が大喜びしそうな家だ。小さな窓は静けさのなかであたかもあくびをしているよう。もろ手を広げて迎えるかのように大きく開け放たれた明るいブルーのドアの奥で、壁に掛かった錫の鍋が光っていた。まさに掘り出し物のコテッジだ。

煉瓦を敷いた小道をたどっていくと、まばゆいばかりに白いエプロンを着けた小柄な女が戸口に現われた。乏しい髪をうなじで引きつめ、てかてか光る頭のてっぺんに黒いサテンでできた鳥の巣のような形の丸い帽子をちょこんと載せている。

ティズダルは女の姿を見るなり歩みを遅らせ、巡査部長を先に行かせた。背筋をぴんと伸ばしたいかにも警官らしい巡査部長の姿が凶事を先触れするようにとの心遣いだろう。

だがミセス・ピッツの亡夫は警官だったので、小さなしかつめらしい顔には気がかりなようすがまったくなかった。制服を着た人間が家にやってくるのは食事をしたいときと相場が決まっており、それに応じた態度をとった。

「朝食用にホットケーキを焼いてたんですよ。今日はこれから暑くなりそうだね。火を消しちまったほうがよさそうだわ。ミス・ロビンソンがお戻りになったら知らせていただけますか?」そこで初めて巡査部長の階級章に気づいた。「あら、あなたさま、まさか無免許運転をしなすったんじゃありますまいね?」

「なるほど、ミス……ロビンソンというのか。実はそのかたが事故に遭ったんだよ」巡査部長が告げた。

「えっ、車の? あら、どうすりゃいいんだろう。いつも無鉄砲な運転しなすってたから。怪我はひどいんですか?」

「車の事故じゃないんだよ。海で事故に遭ったんだ」

「ああ」彼女はのろのろと言った。「そんなひどいことだったんですか」

「そんなひどいこととはどういう意味だい?」

「海で事故といったら結末はひとつでしょ」

「そうだ」巡査部長は相づちを打った。

「おやおや、まったく」彼女は悲しげに考え込んだ。それから態度が急変した。「じゃあ、あなたさまはいったいどこにいなすったんです?」彼女は非難がましく言い、うなだれているティズダルを見やった。あたかも土曜の夜にウェストオーバーの魚屋の店先に並べられた売れ残りを見るかのような目つきだ。身分ある人に対するうわべだけの敬意は悲劇を前にして跡形もなく消え去った。ミセス・ピッツがひそかに思っていたとおり、ティズダルは木偶の坊そのものに見えた。

巡査部長は興味を持ったが、それを押し隠して冷ややかにはねつけた。「この人はその場にいなかったんだよ」

「そんなはずありませんよ。あとを追うように出ていきなすったんだから」

「なぜそうとわかるんだね?」

「だって見たんですよ。あたしゃ通りをちょっと下ったところに住んでるんでね」

「ミス・ロビンソンのほかの住所を知ってるかい? ここにいつも住んでいるわけじゃないんだろう?」

「ええ、もちろん違いますとも。一カ月だけ借りなすったんですよ。この家はオーウェン・ヒューズさまのもんです」その名前の重要性が飲み込めるようにと、もったいぶって口をつぐんだ。「だけど、だんなさまは今ハリウッドで映画を作っていなさるからね。何でもスペインの伯爵の物語なんですと。イタリア人の伯爵もフランス人の伯爵の役もやったから、スペイン人の伯爵は新しい経験だって言ってなすったね。ミスター・ヒューズってほんとにいいかたですよ。ちやほやされてもちっとも偉ぶらないんだ。あんた本気にしないでしょうが、こないだなんかヒューズさまがお寝みになったシーツを五ポンドで売ってくれって、女の子がもちかけてきたんですよ。ちょっとばかし説教してやったんだけどこれっぽっちも反省しないで、だったら枕カバーを二十五シリングでどうだってくるんだから。まったく世の中どうなっちまったんだか。それに、ああした――」

「ミス・ロビンソンの住所は?」

「あたしが知ってるのはここだけですよ」

「泊まりに来ることを手紙で知らせてこなかったのかね?」

「手紙ですって! とんでもない。あのかたは何でも電報ですませちまうんです。そりゃ書こうと思えば書けるんでしょうけど、書いたことがないのは賭けたっていいわね。リドルストーンの郵便局から毎日六通は電報を打たせてましたよ。たいていあたしの息子のアルバートが郵便局へ持ってってさ。ときには一度に三枚も四枚も用紙を使うほど長かったね」

「近所に友人は?」

「ここらに知り合いのかたはいませんでしたよ。ミスター・スタナウェイは別ですけど」

「ひとりも?」

「はい、ぜんぜん。一度こんなこと言いなすったっけ。あれはトイレの水を流すこつをお教えしてるときだったわね――思いっきり引っ張っといてから、すいっと放さないとうまく流れないんですよ――こんなこと言いなすった。〝ねえ、ミセス・ピッツ、人の顔を見るとうんざりしちゃうってこと今までなかった?〟てね。そこで見飽きた顔もいくつかあるって答えたら、〝いくつかじゃないのよ、ミセス・ピッツ。全部よ、全部。人間にうんざりしちゃうの〟って言いなすった。あたしゃそんな気分になったときはヒマシ油を飲むんですって答えたんですよ。そうしたら笑って、それも悪くないわねって。誰も彼もがひと口飲めばいいんですよ。そうすりゃ二日でこの世は楽園だわさ。〝ムッソリーニはそんなことぜんぜん考えつかなかったのね〟とも言いなすった」

「ミス・ロビンソンはロンドンの人かね？」

「はい。ここに三週間いなさるあいだに一、二度ロンドンへ行かれましたよ。最後に行きなすったのが先週の週末で、そのときミスター・スタナウェイを連れてお戻りになったんで」そう言うとティズダルをちらっと見やり、さきほどと同じく彼が人間でないかのようにそっぽを向いた。「住所ならこのかたがご存じなんじゃないんですか？」

「誰も知らなくてね」巡査部長は答えた。「何か手がかりが見つかるかどうか、書類に目を通させてもらうよ」

ミセス・ピッツは巡査部長を居間へ案内した。梁が低く渡された涼しい部屋にスイートピーの香りが漂っていた。

「あのかた——亡骸のことだけど——どこに？」彼女は尋ねた。

「死体置き場だ」

ミセス・ピッツはこれを聞いて初めて悲しみを実感したらしい。

「まあ、なんてこと」そう言うと、ぴかぴかに磨かれたテーブルの端をエプロンの隅でゆっくりこすった。「それなのにあたしゃホットケーキを焼いてたんだからね」

それは無駄になったホットケーキを惜しむのではなく、人生の不条理に捧げられた畏敬の辞であった。

「朝食はいかがかね？」人生に操られるばかりが能ではないと無意識のうちに思ったのか、ミセス・ピッツは態度をやわらげてティズダルに尋ねた。

だが、ティズダルは食べたくないと断わった。頭を振り、机の中を調べている巡査部長から目をそむけ、窓のほうを向いた。

「ホットケーキを一枚もらうのも悪くないね」書類をひっくり返しながら巡査部長が言った。

「ケント州でこれ以上うまいホットケーキにはありつけないよ。もっとも焼いた本人がそう言うんじゃ世話がないわね。ミスター・スタナウェイも紅茶なら喉を通るかもしれないね」

ミセス・ピッツは台所へ向かった。

「では、彼女の名前がロビンソンだとは知らなかったんだな？」巡査部長はちらっと目を上げて言った。

「ミセス・ピッツはいつもミスと呼んでいましたからね。第一、ロビンソンだなんて、ぜんぜんそぐわないや」

巡査部長もロビンソンが本名とは露ほども思わなかったのでそれ以上追及しなかった。

ティズダルが言った。「用がないなら庭に出てようかな。ここは――ここは息が詰まりそうで」

「いいだろう。ただし、わたしはウェストオーバーに戻るのに車がいるんだからね。それを忘れないでくれ」

「もう話したじゃないですか。魔がさしたんだって。それにいまさら盗んでまんまと逃げおおせられるとは思っちゃいませんよ」

それほど馬鹿なやつでもなさそうだと、巡査部長は思った。かなりの癇癪持ちでもある。与しやすいとあなどるわけにはいかない。

机にはありとあらゆる物が詰め込まれていた。雑誌、新聞、半分空になった煙草の箱、ジグソーパズルの断片がいくつか、爪やすりにマニキュア、絹地の見本やその他あれこれ。何でもあったが便箋だけがなかった。文書といえば地元の商店からの勘定書くらいで、ほとんどが支払い済みだった。だらしがなくて整理整頓が苦手な女性であったとしても、注意深くはあったらしい。くしゃくしゃに丸めてしまい込んであるので探すのはたいへんだろうが、勘定書は一枚たりとも捨てなかったようだ。

早朝の静けさとお茶の用意をするミセス・ピッツが台所で立てる陽気な物音、それにホットケーキへの期待に巡査部長は気持ちがやすらぎ、机を調べているうちについいつもの悪い癖がでた。口笛を吹き出したのである。つややかな美しい音色でひそやかに吹いているのだが、口笛には違いない。装飾音をないがしろにせずに《ときには歌ってよ》を吹き、その出来に我知らず満足を覚えていた。口笛を吹くのは心が虚ろである証拠であるという、《メール》

紙の記事を妻に見せられたことがあった。しかし、癖は直らなかった。

そのとき突然、なめらかに奏でられていた高音部が無残に断ち切られた。前触れもなく半開きの居間の窓が曲と同じリズムで叩かれた。男の声が言った。「なあるほど、ここに隠れていたのか！」ドアがさっと開き、色の浅黒い小男が戸口に立った。

「おやまあ」男は一音ずつ強調した。笑みを浮かべて巡査部長をおもしろそうに見つめた。「てっきりクリスだと思った。警察がここで何をしてるのかね？　泥棒でも入ったのかい？」

「いいや、泥棒じゃありませんよ」巡査部長はどぎまぎしながら気持ちを立て直そうと努めた。

「まさかクリスがどんちゃん騒ぎをやらかしたんじゃなかろうね。かなり前にそういう馬鹿な真似はやめたと思ったのに。インテリの役柄とは合わないんだ」

「いいえ、実は――」

「ともかく、どこにいるんだい？」男は二階に向かってほがらかに声を張り上げた。「おーい、クリス！　下りてこい、この性悪女。雲隠れとはひどいぜ！」それから巡査部長に。「かれこれ三週間近く行方をくらましててね。きっと、撮影ライトに照らされてるのにうんざりしちまったんだろう。誰だって遅かれ早かれ苛々してくるものさ。だけどこのあいだのが大成功だったから、続けて作りたいって誰だって思うじゃないか」そして《ときには歌ってよ》の一節をやけに真面目くさって口ずさんだ。「こいつのせいできみをクリスと勘違いしちまった。何てったって彼女の持ち歌だからな。うまい口笛だったよ」

「彼女の――持ち歌？」いまや巡査部長は天啓の閃きをひたすら待つのみだった。

「そりゃきみ、誰の歌かっていえばクリスのほかにいないだろう。まさか、わたしの歌だというんじゃあるまいね。もちろん違うとも。作ったのはたしかにわたしだけど。でも、そんなことは関係ないのさ。クリスの歌だ。しかも誰の目にもそうと明らかなように歌ったじゃないか。なあ、そうだろう？　いやあ、みごとな出来だったよ」

「そのう、わたしとしては何とも言えませんね」巡査部長は男が口をつぐんでくれれば頭が働くかもしれないのにと思った。

「もしかして、きみは《鉄格子のかなたに》をまだ観ていないとか？」

「ええ、まだですよ」

「だからラジオやレコードってのは困るんだ。そうやって映画から面白味を奪ってしまう。きみが映画を観て、クリスが歌うのを実際に聞く頃には聞き飽きてしまって、ちょっとでもメロディーが流れようものなら吐き気がするかもしれない。映画がかわいそうだよ。作詞作曲家連中にとってはどうってことないが、映画にとってはマイナスだね。おおいなるマイナスだ。何か手段を講じなくてはなるまい。おうい、クリス！　苦労して探し当てたってのに、いないのかね？」男はがっかりした赤ん坊のような情けない顔になった。「彼女が帰ってきてわたしを見つけるより、いるところへひょっこり顔を出してやったほうがはるかにいいと思ったのに。きみ、もしかして——」

「ちょっと待ってくださいよ、ミスター——ええと——お名前をまだうかがってませんが」

「ジェイ・ハーマーだ。出生証明書ではジェイソンとなっているがね。《もしも六月でなかったら》を作ったのもわたしだ。きみ、あれも口笛で——」

「ミスター・ハーマー、つまりここに滞在している——していた——のは映画女優だったんですか？」

「映画女優かだって！」ミスター・ハーマーの顔に驚きの表情がゆっくりと広がり、初めて言葉のつぎ穂を失った。それからよもや聞き間違えたのではと思ったらしく、「クリスは今もここに住んでいるんだろう？　そうだね？」

「たしかにクリスって人が住んでましたよ。ま、ともかく力を貸していただけそうだ。まずいことが——たいへん不幸な出来事が——起きましてね。だけどその人はロビンソンと名乗っておったのです」

男はさも愉快そうに笑った。「ロビンソン！　いやはや。彼女には想像力のかけらもないってのがわたしの口癖さ。冗談がわからない女でね。きみは彼女がロビンソンという名だと本気で思ったのかい？」

「いや、思いませんでした。似つかわしくありませんよ」

「ほらね！　ようし、人をボツになったフィルムの切れ端みたいに扱った罰だ。クリスの正体を教えてあげよう。かんかんに怒ってわたしを冷蔵庫にまる一日閉じ込めるかもしれないが、かまうものか。どうせ、紳士なんかじゃないからね。口が軽いとそしられてもどうってことない。いいかね、巡査部長、彼女の名前はクリスティーン・クレイだよ」

「クリスティーン・クレイ！」巡査部長は言い、愕然として思わずぽかんと口を開けた。

「クリスティーン・クレイ！」ミセス・ピッツが戸口で息を呑んだ。両手で持った盆にはすっかり忘れ去られたパンケーキがぽつんと載っていた。

3

〝クリスティーン・クレイ！　クリスティーン・クレイ！〟昼日中、あちこちにポスターが張り出された。

〝クリスティーン・クレイ！〟新聞が大見出しで報じた。

〝クリスティーン・クレイ！〟ラジオが休みなく告げた。

〝クリスティーン・クレイ！〟井戸端会議が始まった。

世界中の人々が話を中断して、その言葉を口にした。クリスティーン・クレイが溺れ死んだ！　「クリスティーン・クレイって誰？」そう尋ねたのはたったひとりだった。ブルームズベリ（ロンドンの一地区。二十世紀初頭、作家、芸術家、出版業者などの中心地区と目された）でパーティに出席していた頭脳明晰な青年である。それとて賢しげなところを見せたくて問うたに過ぎない。

ひとりの女性が命を落としたことによりさまざまな出来事が各地で起きた。カリフォルニアではある男がグリニッチ・ヴィレッジにいる若い女性に電話をかけて呼び寄せた。テキサスでは飛行機パイロットが緊急上映に間に合うよう、時間外の夜間飛行をしてクレイの映画を運んだ。ニューヨークではある会社が注文を取り消した。イタリアではクレイにヨットを売ろうと目論んでいた貴族が破産した。フィラデルフィアでは〝以前彼女を知っていた〟という話をマスコミに売った男が数カ月ぶりにまともな食事にありついた。ルトゥケ（ルトゥケパリプラージュ。フランス北部、イギリス海峡に臨む保養地）では、いよいよチャンスが巡ってきたと高らかに歌った女がいた。そして大聖堂を擁するイギリスのある町では、ひとりの男がひざまずいて神に感謝の祈りを捧げた。

大きな新聞種がない夏枯れ時のこととて意気消沈していた新聞各社は、願ってもないニュースに沸き返った。《クラリオン》紙は〝情景描写の達人〟バート・バーソロミューをブライトンの美人コンテストから呼び戻し（バートは、新聞てのは腐肉に食らいつく禿げ鷹みたいなもんだと声高に言いながら喜び勇んで帰ってきた）、〝犯罪とロマンス〟に関してぴか一の〝ジャミー〟・ホプキンズをブラッドフォードの労働者階級で起きたポーカー殺人事件から外した（これまでのところ《クラリオン》は販売部数が落ち込んでいたのである）。カメラマンは自動車レース、レビュー、クリケット、気球に乗って火星を目指そうとする男をうっちゃり、ケント州のコテッジやサウス・ストリート（ロンドン、メイフェアの一画）にあるメゾネット、そしてハンプシア州の家具つき豪邸に群がった。クリスティーン・クレイが地方に後者のごとくに実に魅力的な隠れ家を借りていながら、友人にも知らせずにひっそりした不便なコテッジに逃避したという事実は、衝撃的な彼女の死に対する興味をいやがうえにも煽った。豪邸の写真（もちろん、イチイの大木がそびえる庭を正面にして）は〝クリスティーン・クレイ所有〟のタイトルとともに新聞に載った（実際は夏だけ借りていたのだが、借家では感情に訴えない）。そして感動的なこれらの写真の横に〝彼女が愛した場所〟と題してバラが咲き乱れる近隣の家々の写真が並んだ。

クレイの報道担当係は事実の歪曲を悲しんだ。こういうことは手の打ちようがなくなってから真実が明らかになるのだから。

今回の大騒ぎに同調せず、しかも人間性の観察に長けた人物なら、クリスティーン・クレイの死が、哀れみを始めとし狼狽や恐怖や悔悟など幾多の感情をさまざまなレベルに高めはしても、心から嘆き悲しむ人間がいないということに気づいたろう。おおっぴらに嘆き悲しんだのは亡骸にとりすがって取り乱したロバート・ティズダルただひとり。それとてどれだけ自己憐憫が混じっていたかわかったものではない。クリスティーンは国際的に活躍していたため、特定のグループに属するというささやかな習慣はなかった。とはいえ、ごく親しい人々のあいだでも、目立った反応といえば落胆だ。また、それればかりではなかった。クリスティーンのイギリスにおける三本目にして最後の映画を監督するはずだったコイーンが心底落胆するいっぽう、相手役を務めるラジャーン（元の名はトムキンズ）は安堵の息をついた。クレイとの共演がおおいなる名誉であっても、彼女の相手役は割を食うというジンクスがあるからだ。ロンドン社交界におけるホステスとしての地位をふたたび手中にすべく、クレイを招いての午餐会を計画していたトレント公爵夫人は歯ぎしりしてくやしがったが、リディア・キーツは小躍りした。リディアはクレイの死を予言しており、社交界の仲間うちでは以前から予言者として評判が高かったのはたしかだが、それにしても今回は大当たりだった。「あなた、すごいわね！」と、リディアの友人たちは大騒ぎした。賞賛の嵐だ。「あら、リディアが来たわよ！　あなた、すごいわね！」登場するたびに浴びせられるこの言葉を聞きたいがためにリディアはのべつまくなしにあちこちの会合に顔を出し、驚嘆の視線を一身に集めて陶然とするのだった。今のところ、クリスティーン・クレイがこの世を去ったからといって悲嘆にくれるものは一見したかぎりではいなかった。人々は喪服にブラシをかけ、葬儀への招待状を心待ちにした。

4

しかし、葬儀の前にまず検死審問が行なわれた。そしてさらなる衝撃へと続く第一幕をひそやかに告げたのが、まさにこの法廷だった。傍目にはとりたてて問題のない様相にかすかな疑念を嗅ぎとったのはジャミー・ホプキンズである。耳寄りな情報をつかむとうれしそうに「特ダネ《ジャム》！特ダネ《ジャム》！」と大声を上げるのと、ニュース枯れの時期には「輪転機にかけりゃ、何だって特ダネ《ジャム》さ」という口癖がジャミーという渾名の由来である。ホプキンズがニュース種を嗅ぎつける鼻はぴか一で、従ってこのときもケント州の村の小さな公会堂につめかけたやじ馬の誰彼をバーソロミューに解説していたのをふいに途中で止めた。彼は口をつぐみ、目を見開いた。それというのも、派手に着飾った女ふたりの帽子と帽子の合間に、落ち着き払った男の顔が見えたからだ。この男以上に衝撃的なものなどありはしない。

「何か見えたのかい？」バートが尋ねた。

「見えたかだって？」ホプキンズがベンチの端に占めていた席を立つと同時に検死官が入廷し、静粛にと槌を鳴らした。「席をとっといてくれ」彼はそうささやいて建物を出た。次いでふたたびうしろのドアから入り、慣れたようすで人込みをかきわけて目当ての席にたどり着いて腰を下ろした。断わりもなく押しかけてきた人物を見ようと、さきほどの男が横を向いた。

「おはよう、警部」ホプキンズが言った。

警部はうんざりした顔をした。

「こんな真似はしたくないんだけど、仕事でね」ホプキンズはうそぶいた。

検死官が静粛を求めてふたたび槌を振り下ろしたので、警部はほっとして肩の力を抜いた。

証人として入廷するポティカリーを迎えてあたりがざわめくのをさいわい、ホプキンズが尋ねた。「ロンドン警視庁がここで何をしてるんです、警部？」

「ちょっと見学さ」

「ほう、そうですか。審問を真面目にやっているか見学に来たというわけか。この頃は犯罪が減って暇なのかな？」

警部が話に乗ってこないので、ホプキンズは続けた。「ねえ、警部、ちょっとくらいいいでしょ。何が臭うんです？　彼女の死に不審な点でも？　疑問とか？　公表してはまずいんなら、こっちの口が堅いのは貝も同然ですよ」

「きみは五月の蠅も同然だよ」

「おやおや、まったく難物なんだから」相手はにやりとしただけだった。「しょうがない。ひとつだけ教えてくださいよ。こりゃ、継続審議になりますかね？」

「なっても驚かないね」

「ありがとうございます。そのひとことでじゅうぶんだ」ホプキンズは半分真顔、半分皮肉まじりに言い、ふたたび外に出た。途中で窓の横でぼけっと壁によりかかっていたミセス・ピッツの息子アルバートを無理やり連れ出し、退屈な審問を垣間見るより二シリング儲けたほうがはるかに得だと説得して、リドルストーンへ電報を打ちに行かせた。

この電報を受けとると、《クラリオン》の本社は蜂の巣を突ついたような騒ぎとなった。それからホプキンズはバートの元へ戻った。

「おい、臭うぞ」ホプキンズは前を向いたまま、物問いたげに眉を上げたバートに答えた。「ロンドン警視庁がお出ましだ。真っ赤な帽子のうしろの席にいるのがグラント警部だ。継続審議になるってよ。殺人犯はどこにいるんだろう？」

「ここにはいないんじゃないか」バートは群集をしげしげと眺めたのちに言った。

「ああ、そうだな」ジャミーは相づちを打った。「あのフランネルのズボンを履いた男は誰だい？」

「ボーイフレンドだ」

「それはジェイ・ハーマーじゃなかったっけ」

「あいつは元ボーイフレンド。こっちは最新の相手だ」

「だとすると嫉妬のあげくの殺人かね？」

「賭けてもいいくらいだ」

「ハーマーの熱は冷めたと思っていたが」

「ああ。噂ではね。うまくごま化してたんだろうよ。殺人の立派な動機になるじゃないか」

証言はまったく形式的なものに終始し——死体の発見と身元確認——それが終わるやいなや検死官は休廷を宣告し、再開の日時は告げなかった。

ホプキンズは、クレイは事故死ではないが、これまでのところロンドン警視庁は犯人逮捕の見通しがついていない、そして例のフランネルのズボンを履いた青年と親しくしておいて損はないという結論に達した。青年の名前はティズダル。バートによれば、昨日イギリスじゅうの新聞記者がひとり残らずインタヴューを試みたが（ホプキンズはポーカー殺人事件から帰ってくる途中だった）、歯が立たなかったそうだ。記者連中を人でなし、禿げ鷹、げす野郎、その他口にするのがはばかられる言葉でののしり、新聞の重要な役割などてんから無視しているらしい。最近は新聞記者に無礼を働くやつはいなくなったというのに——もちろん、さんざんお仕置きをされたからだが。

しかし、ホプキンズは人を懐柔する手管にかけては自信があった。

「きみ、もしかしてティズダルって名前じゃない？」ホプキンズは戸口へ向かう人込みの中で偶然を装って青年の横に立ち、さりげなくきいた。

青年はさもいやそうにまたたくまに顔をこわばらせた。

「そうだけど」つっけんどんに応じた。

「まさか、老トム・ティズダルの甥ってことはないよな？」

青年は愁眉を開いた。

「え？　トム伯父を知ってたのかい？」

「ちょっとね」ホプキンズはうなずいた。トムなどというありきたりな名前の伯父が実在したところで、誰が驚くものか。

「スタナウェイを捨てた事情も知っているようだね？」

「うん、小耳にはさんだよ」ホプキンズは言ったものの、スタナウェイとは家名だろうか、それとも何だろうと訝った。「それで今はどうしているんだい？」

出口に着いたころにはホプキンズはすっかり親しくなっ

ていた。「車で送ってやろうか？　いっしょに昼飯でもどうだい？」

　やったぞ！　ホプキンズは胸のうちで喝采した。半時間もすりゃ、一面をでかでかと飾る記事をものにできる。気難しいという前評判だったけど簡単なもんだ！　いや、むずかしい相手には違いない。ただ、このジェームズ・ブルック・ホプキンズが業界一の敏腕記者ってだけなのさ。

「悪いね、ミスター・ホプキンズ」グラント警部の陽気な声がホプキンズの肩越しにかかった。「お楽しみを邪魔したくはないんだが、ミスター・ティズダルはわたしと約束があるんだ」ティズダルが驚きをあらわにし、ホプキンズも飲み込み顔になったのを見て、警部は付け加えた。「ちょっと手を貸してもらいたいと思っているものでね」

「どういうことだか――」ティズダルが言いかけた。ホプキンズはティズダルがグラントの正体を知らないのを見て取ると、意地悪く笑ってすばやく割り込んだ。

「ロンドン警視庁だよ」彼は言った。「グラント警部とおっしゃる。この人の目を逃れた犯罪者はいまだかつていないのさ」

「わたしに万一のことがあったら、きみに追悼記事を書いてもらおう」グラントが応じた。

「もちろん喜んで」新聞記者は熱意を込めて言った。

　それからふたりはティズダルのようすに気づいた。顔からいっさいの表情が消え失せ、皮膚が羊皮紙のごとくかさついて、急に老けて見える。激しく脈打つこめかみだけが生ある証しだ。ホプキンズの言葉がもたらした効果に新聞記者と警部はあっけにとられ、ぼんやりと立ち尽くした。青年ががくりとくずおれるのを見て、グラントはあわててその腕をつかんだ。

「さあ、さあ！　こっちへ来て、座りたまえ。車はすぐそこだ」

　グラントはのろのろと移動するにぎやかな群集を縫い、何も目に入らないようすのティズダルを黒っぽい大型乗用車の後部座席に押し込んだ。

「ウェストオーバーへやってくれ」グラントは運転手に命じ、ティズダルの隣に座った。

本道へ向かってかたつむりのごとく進む車の窓から、取り残されたまま立ち尽くしているホプキンズの姿が見えた。あのジャミー・ホプキンズが三分間も身じろぎひとつしないのは、しきりに首をひねっている証拠といえよう。これからは——警部はため息をついた——蠅は血の臭いを追う猟犬と化すに違いない。

首をひねっている点は警部自身も同じだった。当地を管轄とする郡警察から援助を要請されたのは昨夜のことだ。郡警察はことをおおげさにして恥をかきたくないと考えるいっぽう、非常に些細ではあるが実に奇妙な障害物に満足がいく説明がつかないために単純に解決を宣言するわけにいかず、頭を悩ませていた。上は署長から下は浜辺で指揮をとった巡査部長までがその障害物について検討したが、互いの推理をさんざんけなしたあげく、ようやく一点で合意に達した。要するに誰かよそのやつに責任を押しつけてしまえばいいのだと。管轄下で起きた犯罪をあくまで自らの手で解決しようと試みて手柄を立てれば申し分ない。だが、それも実際に犯罪が起きていればの話だ。些細などうでもいいような障害物を根拠にして、犯罪だと冷酷に言い切り、あとで間違っているのがわかったら目も当てられない。過ちを非難されるのはともかくとして、物笑いの種にされるのを覚悟しなければならない。それだけは我慢できなかった。というわけで、グラントが〈クライテリオン〉（ロンドンのピカデリーにある劇場）の切符をキャンセルしてウェストオーバーまで出かけることにあいなった。グラントは問題点を吟味し、辛抱強く各警官の推理を聞き、警察医の意見を拝聴し、ぜひともロバート・ティズダルに話を聞こうと心に決めて昨夜遅く眠りについた。そして今、ティズダルは予告なしに現われたロンドン警視庁の警部にすっかり度肝を抜かれて、いまだ言葉もなく半ば呆然として隣に座っていた。この件が犯罪であることに間違いはなかった。疑いの余地はない。どのみちコークが運転席にいては尋問するわけにもいかず、ウェストオーバーに着くまでは人心地を回復する余裕を与えたほうがよかろうと、グラントは判断した。そこで座席のポケットからフラスクを取り出してティズダルに勧めた。それを受け取るティズダルの手は震えていたが、効果はてきめんで醜態を詫びるまでに回復した。

「いったいどうしちまったんだろう。今回の件はすごいショックでね。ぜんぜん眠れやしない。いろいろなことを繰り返し繰り返し考えてしまう。というか頭が勝手に考えてしまうんだ。やめようと思ってもやめられない。そこへもってきて審問では何だか——何か変だったでしょう？　つまり、あれは単なる溺死じゃなかったんですか？　どうして今日で結審しなかったんです？」

「二、三疑問があるんだよ」

「たとえば？」

「ウェストオーバーに着くまでその話はお預けにしよう」

「何か話すと不利な証拠として使われるのかな？」皮肉っぽく笑ったが悪意はないようだ。

「そう先回りするもんじゃない」警部は冗談めかして言い、あとはふたりとも押し黙った。

郡警察の署長室に着く頃はティズダルは少し元気がないのを別にすれば、ごくふつうに見えた。実際、ふつうもふつう。「こちらがミスター・ティズダルです」とグラントに告げられると、よほど酷い目にあわされないかぎりはいたって人のいい署長が思わず握手の手を差し出しそうになって、あわてて引っ込めたほどだった。

「やあ、ようこそ。おっほん」署長はおおげさな咳払いをしてごまかした。握手をするわけにはいかない、と署長は思った。いやはや、とんでもないこった。こいつには殺人容疑がかかっているんだ。殺人犯には見えないな。うん、まったくだ。しかし、最近は人は見かけによらないからな。えらく人好きがするようでも、わかったものじゃない——昔なら思いもよらなかったことが起きるご時世だ。情けない。ともかく握手をするわけにはいかないや。いやはや、とんでもないこった。「おっほん。いい日和だね。競馬にはちとまずいが。馬場が締まっちまうんでな。だが休暇を過ごしにきた連中は大喜びだろうて。自分の楽しみのためにわがままを言うわけにもいくまい。きみ、競馬は？　グッドウッド（サセックス州にある競馬場）には行くのかね？　いや、その何だったら——ええときみと——その——ええとわれわれの友人は」署長はグラントの厳しい追及が始まることを口にするのが何とはなしに気の毒になった。ハンサムな男だ、と思った。育ちがいいし、それに――「ゆっくり話をしたいんだろうね。わたしは昼飯を食べてくる。〈シップ〉にいるよ」必要とあらばグラントが連絡できるよう、付け加えた。「あそこは食いものはたいしたことないんだが雰囲気がよくてな。〈マリンホテル〉なんかとは大違いだ。観光客がたむろしているテラスを通らずにステーキとじゃがいもにありつけるのが気に入っておるんじゃ」そう締めくくり、署長は部屋を出ていった。

「あれはフリーディ・ロイドの真似だな」ティズダルが言った。

椅子を引き出していたグラントが感心したように目を上げた。

「芝居が好きなんだね」

「いろいろなことが好きでしたよ」

グラントは青年の言葉づかいを奇妙に思った。「なぜ、過去形で言うんだい？」彼は尋ねた。

「文無しなんですよ。趣味を持つには金がなくちゃ」

「よもや〝不利な証拠として〟云々という自分の言葉を忘れてはいないだろうね？」

「忘れてませんとも。だけど、同じですよ。どうせ、正直に話すしかないんだから。そのあげく間違った結論を下すなら、悪いのはそっちで、ぼくじゃない」

「ほう、主客が転倒したな。わたしを試そうというわけか。いいだろう。やってみたまえ。では、答えてもらおう。きみはひとつ屋根の下で暮らしていた女性の名前を知らなかった。そんなことってあるかね？　郡警察できみはそう証言してるけど」

「ええ。ありえないことだと思うでしょうね。それに馬鹿みたいだとも。だけど、実際はけっこう自然にいったんだ。夜更けにぼくは〈ゲイエティ〉（ロンドンのストランドの北側にある劇場）の向かい側の歩道で途方に暮れてたたずんでいた。ポケットには五ペンス入っていて、その五ペンスがうっとうしかった。なぜなら、すっからかんになるつもりだったからだ。そこでどこかへ行って五ペンスを使っちまおうか（五ペンスでできることなんてあまりないんだけど）、それともはした金なんか無視して文無しのつもりになればいいかと迷っていた。すると――」

「ちょっと待った。なんで五ペンスにそんなにこだわらなきゃならなかったのかね？　わたしは飲み込みが悪いんだ。説明してくれ」

「全財産の残りだったからですよ。最初は三万ポンドあったんだ。伯父から相続したんです。母の兄から。ぼくのもともとの名前はスタナウェイだが財産を相続するときに名前も継いでくれとトム伯父に頼まれたんです。お安いご用だった。ティズダル一族のほうがスタナウェイよりはるかにうまくやってましたから。根気があるし、堅実で。もしティズダル一族の性格を受け継いでいたら破産などしなかったでしょうけど、ぼくはスタナウェイそのものなんだ。まったく馬鹿だった。どうしようもない大間抜け。財産を相続したときは設計事務所で働いていたんですが、アパートに住んでつつましく暮らしていた。あんな大金、使い切れないような気がしたんです。そこですっかりのぼせてしまってね。仕事をやめて、前から行きたかったけれどまさか行けるとは思っていなかった世界各地を旅しましたよ。ニューヨーク、ハリウッド、ブダペスト、ローマにカプリ、その他あらゆるところ。ロンドンに戻ってきたときは金は二千ポンドに減っていて、それを貯金して仕事を探すつもりだった。二年前だったら、たやすかったろうけど――貯金するのがという意味ですよ。あの頃は遊び友達なんかいなかったから――だけど二年間旅しているあいだに世界中に友達がおおぜいできてね。でもって、いつもそのうちの十人かそこらがロンドンに来ているんだ。だもんで、ある朝目が覚めたら残りはわずか百ポンドってありさまになっていたんです。どきっとしましたよ。冷たい水を浴びせられたみたいだった。腰を下ろして、二年間で初めてじっくり考えましたよ。道はふたつあった。友だちのところへ転がり込むか――わきまえがあれば、どこの大都会でも居候をして六カ月は優雅に暮らせる。ほんとうですよ。ぼく自身、そういう連中を十人あまり世話したんだから。あるいは消え失せてしまうかだった。消え失せるほうがましに思えた。なあに、そんなことは簡単ですよ。みんな、せいぜい〝ボビー・ティズダルは最近どこにいるんだろう？〟って言うくらいで、同じような連中がたむろする世界のどこかにいて、そのうちひょっこり出くわすだろうと、ごく自然に受け止めるだろうから。ぼくは金がうなっていると思われていたんです。だからぐずぐずしてほんとうのことがわかって嘲られるより、姿を消してしまって連中には好きなように思わせておくほうがましだった。いろいろな払いをすませると残りは五十七ポンドとなった。そこで最後に一度、賭けをしようと思い立ったんです。新たな生活を始める資金が手に入るかどうか試してみようとね。三十ポンドを十五ポンドずつに分けて——このあたりはティズダルの血なんだな——エクリプスのレッド・ローワンに単勝、複勝で賭けた。結果は五着だった。残りの二十ポンド何がしじゃ、行商人を始める元手くらいにしかなりゃしない。だったら放浪するんだって同じだ。放浪っていうのがどんなものかよくわからなかったけど——気分転換になるのはたしかだろうな——銀行に二十七ポンド預けて放浪するってのもおかしいでしょ。そこで最後に一晩で全部ぱっと使ってしまおうと決心したんです。一文無しになるぞって固く心に決めた。それからタキシードを質に入れて適当な服を買うつもりだった。ところがうっかりしていて土曜の深夜にウェストエンドで質屋が開いているわけがないのを忘れていてね。かといって、タキシード姿でうろついたら目立ってしようがない。そこで、さっきも言ったとおり、道端に突っ立っていまいましい五ペンスのことだとか、服や眠る場所のことを思案していたんだ。オールドウィッチの交差点のところ、ぐるっと回ってランカスター・プレースに入るすぐ手前に立っていたんだけど、そのとき赤信号で車が止まった。クリスが乗っていたんです。ひとりきりで——」

「クリス？」

「そのときは彼女の本名を知らなかったんだ。彼女はちらっとぼくを見た。あたりは静まり返っていた。ぼくたちふたりがいるだけだった。ほんとに間近にいたもんだから彼女がにっこりして話しかけてきたのがごく自然に思えた。〝どこへでも乗せていってあげるわよ〟って彼女が声をかけた。そこで〝いいね。地の果てまでお願いするよ〟って答えたんです。すると〝ちょっと方角が違うわね。チャタム、ファヴァシャム、カンタベリー、それからさらに東に行くのよ〟って。なるほど、それもいいなと思ったんです。いつまでも突っ立っているわけにいかないし、遊び友達の家に泊めてもらうにもうまい口実を思いつかなかった。どっちにしろ遊び友達とは縁がなくなったような気がしていたしね。そこで深く考えもせずに車に乗り込んだんだ。彼女はすごく感じがよかった。こうやってあなたに話したのと同じように何もかも彼女に話したわけじゃないが、彼女はすぐにぼくがすっからかんだと察した。事情を説明しようとしたら彼女はこう言った。〝いいのよ、事情なんか知りたくないわ。お互いにあるがままを受け入れましょうよ。あなたがロビンでわたしはクリス。それでじゅうぶん〟。ぼくはロバート・スタナウェイと名乗ったんだが、彼女はそれと知らずに身内が使う愛称でぼくを呼んだんです。遊び友達にはボビーで通っていた。だから、久しぶりにロビンって呼ばれて何だかほっとしましたよ」

「なぜスタナウェイと名乗ったんだね？」

「さあ、なぜですかね。富や成功を意味するティズダルって名前から逃れたかったのかもしれない。どちらにしろ、その名前に対してぼくはあまり立派な行ないをしてませんからね。それに心の中では自分はいつもスタナウェイに属すると思っていたんですよ」

「いいだろう。続けたまえ」

「もうあまり話すことはありませんよ。彼女が泊まっていけって言ってくれたんです。家にはほかに誰もいないが、だけど——つまり、ぼくをただの客として扱うと。そこでこうきいたんです。ぼくが悪人だったらどうする、ずいぶん危ない橋を渡るじゃないかって。すると彼女は答えた。〝危ない橋は何度も渡ったわ。いままでのところは無事にね〟って。気まずくなるんじゃないかと心配だったんですが、結果は正反対でした。彼女が言ったとおりだった。お互いをあるがままに受け入れるってすごく気楽でしたね。何というか、ずっと以前から知り合いだったような感じで。ふ変に聞こえるでしょうが、実際にそうだったんですよ。ふつうに最初から相手を知ろうと努めたら、あんな間柄になるまで何週間もかかったでしょうよ。お互いにとても好きだった。ロマンチックな意味でじゃなくて。彼女はもちろんすごくきれいだったけど、りっぱな人だったって意味です。次の日、ぼくは着る服がなくて誰かが置いていった水着とガウンで過ごした。ところが月曜日にミセス・ピッツが〝スーツケースが届きましたよ〟って見たこともないスーツケースを部屋の真ん中にでんと置いたんだ。中には新品の衣類が入っていた――ツイードのコートにフランネルのズボン、ソックスやらシャツやら何もかも。カンタベリーの洋服屋の商標がついてましたよ。スーツケースは古びていてぼくの名前を書いたラベルが貼ってあった。彼女は名前をきちんと覚えていてくれたんだ。そのときどんな気持ちがしたか、言葉ではとうてい言いつくせませんよ。長いあいだ、誰もどんな些細なものだってくれたことがなかったんだ。あのときが初めて。遊び友達はもらうことしか考えていない。〝ボビーが払ってくれるさ〟〝ボビーが車を貸してくれるよ〟。こんな調子でぼく自身のことはてんから頭になかった。ともかく、洋服を見て泣けましたね。彼女のためなら死んだっていいと思った。あとで服を着て見せると彼女は笑って――もちろん安物の出来合いの服でしたけどサイズはぴったりだった――こう言ったんです。〝ブルートン・ストリート（カントリー用高級洋品洋服の老舗ホランド&ホランドを指すと思われる）で買ったようなわけにはいかないけど、間に合いそうね。サイズはぴったりでしょ。男を見る目はたしかなのよ〟。それからぼくたちはすっかりうちとけて、のんびり過ごした。本を読んだり、しゃべったり、泳いだり、そしてミセス・ピッツが休みの日には料理をしたり。ぼくは先のことは考えないようにしていた。十日くらいしたら帰らなきゃならないって彼女は言ってましたけどね。一日目が終わった段階で、ぼくは出ていこうとした。それが礼儀だと思ったから。だが、彼女に引き止められたんですよ。それですっかり腰を落ち着けてしまった。こういういきさつであのコテッジに滞在していたんです。だから、彼女の名前を知らなかった」青年は大きく息をついて深く座り直した。

「精神分析医がどうやって金もうけをするかわかった気が

するな。自分について話すのがこんなに楽しいとは思わなかった」

グラントは思わず口元をほころばせた。青年にはどこか憎めないところがあった。

それから彼ははっとして気を引き締めた。

人好きのする性格だな。こういうのが一番油断ならない。まんまとひっかかるところだった。グラントは青年の人のよさそうなのほほんとした顔をおもしろくもなさそうに見つめた。こういうハンサムな殺人犯を少なくともひとり知っていた。青い瞳をしておおらかで、虫も殺さないというタイプだった。でもってそいつは婚約者を切り刻んで灰だめ場に埋めるという真似をやらかしたのだった。ティズダルの瞳は温かみのあるけぶったような青で、こういう瞳を持った男はしばしば女なしではいられないというのをグラントは経験を通じて学んだ。お母さん子と女たらしに共通の瞳である。

グラントはティズダルの過去をすぐに調べさせるつもりだった。だが、いまのところは――「四日間もミス・クレイといっしょにいて彼女の正体に気づかなかったのかね？　そんな話を信じろと言うのかね？」ティズダルが警戒を解いた頃合いを見計らって、重大な質問を投げかけた。

「女優じゃないかって気はしてましたよ。言葉の端々からそれがうかがえたし、何といっても舞台や映画に関する雑誌が山ほど置いてありましたからね。一度、そのことを尋ねたんです。でも、こう言われてしまった。〝名前がわからなくては罰しようがないって言うでしょ。あれは名言だわ。忘れてはだめよ、ロビン〟」

「なるほど。ところでミス・クレイに買ってもらった衣類のなかにオーバーはあったかい？」

「いいえ、レインコートはありましたけど。オーバーは自分のを持ってましたから」

「タキシードの上にオーバーを着ていたわけだな？」

「ええ。ぼくらが――遊び友達とぼくがですが――夕食にでかけたとき小雨が降っていましたからね」

「それで、そのオーバーはまだあるんだね？」

「いいえ。ディムチャーチに遊びにいったとき、車に置いておいたら盗まれてしまって」ティズダルはただちに警戒の色を目に浮かべた。「なぜ、きくんです？　コートがどうかしたんですか？」

「明るい色かい？　それとも黒っぽい色かね？」

「黒っぽい色に決まってるじゃありませんか。黒に近い灰色。どういうことなんです？」

「盗難届けは？」

「出してません。注目を集めたくなかったから。それがいったい——」

「木曜日の朝について話してもらおう」グラントの向かいで青年は表情を曇らせ、ふたたび用心深い険しい面持ちとなった。「きみはミス・クレイが泳ぎにいくときにいっしょに行かなかったそうだね。それは間違いないかい？」

「ええ。でも彼女が出たあとすぐに目が覚めて——」

「寝ていたのに、なぜ彼女が出たすぐあとだとわかったのかね？」

「六時になったばかりだったからですよ。出かけてからいくらも経っていなかったに決まってる。それにミセス・ピッツも、ぼくが彼女のあとを追うように出かけたって言ったし」

「よろしい。その後およそ一時間半のあいだに——きみが目を覚ましてからミス・クレイの死体が見つかるまでだが——きみはギャップまで歩いて車を盗むとカンタベリーの方角へ走らせた。そして、自分の行ないを後悔して戻ってくるとミス・クレイが溺れ死んでいた。きみの行動はこれで全部だね？」

「ええ、たぶん」

「きみが言葉どおりにミス・クレイに感謝していたんなら、たしかにとんでもないことをやらかしたものだ」

「とんでもないじゃすみませんよ。あんなことをしたなんて、いまだに我ながら信じられない」

「あの朝、海には入らなかったのはたしかかね？」

「たしかですとも。なぜです？」

「最後に泳いだのはいつだった？　木曜日の朝以前ではという意味だが」

「水曜の昼です」

「だのに木曜の朝になっても水着はずぶぬれのままだった」

「何で知ってるんだ！　ええ、ぬれてましたよ。だけど海水でぬれていたわけじゃない。水着は窓の下の屋根に広げて乾かしておいたんです。ところが、りんごの木が屋根に覆い被さっているもんで、その木をねぐらにしている鳥に落とし物をされちまった。木曜の朝に着替えをしているときそれに気がついたんです。だから顔を洗ったついでに洗ったんだ」

「だが、また広げて乾かそうとはしなかったようだね」

「するもんですか。また落とし物をされちゃかなわない。タオル掛けにかけました。いいかげんにしてくださいよ、警部さん。こんなことがクリスの死にどんな関係があるっていうんです？　わけもわからないで質問攻めにされるなんて拷問同然だ。もう、たくさんだ。今朝の審問ですっかりまいっちまったんだ。どういうふうに彼女を発見したかって話ばかり。死体があぁだった、こうだったって。クリスのことを死体のひとことで片づけて！　あれはクリスなんだ！　そこへもってきて謎めいた質問ばかりする。彼女の溺死に不審な点があるとしても、それがぼくのコートとどんな関係があるんです？」

「これが彼女の髪にからまっていたからだよ」

グラントは机の上にあったボール紙の箱を開け、紳士用のコートによく使われる黒いボタンを取り出した。ボタンは布地からむしりとられたらしく、つけねには糸を巻いて作った〝遊び〟がそのままに残っていた。その〝遊び〟のまわり、ボタンに近いところに金色の細い髪が一本からまっていた。

ティズダルは立ち上がって両手を机の縁につき、ボタンを見つめた。

「じゃあ、誰かが彼女を溺れさせたとでも？　まさか、そんな！　でもそれはぼくのじゃありませんよ。こんなボタン、ごまんとあるでしょうに。なぜ、ぼくのだと思うんです？」

「わたしは何も思っていないよ、ミスター・ティズダル。きみ可能性をひとつずつ消していこうとしているだけだ。きみが持っている衣類のなかでこの種のボタンがついているやつを全部確認したいのさ。ところがそういう衣類があったが盗まれたと主張するんだな？」

ティズダルは茫然として口を開けたり閉じたりしながら警部を見つめた。

そのとき申し訳程度にノックの音がしたかと思うとドアが勢いよく開き、年の頃は十六ばかりの小柄な痩せた少女が闖入してきた。よれよれのツイードの上着を着て帽子はかぶっておらず、黒っぽい髪はくしゃくしゃだった。

「あっ、ごめんなさい」少女は言った。「父がいるものとばかり思ったから。ごめんなさい」

その時、ティズダルが派手な音とともに床に倒れた。

大きな机を隔てて座っていたグラントがあわてて立ち上がったが、痩せた少女は慌てず騒がず、先にティズダルに駆け寄った。

「あら、まあ」彼女はぐったりしたティズダルの腋の下に両腕を差し入れて仰向けにした。

グラントは椅子の上にあったクッションを持っていった。

「これじゃいけなかったんだわ」彼女は言った。「脳卒中じゃなければ頭をうしろに反らせておかなくちゃ。それにこの人、脳卒中を起こすような年じゃないし。そうでしょ？」

彼女はコックがパイの縁から余分な生地を切り取るように、シャツの襟、ネクタイ、襟芯と順に、落ち着いた慣れた手つきで緩めた。グラントは少女の日に焼けた手首が古いのやら新しいのやら擦り傷や引っ掻き傷に覆われ、小さくなった上着の袖からにょっきり突き出しているのに気づいた。

「戸棚の中にブランデーがあるはずよ。父は飲んじゃいけないんだけど、やめられないの」

グラントがブランデーを探し出して戻ると、彼女は気を失ったティズダルの頰を軽く執拗に叩いているところだった。

「こういうときの手当てにずいぶん慣れているようだね」

「ええ、学校でガールガイドの隊長だったから」几帳面だが、人懐こいところもある口調だ。「あんなの馬鹿馬鹿しくって。でもふだんと違うことができるから許せたわ。ふだんと違うってのが肝心なのよ」

「ガールガイドでそれを習ったのかい？」グラントは彼女の仕草を指して尋ねた。

「あら、まさか。ガールガイドは紙を燃やしたり、気付け薬を嗅がせたりするのがせいぜい。この方法はブラッドフォード・ピートの控え室で覚えたのよ」

「どこでだって？」

「知ってるでしょ。ほら、あのウェルター級の。前はあの人の大ファンだったんだけどこの頃切れ味がなくなったみたいね。そう思わない？　ええ、ぜったいになくなったわ。ほうら、うまくいった」最後の科白はティズダルを指していた。「もうブランデーを飲めそうよ」

そして、ブランデーを飲ませているグラントに向かって言ったものだ。「拷問でもしていたの？　あなた、警官でしょ？」

「お嬢さん――そういえばまだ名前をきいてないが」

「エリカ。エリカ・バーゴイン」

「ミス・バーゴイン、署長のお嬢さんなら、イギリスで拷問の憂き目に遭うのは警官だけだってご存じのはずだ」

「ふうん、じゃあこの人どうして気絶したの？　罪を犯したの？」

「わからない」グラントは思わず反射的に答えた。

「悪い人には見えないわね」彼女はブランデーにむせかえっているティズダルを眺めた。「何だか頼りない感じだもの」相変わらず真面目くさって淡々と意見を述べた。

「見かけに騙されちゃいけないな、ミス・バーゴイン」

「大丈夫。ハンサムだからってだけで言ったんじゃないのよ。だいたい、この人わたしの好きなタイプじゃないもの。でも、時と場合によっては見かけで判断するのが正しいこともあるわ。殻のでこぼこのあいだが詰まっているクルミは買わないでしょ。味も素っ気もないに決まっているから」

こんな突拍子もない会話はいまだかつて交わしたことがない、とグラントは思った。

彼女は立ち上がると上着のポケットに両手を深く突っ込

んだ。いたぶられ放題の布地がこんもりとふくらんで垂れ下がった。ツイードの上着は袖口が擦り切れ、イバラにひっかけたらしくそこらじゅうに糸が飛び出している。つんつるてんのスカートの下から細い脚がのぞき、片方のストッキングがねじれていた。ただ、靴は——手と同じように傷だらけではあるものの、がっしりしていて格好がよい上等な品——養育院の子でないことを物語っていた。

グラントは彼女の顔に視線を戻した。顔もやはり育ちを物語っている。こぢんまりした三角形の面に浮かぶ落ち着き払った自信ありげな表情は養育院の学校で培われるものではない。

「さあ、しっかり！」彼女がティズダルを励まし、グラントは手を貸して立ち上がらせて椅子に連れていった。「もう大丈夫よ。ブランデーをもう少し飲むといいわ。減っちゃたほうが父の健康のためにもいいし。もう帰るわね。父がどこにいるか、ご存じ？」グラントに尋ねた。

「〈シップ〉に昼食を取りにいかれましたよ」

「ありがとう」それから、まだぼんやりしているティズダルに向かって言った。「シャツの襟がきつすぎるのよ」グラントがドアを開けてやると彼女は言った。「あなたの名前、まだうかがってないわ」

「グラントです。手を貸してもらったお返しをしなくてはね」彼は小さく頭を下げた。

「いまは別に何もいらないけど、そのうちお願いするかもしれない」彼女はグラントをしげしげと見つめた。グラントは彼自身にとっても意外であったが、思わず痛切に願っていた。味も素っ気もないクルミだと思ってくれるなよ、と。「あなたのほうがわたし好みだわ。頬骨が太い人が好きなの。さようなら、ミスター・グラント」

「あの人、誰です？」ティズダルが尋ねたが、意識を取り戻したばかりとあってさして関心もなさそうだ。

「バーゴイン署長の娘さんだ」

「シャツのことは図星だったな」

「ミス・クレイからもらった出来合いなんだね？」

「そうです。ぼくは逮捕されるんですか？」

「いいや。そんなつもりはない」

「されても悪くないかもしれないな」

「へええ？　なぜだね？」

「先の心配をする必要がなくなるからですよ。今朝コテッジを出たんで、泊まるところがないんだ」

「じゃあ、本気で放浪をする気かい？」

「ふさわしい服を手に入れたらすぐに」

「話がききたくなった場合に備えて一定の場所にいてほしいんだがね」

「なるほど。でも、どうしたらいいんです？」

「前に勤めていた設計事務所は？　またそこで働けばいいじゃないか」

「事務所勤めをする気はありませんよ。設計事務所なんかまっぴらだ。絵を描けるからってだけであそこに押し込まれたんだ」

「自分で食い扶持を稼ぐなんてまっぴらだということかね？」

「おやおや。ずいぶん意地の悪い言いようじゃありませんか。そんな意味で言ったんじゃありませんよ。いずれは働かなくちゃ。でもどんな仕事が向いているんだろう？」

「二年間も優雅に暮らしていたのなら、何か身についたんじゃないのかい。たとえ車の運転くらいのことでも」

ためらいがちなノックの音がし、巡査部長が首を突っ込んだ。

「お邪魔してすみません、警部。でも署長がお持ちの書類が必要なもんで。緊急なんです」

グラントの許しを得て巡査部長は部屋に入った。

「ここらは夏場はてんやわんやでしてね、警部」書類に目を通しながら巡査部長は言った。「まったく海の向こうの国みたいだ。〈マリンホテル〉でもめごとが起きまして——町のすぐ外なんでわれわれの管轄なんです——シェフがウェイターを刺したんですよ。その理由ってのが、ふけがついていたからだそうで。ウェイターにですよ、もちろん。そこでシェフは留置場へ、ウェイターは病院へまっしぐらです。どうやら傷が肺にまで達しているそうでしてね。さて、どうもありがとうございました。お邪魔して申し訳ありません」

グラントはティズダルを見やった。彼はぼんやりと物思いにふけってネクタイを結んでいた。ティズダルはグラントの視線に気づいてきょとんとしたが、すぐにその意味を汲んで行動を起こした。

「ねえ、巡査部長、ウェイターの代わりはもう見つかったんですか？」

「いや、まだだ。ミスター・トーゼリ——支配人だ——が怒り狂っているよ」

「ぼくはもう用済みですか？」ティズダルがグラントに尋ねた。

「今日のところはね」グラントは答えた。「幸運を祈るよ」

5

「いいや、逮捕はまだです」その日の夕方早く、グラントはバーカー警視に電話した。「でも、殺しであることに疑いの余地はありませんね。医者は間違いないって言ってます。ボタンが髪にからまっていたのは偶然ということもありえますが——しかし実際に見てみれば偶然ではないとはっきりわかりますがね——爪が何かをひっかいたらしく折れているんです。爪のあいだにはさまっていたものは分析に出したんですが、一時間海水に漬かっていたとあってはあまり……え？……そうですねえ、まあ噂によればそいつが怪しいんですが、お互い納得ずくで別れたそうで。解決が長引きそうな予感がしますよ。連れてきたウィリアムズをここに残して基本的な捜査をまかせ、わたしは今夜ロンドンに戻ります。彼女の弁護士に会いたいんですよ。アースキンというんですが、審問が始まる時刻ぎりぎりに現われたし、そのあとはこっちがティズダルで手が一杯だったもんで会いそこなってしまって。今夜何時ごろなら話を聞けるか確認していただけますか。葬儀は月曜です。場所はゴールダーズグリーン。ええ、火葬です。どうあっても参列しますよ。親しかった人たちをこの目でじっくり見たくて。ええ、一杯ご馳走になりに寄るかもしれませんが、そちらに着いた時間次第ですね。では、よろしく」

グラントは受話器を置き、ウィリアムズと連れ立ってハイ・ティーを食べに出かけた。夕食にはまだ早く、加えてウィリアムズは大粒のクルトンをちりばめたベーコンエッグが大好物だった。

「明日は日曜だからボタンの捜査がはかどらないかもしれないな」グラントは腰を下ろして言った。「それでミセス・ピッツは何と言っていた？」

「コートを着ていたかどうかはっきりしないって。見たのはやっこさんの頭だけだったんですよ。家の生け垣の外を通っていくときですからね。でも、実際に着ていたかどうかはあまり関係ないんじゃないですか。彼女によればコートはいつも車のうしろにミス・クレイのといっしょに置いてあったそうですから。ティズダルのコートを最後に見たのがいつだったかは覚えていないが、しょっちゅう着ていたと言っています。朝も夕も。寒がりやなんですと。外国から帰ってきたせいじゃないかと彼女は思ったそうです。やっこさんをあまり好いていないという印象でしたね」

「悪人だと思っているという意味かね？」

「いいえ。甲斐性無しという程度でしょうかね。ねえ、警部、これをしでかしたのはかなり賢いやつだと思いませんか？」

「なぜだい？」

「だってボタンさえ取れなければ誰も何も疑わなかったでしょう。朝早く泳ぎにいったあげく溺れたとして片づけられたんじゃないでしょうか。よくあることだと。足跡もなければ、凶器も、暴力を使った跡も残していない。手際のいいもんです」

「そうだね。手際がいい」

「あまりお気に召さないようですね」

「コートのことが引っかかるんだよ。人を海で溺れさせようってときにコートを着ていくかね？」

「さあねえ。どうやって溺れさすかによるんじゃないですか」

「きみだったらどうやる？」

「いっしょに泳ぎにいって頭を水に押し込んじまいますね」

「引っ掻き傷をつけられるのはほぼ確実だぞ。のちのちの証拠となる」

「そんなどじは踏みませんよ。浅瀬で足首をつかんで逆さにしとくんです。こっちはただ立って、溺死するのを待てばいい」

「恐れ入ったよ、ウィリアムズ！　頭が働くな。しかも悪賢いとくる」

「警部だったらどうやりますか？」

「犯人が水に入ってやるというのは考えなかった。泳げないとか早朝に水に入るのはいやだとか、死体が浮いている現場からさっさとおさらばしたいとかいう場合があるからね。そうだね、わたしだったら深いところにある岩の上に立っている。そして、相手が話をしにくるのを待って頭を押さえつけてしまう。こうすれば、引っかかれたとしたって、せいぜい手だけだからね。それだってどうせ革手袋をはめているしな。数秒で相手は意識を失ってしまうさ」

「名案ですね、警部。でもギャップの周辺数マイルではその手は使えませんよ」

「どうして使えない？」

「岩がないんです」

「ない？　やれやれ。だが応用はできるだろう。石の小突堤があるはずだ」

「ああ、そうだ！　ありますよ。では、こうして犯行が行なわれたとお考えですか？」

「わかるものか。ただの仮説だよ。それにしてもコートが気になるな」

「なぜ気になさるのか、飲み込めませんな。あの朝は霧が出ていたから、六時頃は肌寒かったはずです。コートを着てたってちっともおかしくありません」

「うーん、それはそうだが」グラントは歯切れ悪く言い、その話題を打ち切った。彼自身、例によって非論理的だと自覚したからだが、ふだんは論理的な心をときおり理由もなく悩ませるこのような事柄こそが、正攻法が失敗したときに数々の成功をもたらしてきたのも事実である。

グラントはウィリアムズに捜査の指示を与え、ロンドンに戻る予定を伝えた。「ティズダルとはわずかな時間しか話せなかった」彼はしめくくった。「やっこさん、〈マリンホテル〉でウェイターの仕事にありついたよ。行方をくらますとは思えないが、見張りをつけておいたほうがいいだろう。サンガーにやらせたまえ。それから、これが木曜日に車を盗んだときに通った経路だ」一枚の紙を巡査部長に渡した。「こいつも調べてくれ。ずいぶん早い時刻だが、目撃した人間がいるかもしれない。コートを着ていたかどうかが肝心な点だ。わたしとしては、車を盗んだという申し立てに嘘はないと思っている。動機のほうは眉唾ものだがね」

「調書を読んで何を馬鹿なことをほざいているんだと思いましたよ。もうちっとましな言い訳をすればいいものをとね。警部はどうお考えです？」

「彼女を溺れさせてから頭にまず浮かんだのは、逃げることだろう。車があればイギリスの端まで、いや国外にだって行ける。死体が見つかる前にずらかろう！　って具合だ。車に飛び乗って逃げた。ところが何かの拍子に馬鹿なことをしたと悟った。袖口のボタンがなくなっているのに気がついたとかだ。ともかく、現場にとどまって無実にみせかけなければいけなくなった。罪を犯した証拠となるコートは捨ててしまう。ボタンに気がつかないまでも、肘のところまで袖が海水で濡れていただろうから。それで車を返しに戻ったところ、満ち潮のおかげですでに死体が発見されていたので愁嘆場を演じた。さしてむずかしくなかったろうよ。すんでのところで自ら墓穴を掘るところだったと思えば、涙も出てくるさ」

「では、やっこさんが犯人だということなんですね？」

「さあて、どうだか。動機がないんだよな。やっこさんは文無し、彼女は気前がいい。生かしておきたいに決まってるじゃないか。彼女にえらく興味を持っていたようだし。ロマンチックな感情はなかったと主張しているが、本人の言葉だけで証拠はない。ふたりのあいだには何もなかったというのはほんとうだと思う。それが不満だったのかもしれないが、だったら女をぶん殴るほうが簡単だ。これは妙に冷酷な殺人だよ、ウィリアムズ」

「たしかにそうですね、警部。食欲がなくなっちまいますよ」ウィリアムズはウィルトシア産の極上ベーコンの大きな一片をフォークに刺し、目を輝かせて口に運んだ。

グラントは笑みを浮かべた。こうして微笑まれると部下たちはつい〝骨身を惜しまず〟働いてしまうのである。グラントとウィリアムズはしばしば共に事件の解決に当たってきたが、つねに馬が合い、互いを尊重していた。おそらく他人を妬むということをしないウィリアムズの性格によるところが大きいのだろう。彼は野心満々の巡査部長というよりも、美しい貞淑な妻を持つ満ち足りた夫という表現が似つかわしい男だった。

「審問のあとで弁護士と会えなかったのがかえすがえすも残念だよ。ききたいことが山ほどあるのに、週末をどこで過ごしているものやら見当がつかない。彼女に関する資料を揃えておくように警視庁に頼んでおいたが、弁護士のほうがはるかに役に立つ。死亡によって得をするのは誰かを知っておかないとな。ティズダルは損をしたが、得をする人物がおおぜいいるんじゃないだろうか。彼女はアメリカ人だから遺言書はアメリカにあるんだろう。明日の朝には警視庁に情報が入ると思うが」

「クリスティーン・クレイがアメリカ人？　違いますよ、警部」ウィリアムズがさもあきれたように言った。

「違う？　じゃあ、何人《なにじん》だ？」

「ノッティンガムで生まれたんですよ」

「だが、いつもアメリカ人として扱われていたじゃないか」

「それもしかたなかったんでしょう。ノッテインガムで生まれて、学校もそこです。レース工場で働いていたっていう噂もあるんですが、誰もほんとうのことを知らないんですよ」

「きみが映画ファンだってことを忘れていたよ、ウィリアムズ。もっと教えてくれ」

「ええ、《スクリーンランド》や《フォトプレイ》とかいった雑誌の受け売りでよろしければ。ああいう雑誌はいい加減な記事が多いんですが、その代わり売れるとなれば嘘も真もおかまいなしで書きまくりますからね。彼女は自分のことをしゃべりたがらない人でした。そしてまたその内容が猫の目のようにくるくる変わるんです。でもってそのへんを指摘されるとこう言ってのけたもんです。〝だって、あんな話じゃつまらないでしょ。今度はもっとおもしろいのを考えついたの〟。つかみどころがないっていうんでしょうか。気まぐれな女というのが世間一般の通り相場でしたが」

「きみはそうは思わないのかい?」言葉のニュアンスに常に敏感なグラントが尋ねた。

「ええ、そうですねえ。どちらかというと——何というか保身のためってていうんですか、そんな気がしましたね。ほんとうの自分——肝心な部分を知らしめるのは弱みをさらけ出すようなもんです。ああでもない、こうでもないと相手に思わせておきゃ、悩むのは向こうで、自分は傷つきませんからね」

「ノッティンガムのレース工場の工員から映画界の頂点にのしあがった女性だ。傷つきやすいはずがないじゃないか」

「のしあがったからこそですよ。彼女はそれこそ半年ごとに社交界の階段を一段ずつ上へ上へとすごいスピードで上っていったんです。潜水夫が深海から浮かび上がるようなもので、至難の業だったでしょうな。いつも圧力に順応していかなければならないんだから。自分を守る殻が必要だったんです。人を惑わせておくというのが、彼女の殻だったんだと思いますね」

「つまりきみはクレイのファンなんだな、ウィリアムズ」

「ええ、そりゃもう」ウィリアムズは打てば響くように応えた。血色のよい頬がわずかに赤みを増した。やけに力を込めてトーストにマーマレードをなすりつけた。「こんな真似をやらかしたやつにどうあっても手錠をかけてやりますよ。それを思うといくらか心が休まるってもんです」

「犯人についてきみには何か考えがあるかい？」

「あの、失礼ですが、みえみえの動機を持った人物を忘れてやしませんか？」

「誰だい？」

「ジェイソン・ハーマーですよ。何で、朝の八時半という時刻に顔を出したんでしょうね？」

「サンドイッチからやってきたんだ。そこの宿屋で一泊してから」

「本人が主張してるだけです。郡警察はそのへんを確かめたんでしょうか？」

グラントは手帳を調べた。

「確かめてないようだな。ハーマーが進んで証言して調書が取られたんだが、ボタンが発見される前とあって誰も何も疑っていなかった。そのあとはティズダルに注目が集まってしまったからね」

「動機はわんさとありますよ、あのハーマーのやつ。クレイに振られ、彼女が男とふたりだけで住んでいる辺ぴなコテッジまであとを追ったんだから」

「ああ、さもありなんだ。そうだな、ハーマーについても調べてくれ。どんな衣類を持っているか探るんだ。コートは緊急手配した。これで情報が入ればいいんだが。コートのほうがボタンひとつよりはるかに大きな手がかりになるからな。ところでティズダルは衣類は全部（タキシードを除いてだが）トガーという男——よくもこんな名をつけたもんだ（トグは衣服の意）——に売り払ったが、店がどこにあるか知らないと言うんだ。こいつ、以前はクレイヴン・ロードで商売していたんじゃなかったっけ？」

「そうですよ、警部」

「今はどこに店を持っているんだね？」

「ウェストボーン・グローヴ。通りの外れにあります」

「そうか。ティズダルの申し立ては疑っていないが、別のコートに似たようなボタンがついている可能性がなきにしもあらずだ。そうなれば新たな見通しがつくかもしれない」グラントは立ち上がった。「さて、汗水たらして働くとするか！　ところで、他人の領分にちょっかいを出す例の最たるものがあるぞ。読んでごらん。三杯めの紅茶がさらにうまくなるだろう」彼はポケットから《クラリオン》の夕刊版である《センティネル》を取り出し、ウィリアムズの皿の脇に広げた。〝クレイの死ははたして事故だったのか？〟と大見出しが麗々しく掲げられていた。

「ジャミー・ホプキンズの野郎！」ウィリアムズはいまいましげに言い、ミルク抜きの紅茶に砂糖をぶち込んだ。

6

〈セント・ジェームズ〉劇場並びに〈ヘイマーケット〉劇場において主演女優の誉れ高いマータ・ハラードは、厚いカーペットを敷いた階段と修道院のごとく静まり返った廊下を備えたアパートメントに住んでいた。疲れた足取りで階段を上るグラントは靴底に当たる柔らかな感触がありがたかったが、掃除がたいへんだなと、つい思ってしまうのだった。回転扉を入ったちょうどそのときに、エレベーターはぼんやりしたピンクの四角い光を投げかけて上昇していった。そこで戻ってくるのを待つよりはと、三階まで階段を上ることにした。ドアマンは、マータが十一時頃数人の客を伴って劇場から戻ったと教えてくれた。客がいると知ってグラントはがっかりしたが、ともかく今日じゅうにクリスティーン・クレイとその取り巻きについて何らかの知識を得ようと固く心に決めていた。バーカー警視はアースキン弁護士の居場所を突き止めることができなかった。この三日間の出来事に心を痛められて日曜日いっぱいを田舎で過ごすことになさいました、行く先は存じませんという返事を弁護士の使用人から得たのみだった(〝弁護士が心を痛めるなんて聞いたことがあるか?〟と、バーカーは言った)。従ってグラントが一番興味を持っている事柄――クリスティーン・クレイの遺言書の内容――については月曜まで待たなければならなかった。警視庁で彼女に関する資料に目を通してきたが、ここ十二時間で集めたものだけに全部揃っているというわけにはいかない。五枚綴りの書類の中でグラントの目を引いた情報は二つだけだった。

本名はクリスティーナ・ゴトベッド。

愛人を持ったことはない。

もちろん、公けにはという意味だ。ブロードウェイの一介のダンサーから歌と踊りのスターへの階段を駆け登るもっともだいじな時期においてさえも、パトロンを持っていた気配はなかった。歌と踊りに飽き足らず演劇へ野心を向けた際も、孤軍奮闘したあげくにスターの座を確保したとみえる。つまりはふたつのうちのどちらか――二十六歳で結婚するまで処女を通した(心理学の教科書より現世の実情に通じているグラントは別に不思議とは思わなかった)か、男と関係を持つのは愛情を感じた場合(あるいは惚れ心を刺激された場合ととるかは、ロマンチストか皮肉屋で異なるだろうけど)に限られていたかであろう。ビュード・チャンプニズの五番めの息子エドワード卿(チンズと呼ばれている)は、四年前にハリウッドで彼女に出会い、ひと月も経たないうちに結婚した。その頃彼女は初めてのまともな映画を撮影している最中で、〝玉の輿に乗った〟というのが世間一般の見解だった。だが二年もするとエドワード卿のほうが〝クリスティーン・クレイの夫〟として扱われる立場に逆転した。

エドワード卿はそれを潔く受け入れ、結婚生活は続いた。クリスティーンが仕事で家を空けることが多く、また結婚後はエドワード・チャンプニズが政情不安定で排他的な国に潜り込んでのちに本をしたためることにもっぱら興味を向けたため、夫婦は気の置けない友人どうしのような関係になっていた。それでも彼が本を書いている期間はいくばくかのときをひとつ屋根の下で過ごし、幸福な生活を送っていた。いかにも脆そうな結婚に見えながら危機に陥ることがなかったのは、エドワードが五番めの息子であっても母方の叔父（皮革産業で財を成したブレマー）から莫大な財産を相続していたのが主な原因だろう。加えてエドワードが妻を心から誇りに思っているのだから、問題の起きようがなかった。

では、資料から察せられる被害者の日常のどこに殺人が起きる可能性があったのだろう？　グラントはカーペットが敷かれた階段をとぼとぼと上りながら自問した。ハーマーだろうか？　クレイがイギリスにいた三カ月間というもの、彼は常にそばにいた。仕事のうえで必要だったのは紛れもない事実だ（プロデューサー連中はいまだにクリスティーンの映画に歌を挿入したがった。観客は彼女の歌を聞かないと騙されたような気がしてしまうのである）。しかし仕事仲間が何と言おうが、世間はふたりの関係を勝手に想像して楽しんでいた。それともティズダルか？　精神的に不安定な青年が一時的に理性を失い、後先考えずに彼女の気まぐれな好意につけこんだのだろうか。

グラントはティズダルについてはあとで調べるつもりだった。目下の目的はハーマーが彼女の人生にどのような役割を果たしていたかを探り出すことだ。

グラントが三階に着くと同時にエレベーターのドアが閉まるかすかな音が聞こえ、廊下の角を曲がるとジャミー・ホプキンズがドアのベルから手を放したところに出くわした。

「これは、これは」ジャミーが言った。「ひとつパーティーといきますか」

「招待状を持っているんだろうね、きみ」

「警部こそ、令状を持っているんでしょうね。当節は警官が戸口に立っているのを見ただけで、弁護士を呼べって大騒ぎしますよ。ねえ、警部」ジャミーはせわしげに口調を改めた。「お互い邪魔しっこなしといきましょうよ。ふたりともマータに考えが及んだんだ。ここはひとつ共同戦線を張ろうじゃありませんか。何も競い合うことはありませんや」

ホプキンズのやつ、歓迎されるかどうか自信がないんだなと、グラントは推した。ホプキンズは名前を名乗らずにグラントのあとに続いて小さなホールに入った。グラントは相手の狡猾なやり口に舌を巻きながらも、出迎えた召使いにその正体を告げてしっぺ返しをした。

「こちらの紳士はどうやら《クラリオン》から見えたらしいよ」彼は言った。主人に客の到来を知らせにいこうとした召し使いは足を止めた。

「まあ！」彼女は振り向くと、冷たい目つきでホプキンズを眺めた。「ミス・ハラードは夜分はたいへん疲れていらっしゃるんです。それに今はお客さまが見えてますし――」

だが運がホプキンズに味方し、召し使いを無理やり説得する手間は省かれた。居間へ通じる開け放たれた二重扉の奥から、彼を歓迎するはしゃいだ声が響いた。

「あら、ミスター・ホプキンズじゃない！　いいところへ来てくれたわね。さあ、遅版の新聞の記事がどういう意味なんだか話してちょうだい。あなたがミスター・ホプキンズと知り合いだなんて知らなかったわ、マータ」

「あの声を聞いてうれしくなることがあるなんて思ってもみなかったよ」ジャミーはグラントに耳打ちし、声の持ち主に挨拶しにいった。グラントはホールへ出てきたマータ・ハラードのほうへ向き直った。

「アラン・グラント！」彼女は言って、にっこり微笑んだ。「お仕事？　それとも遊びにきてくれたの？」

「両方ですよ。お願いがあるんだ、マータ。こっちの職業を明かさないでもらえるかな。今までと変わりなくおしゃべりしてください。それからお客さんを手っ取り早く追い払えるようなら、あとでふたりきりでちょっと話をしたいんだけど」

「お安いご用だわ。これをつけるたびに」彼女は真珠のネックレスを示した。「あなたのことを思い出すのよ」

といってもグラントがネックレスを贈ったわけではない。一度取り戻してやったことがあるのである。

「さあ、こっちへ来てみんなに会ってちょうだい。あのお友達はどなた？」

「友達じゃありませんよ。《クラリオン》のホプキンズ記者」

「あら、そうなの。だからリディアがあんなに喜んだのね。職業人は宣伝するのが大好きって言うけど、ほんとにそのとおり」彼女はグラントを率いて紹介していった。まずは社交界御用達の写真家クレメント・クレメンツ。派手な紫色の燕尾服になめらかな生地の薄いクリーム色のシャツというでたちだ。アラン・グラントの名は聞き及んでおらず、しかも露骨にそれを現わした。次は何とかいう名前の大尉。これといって特徴のない地味な男で、ぶきっちょにマータを崇拝し、馴染めない場所での唯一の拠り所であるウィスキーソーダのグラスをしっかり握り締めていた。三番めはジュディ・セラーズ。倦みもせず頭の空っぽな金髪女のふりをし、痩せたい願望と食欲のはざまで葛藤を繰り返している色白で仏頂面の若い女だ。そして四番めが星に詳しいミス・リディア・キーツで、ジャミー・ホプキンズに向かってまくしたて、心底楽しんでいた。

「ミスターだって？」ジャミーはグラントが紹介されるのを聞いて、嫌みったらしく強調した。

「あら、ミスターじゃいけないの？」リディアが耳をそばだて、好奇心で目を輝かせた。

「ああ、いけないともさ！」

だがホプキンズはグラントの目を見て、それ以上続ける勇気を失った。ロンドン警視庁犯罪捜査課の警部を敵に回すなど愚の骨頂といえよう。

「いや、その、彼はギリシャ貴族の称号を持っているんだよ。だけど、恥ずかしがって使いたがらないのさ。なぜって、ギリシャ王党員のシャツをギリシャ人のクリーニング屋から無事救出したという功績で授けられたもんでね」

「気にしないでね、ミスター・グラント。この人はとにかくしゃべってさえいればご機嫌なんだから。もう慣れちゃったわ。わたしに何度もインタヴューしているの。だけど、こっちの言うことなんか、ひとことも聞きやしないんだから。本人のせいじゃないのよ。牡羊座は得てしておしゃべりなものなの。この人が初めてわたしの家の戸口をまたいだとたん、牡羊座だとわかったわ。さて、ミスター・グラント、あなたは獅子座ね。そうでしょ？　いいの、いいの、言わなくても。わかってるんだから。たとえ、ここに——」彼女は自分の薄っぺらな胸を指した。「訴えてこなくても、あなたは獅子座の兆候をすべて発散しているんですもの」

「命に関わるような兆候でないといいんですがね」グラントはこのしつこい女から逃れたくてうずうずしながら言った。

「命に関わるですって！　まあ、何てことおっしゃるの！　占星術を少しもご存じないのね。獅子座の生まれは王になる運命を授かっているのよ。最高の星座。成功が約束され、栄光を手にする運命なんだから。こんな素晴らしい星座はなくってよ」

「獅子座生まれの栄光を得るにはいつ生まれたらいいんです？」

「七月半ばから八月半ばにかけて。あなた、八月の第一週生まれね」

グラントは驚きを努めて隠した。たしかに彼の誕生日は八月四日だった。

「リディアってすごい能力を持っているのよ」マータが口をはさみ、グラントに飲み物を渡した。「クリスティーン・クレイの星占いを一年前にしたんだけど、なんとあの気の毒な人の死を予言したの」

「まぐれよ」ジュディがサンドイッチの皿をつつきながら、つぶやいた。

リディアの細面の顔が怒りで染まり、マータがあわててなだめに入った。「ジュディ、失礼じゃないの！　リディアの予言が当たったのはこれが初めてじゃないでしょ。あなただって知ってるはずよ。トニー・ピッキンが事故を起こす前だって警告したわ。彼が予言を本気にして、もう少し気をつけていれば今も脚が二本あったのに。それに、わたしにはクラインズの言葉に乗らないようにって忠告したし、それから——」

「かばってくれなくていいのよ、マータ。どのみちわたしの手柄じゃないんだもの。わたしは星が告げるままに伝えただけ。星は嘘をつかないわ。でも、魚座は別ね。先の見通しや忠誠心を期待しても無理なのよ」

「さあ、セコンドはリングの外へ出た、出た！」ジャミーがつぶやき、グラスの縁をはじいてゴング代わりに〝チン！〟と鳴らした。

しかし、試合は続行されなかった。クレメンツの言葉で注意が逸れたためだ。

「ぼくが知りたいのはねえ」彼は間延びしたしゃべりかたをした。「リディアがどんな星のお告げを見つけたかじゃなくてさ、警察がウェストオーバーで何を見つけたかなんだけど」

「わたしが知りたいのは、誰が彼女を殺したかだわ」ジュディが言い、サンドイッチにかぶりついた。

「ジュディ、やめなさい！」マータがたしなめた。

「ごまかさなくったっていいでしょ」ジュディがやり返した。「みんな同じことを考えてるくせに。誰が犯人だろうって。わたしは絶対にジェイソンに一票。他の人物に投票したい人いる？」

「なぜ、ジェイソンなんだい？」クレメンツがきいた。

「しつこいタイプだからよ。熱がいつまでもじわじわと残る感じ」

「しつこいですって？　ジェイソンが？」マータが反論した。「くだらない！　あの人はぱっと沸騰するタイプだわ。ぽっぽと湯気を立てるヤカンよ」グラントはマータを盗み見た。なるほど、彼女はジェイソンをかばうのか。どの程度彼に好意を持っているのだろう？　「気性の激しいジェイソンがしつこいわけないじゃない」

「ともかく」クレメンツが口をはさんだ。「情熱的な人間は人を殺したりしないさ。冷血な賭博師こそ、頭に血が上るんだ。苦痛を与えられたぶん、復讐しようって気持ちが人一倍強いんだよ」

「マゾヒストがサディストでもあるという説はあまり聞いたことがないな」グラントが言った。

「そんなのどうでもいいけど、ジェイソンであるはずがないわ」マータは言い張った。「あの人は虫も殺さないんだから」

「あら、そうかしら？」ジュディが言うと、みな口をつぐんで彼女を見つめた。

「いったい、何が言いたいんだい？」クレメンツが尋ねた。

「べつに。とにかく、わたしはジェイソンだと思う」

「じゃあ、動機は？」

「クリスティーンが縁を切ろうとしたからでしょうね」

マータが語気を鋭くしてさえぎった。「よくもそんなたわけたことが言えるわね、ジュディ。あのふたりのあいだに何もなかったのを知ってるはずよ」

「あら、わたしはそんなこと知らなくてよ。彼はクリスティーンにつきまとってたじゃないの」

「下賤な女は世の中の女全部が下賤だと思うんだろうな」ジャミーがグラントに耳打ちした。

「ねえ、思うんだけど」今度はリディアが激しさを増す議論をなだめにかかった。「わたしたちなんかよりミスター・ホプキンズがずっと詳しいんじゃないかしら。今日だってウェストオーバーまで取材に行っていたんだもの」

またたくまに一座の注目がジャミーに集まり、質問攻めにした。彼の考えは？　警察はどんな手がかりをつかんでいる？　警察が疑っているのは誰？　夕刊の記事はクレイが誰かといっしょに住んでいたって匂わせていたが、ほんとう？

ジャミーは機嫌よくしゃべった。グラントが黙っているほかないのをいいことに、うれしそうな視線を投げかけながら言いたい放題の独壇場だ。犯人をほのめかし、事件の様相をあますところなく伝え、人間性について取り留めなく語り、はては警察とその捜査方法をこきおろすという具合だった。

「彼女といっしょに住んでいた青年が逮捕されると思うな」彼は、そう結んだ。「ぜったいに間違いないって。ティズダルってやつだ。これがまたハンサムな男でね。被告席に立ったら大騒ぎになるだろうよ」

「ティズダル？」誰もがきょとんとして口々に言った。

「聞いたことない人ね」

ジュディ・セラーズだけが例外だった。

あっけにとられたようにしばらく口をぽかんと開けていたが、やがて唇を固く結んだ。それから顔からいっさいの表情が消えた。グラントは驚いてそのようすを興味深く見守った。

「突拍子もないことおっしゃるのね」マータがせせら笑った。「クリスティーン・クレイがこっそり愛人を作るはずないわ。彼女はそんな人じゃありませんよ。そんなことを信じるくらいなら――エドワードが犯人だと思うほうがましだわ」

その言葉を聞いて小さな笑い声が起きた。

「あら、エドワードだってやりかねないわ」ジュディ・セラーズが言った。「イギリスに戻ってきたら愛する妻が浮気をしていた。そこでかっとなった」

「寒い浜辺で朝の六時によ。エドワードがそんなところにいるなんて想像できる？」

「チャンプニズがイギリスに戻ったのは木曜日だ」ホプキンズが情報を提供した。「だから彼は省いていい」

「こんな話をしてるなんて、無慈悲で恥ずかしいと思わない？」マータは言った。「話題を変えましょうよ」

「ええ、それがいいわ」ジュディが言った。「実りがない話題だもの。あなたがその手で彼女を殺したとあってはなおさらだし」

「わたしがですって！」しんと静まり返ったなかで、マータは立ち尽くした。それからみなが次々に口を開いた。

「あっ、そうか！」クレメントが言った。「きみは彼女が新しい映画でやる役をずっとほしがってたじゃないか。すっかり忘れていたよ」

「あら、動機の点で考えるなら、あなただってりっぱな資格があるわ、クレメント。彼女があなたに写真を撮ってもらうのを断わったからってかんかんに怒ってたはずよ。たしか、あなたの写真ってこぼれた肉汁みたいって言われたのよね」

「クレメントだったら溺れさせたりしないわ。毒を盛るのよ」ジュディが言った。「ボルジア家の女みたいに。箱入りチョコレートに仕込むかするんだわ。あら、ちょっと、だったら怪しいのはラジャーンじゃないの？　クリスティーンの相手役を演じるのがいやだったのよ。あの人だったら力ずくで殺しそう。父親は肉屋だったんですもの。冷酷無情な性格を受け継いだのかもしれないわよ。それとも、コイーンはどう？　誰も見ていなかったら、あの人、《鉄格子のかなたに》のセットでクリスティーンを殺しかねなかったもの」どうやら彼女はジェイソンのことは忘れたらしい。

「こんなくだらない話、もうやめましょうよ。お願いだから」マータが語気を荒らげた。「三日も経てばショックが薄れるのも当然だわ。でもクリスティーンはわたしたちの友達だったのよ。なかよくしていた人の死をさかなにしてゲームをするなんてあんまりだわ」

「へへーんだ」ジュディがぶしつけに鼻で笑った。彼女はすでに五杯めのグラスを空にしていた。「わたしたちみんな彼女のことをこれっぽっちも好いてなかったくせに。あの人が死んじゃってみんな腹の底では笑いが止まらないってのに」

7

よく晴れたさわやかな月曜日の朝、グラントはウィグモア・ストリートを運転して西に向かっていた。まだ早い時刻で通りはひっそりとしている。ウィグモア・ストリートの顧客は週末を街で過ごすような人種ではないからだ。花屋は花びらがそっぽを向いた土曜日の売れ残りのバラをヴィクトリア朝式の花束に束ねてごま化すのに忙しい。骨董屋は明るい陽光に隅々まで照らし出されては困るのだろう。怪しげな素性の絨毯をウィンドウの奥に移していた。小さなカフェでは固くなったパンを朝のコーヒーといっしょに食べざるを得なかった店員が、出来立てのスコーンを注文する得手勝手な客につんけんと応対している。そして、洋服屋は土曜日にバーゲン価格で売っていた洋服を戸棚から出して元の値札をつけていた。

グラントは商人の浅ましい一面を垣間見て少々むかっ腹を立てつつ、ティズダルが利用していた仕立て屋に向かって車を走らせた。ティズダルのコートがロンドン製なら、ことは簡単だった。ボタンを見せれば、仕立て屋はティズダルのコートに使ったかどうかをひとめで言い当てる。だからといってすぐに逮捕に結びつくわけではないが、地歩を固めることができたはずだ。しかし、よりにもよってコートはロサンゼルスで仕立てられたものだった。「持っていったコートは」ティズダルは説明した。「あそこの気候じゃ、あまりに厚手でね。だから、新調したんです」

理屈はわかるが、厄介なのも事実だ。ロンドン製なら、店さえ現存していれば五十年経とうがふらっと立ち寄って尋ねるだけでいい。相手は慌てず騒がず慇懃に（もちろんこちらの身元がはっきりしていればだが）どんなボタンを使ったかを教えてくれる。だが、ロサンゼルスの店では望むべくもない。たとえ六カ月後であっても怪しいものだ。そのうえ、問題のボタンがここロンドンで必要であり、ロサンゼルスに送るわけにはいかないという事情があった。使用したボタンの見本を送るように仕立て屋に依頼するのがせいぜいだ。それとて、仕立て屋がどんなボタンを使ったかを覚えていればの話である。

グラントはコートがどこからかひょっこり現われることに望みをつないでいた。持ち主不明のコートが見つかってティズダルのものと確認され、しかもボタンがひとつなくなっていれば完璧な証拠となる。ティズダルが車を乗り逃げしたときコートを着ていた事実が判明したからだ。これはウィリアムズ巡査部長の、昇進に値する努力の賜物だ。彼は木曜日の朝六時を少し回った頃にウェドマーシュの交差点で車を見たという農夫を探し出したのである。六時二十分過ぎくらいと農夫は証言したが、あいにく時計を持っていなかった。そんなもんいりませんや。おてんとさまが出てても、出てなくても時間はわかりまさあ、というのが農夫の言だ。農夫が羊の群れを追っているところへ車が来てスピードを落とした。運転していたのが若い男で黒っぽいコートを着ていたのは間違いない。男の顔をしかと見ていないため宣誓のうえで証言することはできないが車は覚えていた。何せ、その朝はそれ一台見たきりだったから。

ウィリアムズが得たもうひとつの情報はグラントにとってあまりありがたくなかった。彼の報告によれば、ジェイソン・ハーマーが申し立てたようにサンドイッチの宿屋に宿泊した事実はなかった。じっさい、彼がサンドイッチに滞在した気配すらないありさまだ。

日曜日にグラントは恒例の腎臓《キドニー》とベーコンの朝食に手もつけずにそそくさと出かけ、ミスター・ハーマーに会ってきた。ミスター・ハーマーは〈デヴォンシア・ハウス〉に部屋を取っており、紫色の絹のガウンに無精ひげという格好で、楽譜が散らばったピンク色っぽい内装の室内にグラントを迎え入れた。

「こんな時刻に起きていることはめったにないんだがね」彼は言い、書き散らした紙をどけてグラントに椅子を勧めた。「でも、クリスのことを考えると眠れなくて。ほんとうにいい友人どうしだったんだ、警部。彼女のことを気難しいという人もいたけれど、わたしはそんなふうに思わなかった。なぜだかおわかりかな？　ふたりとも自分をつまらない人間と思い、他人にそれを知られやしまいかとびくびくしている似たものどうしだったからだよ。世間ってのは残酷だからね。偉そうな顔してふんぞりかえってりゃへいこらするが、自分に自信がないふうをちょっとでも匂わせようものならよってたかって苛めにかかる。初めてクリスに会ったとき、ああこの人は精一杯はったりをきかせてるんだってわかったね。はったりにかけちゃ、わたしは誰にも負けないからね。はったりについてはようく知ってるんだ。わたし自身、大家《たいか》のふりをしてアメリカに渡り、初めて作った歌をいくつかの新聞に発表したんだ。みんながはったりに気がついたのはその歌が大評判になったあとだったから、一杯食わされたことには目をつぶろうってことになったのさ。飲み物はいかがかな？　そうだね、一杯やるにはちと早い。わたしだっていつもは昼飯前に飲んだりしないんだが、眠れなければ飲むしかないじゃないか。それに仕上げなくてはならない曲がふたつあるんだ。例の――例の――」言葉が途切れた。「コイーンの新しい映画に使うやつだ」彼は口早に続けた。「アイデアひとつなしに曲を作ろうとしたことがあるかね？　ない？　まあ、ないだろうな。いやはや、まったく拷問だよ。しかも、いったい誰が歌うっていうんだ？　ハラードは歌がからっきしとくるんだから。クリスの《ときには歌ってよ》を聞いたことがあるかね？」

グラントはうなずいた。

「あれが大ヒットしたのは彼女のおかげだ。正直言って、わたしはもっといい歌をいくつも作っている。だけど、彼女が歌うと今までに作られたなかで最高傑作に聞こえたものさ。もうこうなりゃ作ったたってしようがないじゃないか。どうせあのお高くとまったハラードが台無しにしてしまうんだから」

ハーマーは部屋を歩き回り、散らかった紙を意味もなく別の場所に置き換えた。グラントは興味深く彼を見守った。この男がマータが言うところの〝ぽっぽと湯気を立てるヤカン〟であり、またジュディが言うところの〝しつこいタイプ〟であった。グラントにはどちらも当たっていないように思えた。ヨーロッパの貧しい国出身者に特有の性格——常に搾取され、虐げられていると思い込み、自己憐憫の情が強く、じゅうぶんな教育を受けておらず、激しやすく、目的を達するためには手段を選ばない——を備えたごくありきたりの男というのがグラントの評価だった。ハンサムではないが、女性にとっては魅力的だろう。マータ・ハラードとジュディ・セラーズがまったく異なるタイプの女性であるにもかかわらず、両者ともにハーマーを注目すべき男としてとらえ、彼の性格を自分なりに解釈していたのをグラントは思い出した。どうやらハーマーは変貌自在であるらしい。反感を一手に集めているマータに優しく接していたと見える。熱心な崇拝者と思わなければ、あのマータが熱っぽく弁護するはずがない。彼は〝演技する〟ことで生き抜いてきたのだろう。ついさっき、そう認めたばかりだ。今も演技をしているのだろうか？　警官を相手に演技の最中なのだろうか？

「こんなに朝早くお邪魔して申し訳ないが、捜査の一環なんですよ。ミス・クレイの死に関して捜査をしているのはご承知でしょう。お定まりの手順として彼女を知っていた人たちの行動を洗う必要がありましてね。事件に関わりがあろうとなかろうと、みなさん調べさせてもらうんです。さて、木曜日の朝、あなたは郡警察の巡査部長に前夜はサンドイッチの宿屋に泊まったと話された。ところが一応調べたところ、泊まった形跡がないんですよ」

ハーマーはうつむいたまま楽譜をいじくっている。

「どこに泊まったんですか、ミスター・ハーマー？」

ハーマーはくすりと笑って顔を上げた。「いやあ、まいったね！」彼は言った。「素敵な紳士が邪魔をして申し訳ないと実に丁重な物腰で詫びつつ、朝飯どきにお出ましになる。でもって何を言い出すかと思えば、迷惑をかけたくないのは重々だが、実のところは警官で、このあいだの供述は正確ではないようだから少々情報をいただきたいときた。まいっちゃうよ、ほんとうに。しかもこれできっとうまくいくんだろうな。これほど丁重にやられると感極まって泣き出して白状したりしてさ。母親お手製のパイ顔負けの口当たりのよさ。ピムリコー（ロンドン南西部、高級住宅街がある）でもこの手を使うのかい？　それともパークレーン（高級ホテルが並ぶメイフェアの一画）専用なのかな？　教えてくれよ」

「こちらとしては、先週の水曜日の夜、あなたがどこに泊まったのか教えていただきたいんですがね、ミスター・ハーマー」

「そのミスターってのも、パークレーン専用なんだろうな。これが十年前、わたしの名前がまだジェイソンだった頃なら、さっさと署に引っ張っていって他の国の警官と同じようにさんざん絞り上げるくせにさ。警官なんてどこでも似たり寄ったりだ。金さえあればへいこらしやがる」

「あいにく、あなたのようにいろいろな国の警察での経験がないんですよ、ミスター・ハーマー」

ハーマーはにやっと笑った。「痛いところを衝かれたかな？　あんたみたいな慇懃無礼なイギリス野郎はさんざん痛い目に遭えばいいんだ。でも誤解しないでもらいたいね。わたしには前科なぞない。ところで水曜日の夜だが、実は車の中にいたんだ」

「では、宿屋には泊まらなかったということですか？」

「そうだ」

「それで、車はどこにあったんです？」

「家ぐらいに高く茂った生け垣に囲まれた道の脇の草むらに停めた。どこもかしこも草むらだらけで、まったく土地の無駄使いだ。イギリスって国はどうなっているのかね。そこなんて幅が四十フィートはあったな」

「では車の中で寝たんですね？　証人になってくれる人がいますか？」

「いないね。草むらといったって公園じゃないんだから。眠いうえに道に迷って、もうそれ以上運転する気になれなかったんだよ」

「迷った！　ケント州の東部でですか？」

「ああ、東部に限らずどこでだって迷うさ。日が暮れてからイギリスで村を探そうとした経験があるかね？　夜の砂漠のほうがはるかにましだ。どこそこへ一マイル半という標識をやっと見つけてほっとするだろ。やあ、ついにどこそこを見つけたぞ！　あと少しだ！　イギリスと道路標識に万歳！　でもって半マイルも走ると三本の分かれ道に行き当たる。ど真ん中の草地にこぎれいな標識が立っていて、腕木の一本ずつに少なくとも三つは地名が記されているんだ。ところが、どこそこという地名が書いてあるか？　あると思ったら大間違い！　そうは問屋が卸さないってわけだ。仕方がないから、決心する前に誰か通りかからないかななんて期待しながら何度も標識を読むんだが、人っ子ひとり来やしない。最後に誰かが通ったのは前の週の火曜日だったりしてさ。家もない。あるのは草っ原と去年の四月に開催したサーカスの広告だけ。そこで三本のうちの一本を選び、どこそこなんてひとことも書いてない標識をふたつばかり過ぎると、やっとどこそこって標識が出る。それが何と、どこそこまで六と四分の三マイルってなってるんだな。また初めからやり直して四マイルも行くと事態はさらに悪化し、また同じことになる。そして、もう一回。堂々巡りを五、六回繰り返す頃にはどうでもよくなっちまって、ともかく車を停めて眠りたい一心だ。というわけで、車を停めて眠ったんだよ。それにどちらにしろ、クリスを訪問するにはもう遅かったしね」

「いくら遅いといっても、宿屋に部屋を取るくらいはできたでしょうに」

「できたろうよ。宿屋がどこにあるかわかってさえいれば。だけど、わたしがこれまで見たかぎりじゃ、イギリスの宿屋に泊まるくらいなら車の中で寝たほうがましだね」

「あなたはずいぶんひげが濃いようですな」グラントは、ハーマーのまだひげを剃っていない顎を身振りで示した。

「ああ。ときには日に二回剃らなきゃならない。とくに夜遅くまで出かけているときなんかはね。なぜだい？」

「ミス・クレイのコテッジにいらした際は剃ってあったんでしょ。それをどう説明します？」

「車の中にひげ剃り道具をいつも入れてあるんだよ。こんなに濃いとそうしないわけにいかないのさ」

「となると、当日の朝は朝食抜きだったんですね？」

「ああ、クリスのところでご馳走になるつもりだった。だいいち、ふだん朝飯は食べないんだ。コーヒーかオレンジジュースだけ。イギリスにいるときはオレンジジュースだ。まったくひどい代物だからな、きみらのコーヒーときたら——いったいどういう入れかたをしてるんだろうな？　つまり女たちがだが。あれは——」

「コーヒーはひとまず措いておいて、肝心の話をしましょう。あなたはなぜ巡査部長にサンドイッチに泊まったと話したんです？」

ハーマーの表情がかすかに変わった。それまでは打てば響くように答えていた。人のよさそうな丸顔はリラックスし、愛想のいい表情をたたえていた。だが、いまや一変して用心深い顔つきとなり、しかとはわからないが敵対心のようなものがほの見える。

「何かおかしいと察したから、関わり合いになりたくなかったんだよ」

「それはまたたいしたものですな。誰も悪事を感知していなかったのに、あなたひとりが察したというわけですか」

「からかわないでくれ。溺れたって聞かされたが、彼女がウナギ顔負けに泳げるのを知っていたんだ。わたしはひと晩じゅう外にいた。しかも巡査部長が、いかにもうさんくさそうにこちらを眺めているときたからさ」

「しかし、巡査部長は溺死が単なる事故であるとしか考えていなかったんですよ。あなたをうさんくさそうに眺めるわけがない」

グラントはハーマーの偽りの供述を追及するのをそこで止めた。

「ところで、ミス・クレイの居場所をどうやって突き止めたんですか？　行き先は秘密にしていたと聞きましたがね」

「そのとおり。彼女は逃げ出したんだ。みんな――わたしも含めてだが――うまくしてやられたんだよ。彼女は疲れていたうえに最新作の出来に満足していなかった。制作段階で、という意味だ。まだ公開されていないんだ。コイーンは彼女の扱いかたがわからなくてね。たいした女優だと認めるいっぽうで、つけあがられてはたまらないと心配もしていた。わかるだろう。もし彼がジョー・マイヤーズがアメリカでやっていたのと同じように〝お嬢さん〟とか〝可愛い子ちゃん〟とか言ってちやほやしたら、彼女はにこにこして身を粉にして働いたろうよ。だが、コイーンは自尊心が強い。〝大監督〟だって意識があるからね。したがってふたりはうまくいっていなかった。彼女も疲れきってうんざりさ。休暇を取って気分転換にどこかに行ってくればいいというのがみんなの意見だったが、彼女はぐずぐずしていた。ところがある朝、ふいといなくなってしまったんだ。バンドルが――これは家政婦だが――居所は知らないが、手紙が転送扱いになっていないからひと月もすれば帰ってくるだろうと言ったんで誰も心配しなかった。さて、二週間ほどまったく音沙汰がないままだったが、先週の火曜日にわたしはリビー・シーモンのところのシェリーパーティでマータ・ハラードに会ったんだ。マータは彼の新作劇に出演するからね。マータは土曜日にベーカー・ストリートのチョコレート屋でクリスにばったり会い――クリスは映画を一本撮り終わるとチョコレート屋に走らずにはいられないんだ――隠れ家を聞きだそうとしたそうだ。だがクリスは何も教えてくれなかった。少なくとも、彼女としては教えなかったつもりらしい。こう言ったそうだ。〝もう戻らないかもしれないわ。自分で野菜を作ってみた古代ローマ人の話を知っているでしょう。野菜作りがあんまりおもしろいんで、一生作るようになったって話。わたしも昨日コヴェントガーデンの市場（当時は青物市場だった）に出すサクランボを摘む手伝いをしたんだけど、おもしろいの何のって、アカデミー賞をもらうよりずっと楽しいわよ〃」

　ハーマーは低い声で笑った。「彼女の声が実際に聞こえるようだよ」と愛しげに言う。「そこでわたしはシーモンのところからコヴェントガーデンに駆けつけて、サクランボがどこから入荷したかを尋ねた。バーズグリーンという果樹園からだった。そこで、よく晴れた水曜日の朝早く、バーズグリーン目指して出発したというわけだ。見つけるのにちょっと苦労したが、三時に到着した。それから果樹園と金曜にそこで働いていた人を探し当てたんだ。クリスをすぐに見つけられると思っていたが、誰も彼女を知らないらしかった。何でも金曜の早朝に女の人が車で通りかかって、しばらく作業を眺めてから手伝ってもいいかと尋ねたそうだ。果樹園の持ち主が人手は足りていると答えると、楽しみたいだけだから金はいらないと女性は言った。〃いい摘み手だったよ〃って持ち主は言っていた。〃今度は金を払って摘んでもらってもいいな〃って。そのとき孫が、六マイルほど離れたリドルストーンの郵便局で彼女を見た――あるいは見たような気がする――って教えてくれたんだ。リドルストーンにたどり着いてみると郵便局の常勤の女性は〃お茶の時間〃で家に帰っていたから、戻ってくるまで待たなきゃならなかった。その女性によると、あんだけたくさんの電報を打った女の人――あそこらの郵便局じゃ、クリスが打ったほど大量の電報を見たことがないらしい――はメドレーをちょっと過ぎたところに住んでいるらしいわよってことでね。だもんで、薄暗くなりかけた頃にメドレーを探しに出発し、あげくのはてに野宿する羽目になったのさ。野宿はともかく、捜査の成果が上がった点では今朝のあなたよりうわ手のようだな、警部」

　グラントはユーモアたっぷりに微笑んだ。「そうですかね？　さて、わたしの用もほとんどすみました」彼は立ち上がった。「そのときコートを持っていかれたんでしょうね？」

「もちろん」

「材質は？」

「茶のツイードだ。なぜ、きく？」

「ここにありますか？」

「あるとも」彼は居間から寝室へ通じる通路に作り付けられたクローゼットに向かい、引き戸を開けた。「わたしの服全部を改めるがいい。ボタンを見つけられたら、脱帽しよう」

「ボタンって何のことです？」グラントはつい口早に聞き返した。

「いつだってボタンが問題になるじゃないか、違うかね？」ハーマーは言った。柔らかな茶色の小さな目を眠そうに垂れたまぶたの下で光らせ、秘密めかしてグラントに微笑んだ。

クローゼットの中に注目に値するものはなかった。グラントはジェイソン・ハーマーの話をどこまで信じていいものやら確信がないまま暇を告げたが、容疑をかけようという気持ちはさっぱり起こらなかった。警察のいわば希望の星はティズダルだ。


明るいさわやかな朝に歩道際に車を停め、グラントはジェイソンのクローゼットの中身を思い出してひそかに微笑んだ。ジェイソンの洋服はここ〈ステーシー＆ブラケット〉製ではなかった。ドアを開けて狭くて薄暗い、みすぼらしい店内を見渡すと、〝イギリス人ってのはな！　百五十年から商売をやっていてこの程度か〟と笑うジェイソンの声が響くような気がした。カウンターは創立以来のものだろう。照明は間違いなく元々のものだ。しかしグラントは気持ちが和んだ。これこそ彼が愛して止まないイギリスそのものである。流行が変わり、王室が転覆し、静かな街路に響く馬の蹄が幾千ものタクシーのクラクションに取って代わられようとも、〈ステーシー＆ブラケット〉は泰然として素晴らしい洋服を、泰然とした素晴らしい紳士のために作り続けるであろう。

現在はステーシーもブラケットも生存していないが、ミスター・トリムリー——ミスター・スティーヴン・トリムリー（ミスター・ロバートやらミスター・トーマスとは大違いだ！）——がグラント警部に応対して全面的な協力を約束した。たしかに手前どもがミスター・ロバート・ティズダルの洋服をお作りしていました。はい、タキシードの上にお召しになる黒っぽいコートもお仕立てしました。いいえ、これがそのコートに使ったボタンでないことはたしかでございます。手前どもはこのようなボタンをコートに使用したことは一度もございません。手前どもで使うような種類のものではございませんから。敢えて言わせていただけば、ご質問のボタンはたいへん出来が悪く、まともな仕立て屋は決して使いませんでございます。外国製だとしても、意外ではありませんな。

「もしかしたらアメリカ製ということはあるかな？」グラントが水を向けた。

〝あるかもしれません。しかし、手前には大陸で作られたように思えます〟と、ミスター・トリムリーは答えた。いいえ、理由なんぞございません。まったくの勘と申しましょうか。間違っているかもしれません。手前の意見なんぞに重きを置かないでいただけるとありがたいのですが。またミスター・ティズダルですが、厄介な目に遭われておられないことを切に望んでおります。たいへん、すてきな紳士でいらっしゃいますので。グラマースクール——とくに古いグラマースクール——は立派なかたをおおぜい輩出しておりますな。名もないパブリックスクールよりよほど人材が豊富なんじゃないでしょうか。そう思いませんか、警部さん？　グラマースクールに子供を行かせる家庭には——代々同じ学校に行くんでございますから——脈々とした伝統が持つ頼もしさがございます。これはもう、有名なパブリックスクールを別にすれば、おいそれと追いつくものじゃございません。

グラントとしては若きティズダルに脈々とした伝統にしろ何にしろ、頼もしさなどまったく認められなかったが議論をするのは避け、現在のところミスター・ティズダルはいかなる厄介な目にも遭っていないとミスター・トリムリーに請け合うにとどめた。

ミスター・トリムリーはそれを聞いて喜んだ。——老いぼれの手前といたしましては、この頃の若い者に心底がっかりすることが多うございましてな。いつの時代も年寄りは若い者が出来が悪い、だらしがないとこぼしてきたのでございましょうが、それにしてもこの頃の者は……そりゃもう手前は老いぼれでございますから、若いかたの悲劇的な死がよけい強く感じられるのでございますよ。今朝なんぞはまったく暗い気持ちでございます。滅入ってしまいますな。あの輝くようなクリスティーン・クレイがいまこのときに灰と化していることを思いますとね。あのような素晴らしい女優がふたたび現われるのは何年も、いや何世代（百五十年も続いている店を経営するミスター・トリムリーは常に世代を単位として考えた）も先のことになりましょう。あの人はほんものの女優でございました。そう思いませんか、警部さん？　とびっきりのほんものでございましたよ。卑しい家の出だと聞きましたが、ご先祖に血筋のよいかたがいたに違いありません。クリスティーン・クレイのような人が何もないところにひょっこり生まれるわけがないんです。造物主が取り計らってこそ生まれたんでございますよ。手前は世間一般で言うような映画ファンではございませんが、ミス・クレイが初めて演技派女優として出演した映画に姪が連れていってくれて以来、一本も見逃しておりません。見るたびに楽しくてぼうっとしてしまうのでございます。この映画という新しい手段がかように力強く豊かな感動を与えてくれますなら、ドゥーゼ（イタリアの女優。一八五九～一九二四）やベルナール（フランスの女優。一八四四～一九二三）をいつまでも惜しむこともありますまいて。

グラントはあまねく人々を虜にした天才的なクリスティーン・クレイに舌を巻いて、仕立て屋をあとにした。世界中の人々がゴールダーズグリーンの火葬場に思いを馳せているようだ。ノッティンガムのレース工場の工員としては奇妙な最後を迎えたものである。世界中の人々に崇拝された女優としても奇妙な最後と言えよう。〝そして彼らは亡骸を竈《かまど》に入れた。あたかもそれが――〟グラントは考えまいとした。胸糞が悪くなるからだ。なぜ、胸糞が悪くなるのだろう？　答えはわからなかった。陳腐な葬儀法のせいだろうか。思慮深いし、あらゆる面を考慮している。それに残されたものにとっても、もっとも苦痛の少ない方法であろう。しかし万人の心に虹のように輝き渡ったクレイは百フィートにも積まれた葬儀用の薪をもって送られてしかるべきだ。目もくらむような葬儀、ヴァイキングのような葬儀がふさわしい。それが、郊外の火葬場とは。やれやれ、とグラントは吐息をついた。感傷的ではないにしても、塞ぎの虫がとりついたらしい。彼は車のエンジンをかけて交通の流れに混じった。

グラントは昨日考えを変えてクレイの葬儀への参列を取りやめた。ティズダルに対する証拠固めは着々と進んでおり、憂うつな時をいたずらに課す必要はなく思えた。だが今になってみると、参列しないですんだのは実にありがたいとほっとすると同時に、やはり行くべきだったかとの思いが（これがグラントらしいところである）込み上げてきた。参列を避けたいという気持ちが判断を狂わせたのだろうか。そんなことはない、とグラントは打ち消した。いまさら見ず知らずのクリスティーンの友人たちの心理状態を観察したところで、得るものはないだろう。すでにマータのところで激論を目撃していたし、その成果たるや微々たるものだった。あのパーティはいつ果てるともなく延々と続いた。ジャミーは客が拝聴するのがおもしろいのだろう。ふたたび話しはじめた。しかし、マータはそれ以上クリスティーンの話題に触れるのをいやがり、幾度かその話に戻ったものの、ジャミーがいくら話術を尽くしてもみなの興味を長くとどめるには至らなかった。リディアは能力をひけらかしたくてうずうずしており、占星術ができない場合は手相占いを披露するのを旨としているとあって、みなの手相を読んだ。グラントの性格について鋭い指摘をし、近い将来に誤った決断をする可能性があると警告した。誰にでも当てはまる無難なお告げだ、とグラントは思った。午前一時になってマータはようやく客を追い払うことに成功した。グラントはひとり残ったが、おもしろいことにこれは彼がマータに質問をしたいからではなく（客の会話からすでに答えを得ていた）、マータが彼を質問攻めにしたいがために引き止められたのだった。クリスティーンの死を調べるようにってロンドン警視庁に要請があったの？　何か怪しい点でもあるのかしら？　警察は何を発見した？　どんな裏があると思うの？

要請を受けたが（これはすでに一般に知れ渡っていた）、今のところは疑惑だけで確たる証拠は挙がっていないとグラントは答えた。マータはマスカラが流れない程度にその場にふさわしく涙ぐみ、クリスティーンがいかに素晴らしい芸術家であり、女性であったかをグラントに語って聞かせた。「立派な人よ。最初にあれだけのハンディキャップがあったのに乗り越えたんだから、たいしたものだわ」彼女はそのハンディキャップを次々に数えたてた。

グラントは人間の性《さが》を思ってため息をつき、そしてそんな彼自身に肩をすくめて生暖かい夜の街に出ていったのだった。

しかし人間の性《さが》にも救いはあった。グラントは歩道の縁に車を寄せ、浅黒い顔をうれしそうに輝かせてブレーキを踏んだ。

「おはよう！」彼は灰色の小柄な人物に呼びかけた。

「あら、おはよう、ミスター・グラント」エリカが答えて歩道を横切ってきた。ちらっと笑みを浮かべただけだが、グラントに出会ったのを歓迎するふうだ。少年のような冷静な態度ではあるが、その程度はうかがえた。グラントは彼女が〝町着〟を着用に及んでいるのに気づいた。もっとも田舎で会ったときよりすてきに見えるかといえば、否だった。たしかにこぎれいな服だが、めったに袖を通していない感がある。灰色のスーツはいかにも上等な品だが野暮ったい。スーツとお揃いの帽子は野暮ったさの点でもお揃いだ。

「街に滞在中とは意外ですね」

「長くいるわけじゃないのよ。ブリッジが必要だから来ただけ」

「ブリッジ？」

「だけど一ヤードいくらで買うみたいに簡単にいかないのね。あつらえなきゃいけないんですって。だから、また別の日に来なくてはならないの。今日は口の中にやたらたくさん粘土を詰めておしまい」

「ああ、歯医者の話か。なるほど。ブリッジが必要なのはおばあさんだけかと思っていた」

「だって、このあいだ詰めたへんてこなのじゃ長持ちしないんですもの。トフィーを食べるたびに小さなかけらがくっついてきちゃって。去年の冬、フライトが障害を飛び越したときにわたしを乗せたままもんどりうったものだから、横のほうの歯が何本も欠けてしまったの。顔なんか、赤カブそこのけ。というわけで、今度はブリッジにしなきゃいけないんですって」

「フライト（跳躍の他に危険、逃走の意味もある）って名前がいけなかったんじゃないですか」

「ある意味ではね。でも、ぴったりでもあるわ。捕まえたときにはケント州の外れ近くまで逃げてたんだもの」

「これからどこへ？　乗せてってあげますよ」

「ロンドン警視庁を見学したいって頼んでも無理よね？」

「いいえ、大歓迎ですよ。ただ、あいにく二十分後にテンプル（ロンドンのシティの西端）で弁護士に会う約束があって」

「まあ、そうなの。だったら、コックスパー・ストリートで下ろしていただこうかな。乳母にお使いを頼まれているから」

彼女は隣の座席に乗り込んだ。グラントは、なるほど乳母ならさもありなんと合点がいった。母親ならこんな服を選びはしない。学校の制服を作らせたのと同じ仕立て屋に頼んだのだろう。〝グレーのフランネルのスーツを一着にお揃いの帽子〟という具合に。エリカは自主的でしっかりしているが、どこか寂しげな影があるとグラントは感じた。

「ああ、助かった」彼女は言った。「あまり高くないけど、これで歩くの嫌いなんですもの」

「嫌いって、何が？」

「靴よ」彼女は片足を掲げ、ほんの少し高いだけのヒールを披露した。「乳母は街に行くときはこういうのを履かなくてはいけないって言うんだけど、おっかなくて。転んじゃいそう」

「そのうちに慣れますよ。郷に入っては郷に従えだ」

「何で従わなくてはいけないの？」

「従えば後ろ指をさされてみじめな思いをしないですむ」

「ふうん。まあ、どうせしょっちゅう街に来るわけじゃないからいいわ。いっしょにアイスクリームを食べる時間はないわよね？」

「残念ながら。今度ウェストオーバーに行ったときの楽しみにとっておきましょう」

「そうだった、また来るのよね。忘れていたわ。あなたがいじめてた人に昨日会ったのよ」

「いじめていた？」

「そう、気絶した人」

「ほう、彼と！　どこで？」

「父が〈マリンホテル〉にお昼を食べに連れていってくれたの」

「お父上は〈マリンホテル〉が嫌いなはずだが」

「嫌いよ。あんなひどい薫製ニシンは見たことがないって文句を言っていたわ。ちょっと言い過ぎだわね。それほどひどくなかったもの。それにメロンはすごくおいしかったわ」

「ティズダルがあそこでウェイターをやっているとお父上から聞いたのかな？」

「いいえ、巡査部長から。あまりプロらしくなかったわね。巡査部長じゃなくて、ミスター・ティズダルがよ。なれなれしいし、わたしたちに興味を示し過ぎるし。プロのウェイターはそんなに興味を示すもんじゃないわ。それに、アイスクリームを食べるスプーンを持ってくるのを忘れたのよ。でも、前の日にあなたにさんざん脅かされたんだから無理もないけど」

「脅かしたですと！」グラントは深く息を吸い、ハンサムな青年が窮状に陥ったからといって心を揺さぶられてはいけないとエリカに説教した。

「あら、そんなんじゃないわ。あの人の鼻、長すぎるんですもの。それにわたしはトガーレに夢中なの」

「トガーレって誰です？」

「ライオン使いに決まってるじゃない」彼女は横を向いてグラントを不思議そうに見つめた。「あなた、ほんとうにトガーレを知らないの？」

　グラントは残念ながら聞いたことがないと応えた。

「クリスマスにオリンピア（ロンドン西部の大きな展示施設）に行かないの？　行かなくちゃ！　ミスター・ミルズに頼んであなたにチケットを送ってもらうわ」

「ありがとう。それでいつからトガーレに夢中なんです？」

「四年になるわね。わたし一途なたちなのよ」

　たしかに一途なようだとグラントは認めた。

「〈オリエント〉の事務所で下ろしてちょうだい」一途なたちだと宣告したのと同じ口調で、彼女は言った。そこでグラントは黄色い煙突がついた汽船の横で彼女を下ろした。

「クルーズに行くんですか？」

「いいえ。乳母がパンフレットが好きだから、いろんな観光会社から集めて持って帰ってあげるの。乳母は海が怖くて一度もイギリスから出たことがないんだけど、安全なところに座って想像するのがお気に入りなのよ。春にはリージェント・ストリートにあるオーストリアの観光会社で山のすてきなパンフレットを手に入れたわ。それに乳母はドイツの保養地に詳しいのよ。さようなら。乗せてくださってどうもありがとう。ウェストオーバーに来たときはどうやって知らせてくださる？　だって、アイスクリームを食べるんでしょう？」

「お父上から伝えていただきます。それでどうです？」

「いいわ。さようなら」そう言って、彼女は事務所に入っていった。

　グラントは明るい気分で、クリスティーン・クレイの弁護士並びに夫に会いにいった。

8

エドワード・チャンプニズをひと目見れば、なぜ誰もがエドワードとしか呼ばないのかすぐわかる。彼は非常に背が高く、威厳があり、たいへんハンサムだった。性格は保守的で誠意と同情を持って他人の話に耳を傾け、たまに見せる笑顔が実に魅力があった。つべこべとうるさいミスター・アースキンと並んでいると、その悠然たる物腰はタグボートの指令を耐えしのぶ汽船を思わせた。

グラントは彼と顔を合わせるのは初めてだった。エドワード・チャンプニズが妻の悲報を知ったのは木曜日の午後で、ほぼ三カ月ぶりにロンドンに戻ったところだった。彼はただちにウェストオーバーへ向かって死体の身元を確認し、金曜には郡警察に話を聞き、ボタンについて頭を悩ませているのを知るとロンドン警視庁に任せるようにと提言した。長い間留守にしていたうえに妻の死が重なってロンドンでの用が山積みとなったため、グラントがウェストオーバーに着いたときには入れ違いにロンドンへ戻ってしまっていた。

エドワードは疲労困憊しているようだが、表情は冷静そのものだった。五百年にわたる特権及びに義務によって培われたこの保守的な人物はいかなる状況であれば感情をあらわにするのだろうかと、グラントは訝った。グラントは椅子を引き、そこではたと思い当たった。エドワード・チャンプニズが保守的などとはとんでもない、と。外面どおりに郷に従うような人物なら又従兄弟とでも結婚し、軍隊に入り、領地を取り仕切り、《モーニング・ポスト》紙を愛読するだろう。しかし、彼はそのどれひとつとして実行しなかった。地球の反対側で芸術家を娶《めと》り、楽しむために危険を冒し、本を書く。外面がかくも誤った印象を与えるとは、不思議を通り越して不気味な気すらした。

「言うまでもないことですが、エドワード卿は遺書をごらんになっています」アースキンが言った。「実のところ、もっとも重要な事項に関してはとうにご存じでいらっしゃいました。レディ・エドワードが遺言書を作成なさいます際にご希望を卿にお知らせになりましたから。とはいえ、びっくりなさることがひとつございます。でもあなたさまご自身で遺言書をおたしかめになりたいのでしょうね」

弁護士はテーブルに置かれた立派な用箋をぐるりと回してグラントの正面に向けた。

「レディ・エドワードはこれ以前にアメリカで遺言書を二度作られていますが、ご本人の要望に基づき、アメリカの弁護士によって二通とも破棄されています。夫人はイギリスの普遍性がたいへんお気に召し、イギリスの弁護士によって財産が管理されることを希望されました」

クリスティーンは夫に何一つ遺贈しなかった。〝夫、エドワード・チャンプニズには現在のみならず将来にわたっても使い切れないほどの財産があり、しかも金銭に執着しない人柄であることを考慮して金銭の遺贈はいたしません〟と記されていた。ただし彼女の持ち物で夫が希望するものがあれば、遺言書で遺贈先が指定されていないかぎり夫の所有となる。友人や召し使いに対して、一時金、あるいは年金の形でのさまざまな遺贈があった。家政婦のバンドルや美容師。黒人の運転手。彼女の最大のヒット作を監督したジョー・マイヤーズ。シカゴのホテルのボーイには〝例のガソリンスタンドを買うために〟。総勢三十人ちかくが遺贈を受け、住む場所も職種も多岐にわたっていた。しかし、ジェイソン・ハーマーの名はなかった。

グラントは日付に目を走らせた。十八カ月前だ。その頃はまだハーマーを知らなかったのかもしれない。

しかしながら、気前よく分配したのちも莫大な額に上る遺産の大部分が残った。そして、この大金は驚いたことに個人ではなく、〝イギリスの美を守るために〟遺されていた。旧き良き建築物や景観が破壊されようとしている地域を買い取り、維持費を賄うための受託者団体を設立する旨が指示されていた。

グラントはこれですでに三度驚いていたが、遺言書の最後のくだりを読んでもう一度驚いた。書かれていたのは〝兄、ハーバートにロウソクのために一シリングを〟の一行のみ。

「兄だって？」グラントは言って、怪訝そうに顔を上げた。

「エドワード卿も遺言書をお読みになるまで、夫人に兄上がおられるのをご存じありませんでした。夫人のご両親はとうの昔に亡くなられ、残されたのは夫人おひとりだけというお話だったのです」

「ロウソクのために一シリング。どういうことでしょうな？」グラントがチャンプニズのほうを向いて尋ねると、卿は首を横に振った。

「兄弟喧嘩かな。子供の頃に仲たがいしたのかもしれない。そういう諍いのほうが、かえって尾を引くものですよ」そう言って、グラントは弁護士を見やった。「わたしなんかアリシアの顔を見るたびに、鳥の卵のコレクションを粉々に壊されたことを思い出します」

「もっとも子供のころとばかりは限らない」グラントは続けた。「大人になってからも付き合っていた可能性もある」

「尋ねるとすればバンドルだろう。妻がまだニューヨークで駆け出しの頃から身の回りの世話を焼いていたのだから。しかし、それが重要かね？　その男はわずか一シリングやるくらいの価値しかなかったんだ」

「重要ですとも。ミス・クレイの人間関係で本気で悪意なり敵意なりが表明されたのはこれが初めてです。探ったら思いもよらない結果に結びつくかもしれません」

「それほど重要だと思えなくなるかもしれませんよ、警部さん。まあ、ご覧ください」アースキンが言った。「こちらの手紙ですが、びっくりすることと申しましたのはこれなのです」

　とどのつまり、びっくりすることとは遺言書に書かれた内容ではなかったのだ。

　グラントは弁護士のかすかに震えている乾いた手から手紙を受け取った。イギリスの村ならどこでも売っている、クリーム色で艶のある厚手の便箋で、クリスティーン・クレイから弁護士に宛てられていた。書き出しは〝ケント州、メドレー、イバラ荘〟とあり、内容は遺言書の追加条項だった。彼女はカリフォルニアに所有している牧場を設備、家畜とども一切合切、それに現金五千ポンドをロンドン、ヨーマンズ・ロウの元住人ロバート・スタナウェイに遺していた。

「この手紙は」弁護士が言った。「お気づきのように水曜日に書かれています。そして、木曜の朝——」と、意味ありげに言葉じりを濁した。

「これは有効ですか？」

「法廷で是非を争っても無駄でしょうな。夫人の直筆で書かれ、姓名がきちんと署名されています。署名の際の証人はマーガレット・ピッツ。条項が明確に述べられ、様式も整っています」

「偽造の線は？」

「まずありません。レディ・エドワードの筆跡はよく存じておりますし——特徴のある筆跡で容易に真似できるようなものではないのがおわかりでしょう——なによりわたくしは夫人の文章の様式に通じておりまして、これを真似するのは筆跡を真似るよりさらに困難でしょう」

「なるほど」グラントは手紙が実際に存在するのが信じられないような面持ちで読み返した。「これですべてが変わりましたよ。すぐさま警視庁に戻ります。早ければ夜になる前に逮捕できるでしょう」彼は席を立った。

「わたしもいっしょに行こう」チャンプニズが言った。

「ええ、どうぞ」グラントは思わず答えた。「その前にちょっと失礼して電話をかけます。警視が署におられるかどうかたしかめたいものですから」

　受話器を上げたグラントだが、覚めた部分でこう思った。ハーマーの言うとおりだな。相手によって扱いが違ってくる。夫がブリクストン（ロンドンの移民が多い地区）に住む保険外交員なら、警視庁での会議にしゃしゃり出るのをこうもあっさり認めるものか。

「バーカー警視は署におられるかね？……ほう……三十分過ぎに戻られるんだね？　では二十分後ということか。そうだね、重要な情報をつかんだのでただちに会議を開きたいと伝えてくれ。ああ、おられるなら、総監も同席願いたい」

　彼は受話器を置いた。

「貴重な情報をいただいて助かりました」グラントはアースキンに礼を言った。「それから、もし例の兄の居所がわかったら教えてください」

そして彼はチャンプニズと連れ立って薄暗く狭い階段を下り、厳しい陽射しの中へ出た。

「ところで」チャンプニズは片手をグラントの車のドアにかけて尋ねた。「一杯やらないか？ まだ時間はあるだろう。気付けがほしくてね。今朝は――容易じゃなかったから」

「ええ、お供しますよ。エンバンクメント沿いに行けば署まで十分とかかりませんから。どちらへ参りましょう？」

「そうだね、わたしのクラブはカールトンハウステラスにあるんだが、知っている人とあまり顔を合わせたくないんだ。サヴォイもたいして変わらないし――」

「近くに感じのいいパブがあります」グラントは言って車の向きを変えた。「今ごろならがら空きです。しかも、涼しい」

角を曲がったとき、ニュース売りが掲げたポスターがグラントの目に留まった。〝クレイの葬儀行なわる：前代未聞の光景。失神した女性十名〟。〝クレイに別れを告げるロンドン〟。そして（これは《センティネル》）〝クレイの最後のショウ〟

グラントは車のスピードを上げた。

「まったくいやになるね」グラントの隣でチャンプニズは静かに言った。

「ええ、お気持ちをお察ししますよ」

「あの女どもときたら。こうなってはイギリス人もおしまいだな。大戦をうまく切り抜けたが、努力が過ぎたのかもしれないねえ。何だかみんな――情緒不安定になってしまった。あまりにショックが大きいと、時としてそういう結果になるものだ」彼は戦争当時を思い出しているのか、しばらく口をつぐんだ。「わたしは身を遮るものとてないところで――中国だったよ――部隊が砲火にさらされるのを目撃し、殺戮に必死で抵抗した。だが、今朝の人間の屑のようなヒステリックな群集が蜂の巣にされたら、言葉では言い尽くせないほどうれしいだろうよ。クリスの葬儀だからってだけじゃない。ああいう連中を見ていると自分が同じ人間であるのが恥ずかしくなるんだ」

「ずいぶん朝早くでしたからあまり野次馬が集まらないと思っていたのですがね。警察もそれを当てにしていたはずです」

「わたしたちだって当てにしていたさ。だからあの時刻を選んだんだ。しかし、あれは何をやっても防げなかったよ。この目で見た今は、そう断言できる。みんな狂っているのさ」

彼は言葉を切り、苦い笑いを漏らした。「クリスは人嫌いだった。いつもがっかりさせられると言ってね。だから財産をあんなふうに遺したのさ。今朝集まったファンが彼女の判断が正しかったのを証明しているよ」

パブはグラントの言葉に違わず、静かで涼しく、そして気楽だった。誰もチャンプニズに注意を払わなかった。六人いる客のうち三人がグラントにうなずいて挨拶し、あとの三人は用心深い顔つきになった。苦悩のときであっても観察力に長けたチャンプニズが言った。「きみだって顔が売れていないところへ行きたいことがあるだろう。そういうときはどこへ行くんだね？」

グラントは微笑んだ。「あいにくそういう場所はまだ見つけてませんね。一度友人のヨットに乗ってラブラドルへ行ったことがあるんです。村の店の親父にこう言われましたよ。〝口ひげを以前より短くしなすったね、巡査部長さん〟。それ以後はすっかりあきらめています」

ふたりはラブラドルについて少し話をし、それからチャンプニズが最近数カ月を過ごしたガレリアについて語った。

「わたしはアジアは原始的なところだと思っていた。それから南アメリカに住むインディオの部族もね。だが、そんなのは東ヨーロッパの比じゃないね。都市部を別にすればガレリアはいまだ太古の闇に沈んでいるんだ」

「りっぱな愛国者がいたのに国民の支持を失ったそうですね」

「リムニクかね？　ああ、そうだ。だが彼の政党の準備が整えばまた姿を現わすさ。未開の国はそうやって統治されていくものなんだ」

「いくつくらい政党があるんですか？」

「分裂した派を勘定に入れなければ、およそ十といったところだろう。少なくとも二十の人種があの国でせめぎあい、それぞれが独自の政府を打ち立てようと夢中だ。しかも、その見解ってのがどれもこれも中世そのものなんだ。しかし、なかなか魅力的な国だよ。きみもいつか行くといい。首都が国のショウウィンドウの役割を果たしている。精一杯よその首都を真似て作ったんだ。オペラ座に路面電車、ネオンサイン、堂々たる鉄道駅、映画館——だが二十マイルも田舎に入れば花嫁を買い取る制度にお目にかかれる。若い女が持参金を足元に置いて列を作り、一番いい条件の男を捕まえんものと待ち構えているんだ。一度なんか、田舎から町へ来た老婆が錯乱状態でエレベーターから運び出されてくるのを見たことがある。エレベーターを魔術の道具だと思い込んだんだ。老婆は病院に収容されたよ。都市部は汚職まみれ、地方は迷信が幅を利かす——それでも無限の可能性を秘めた国なんだ」

グラントはほんの数分間にしろチャンプニズが今朝の出来事を忘れられるのを歓迎して、彼が話すにまかせた。グラント自身の心はガレリアではなくウェストオーバーにあった。やはりあいつがやったんだ。あのハンサムで感情的なやつ！　宿を提供してくれた人から牧場と五千ポンドを約束され、手に入るのが待ちきれなくなったんだろう。グラントがティズダルに対して抱きはじめていた好感は跡形もなく消えた。今やロバート・ティズダルは窓ガラスに止まったうっとうしいアオバエさながら。さっさと叩き潰して始末したいだけだ。心の奥底ではティズダルが見かけどおりの感じのよい青年でなかったことを残念に思う気持ちがないではないが、グラントは事件がこうもすみやかに解決に導かれたのでおおいに安堵した。会議の結果がどう出るかは疑問の余地はない。じゅうぶんな証拠はそろった。しかも裁判が始まるまでにもっと証拠を集められるだろう。

上司であるバーカー警視はグラントの意見に賛成し、総監にも否やはなかった。容疑者は破産して家もなく、とほうに暮れていた。そういう不安定な精神状態のときに、大金持ちの女性が救いの手を差し伸べた。そして四日後、彼に有利な遺言書が書かれた。翌日の早朝、女性は海に泳ぎに行く。彼は十分後にそのあとを追う。死体が発見されたとき、彼の姿はなかった。やがて、車を盗んだが返しにきたという怪しげな話とともにふたたび現われる。死体の髪には黒いボタンがからみついていた。彼の黒っぽいコートは見つからない。二日前に盗まれたと申し立てているが、当日の朝に着ているのを見たという証人がいる。

これでじゅうぶん立件できる。機会、動機がそろい、辻褄も合う。

ところが奇妙にも、よりによってエドワード・チャンプニズが逮捕令状を出すことに異議を唱えた。

「あまりに見え透いていると思わないかね？」彼は言った。「少しでも頭の働く男なら、すぐ翌日に殺したりしないんじゃないだろうか」

「お忘れになってはいけませんよ、エドワード卿」バーカーが言った。「殺人だと判明したのはほんの偶然の賜物ではありませんか」

「それに何より、容疑者に時間は残されていなかったんです」グラントが指摘した。「あと数日しかなかった。コテッジの賃貸契約は月の終わりまででした。彼もそれを知っていた。夫人がふたたび泳ぎにいくとは限らない。天候が悪化したり、陸のほうを散歩する気になる可能性だってあります。とくに早朝に泳ぎにいくという機会は二度とないかもしれない。願ってもない状況だったんですよ。ひとけのない早朝の海岸、しかも霧が出ている。見逃す手はなかった」

立件間違いなしだ。エドワード・チャンプニズは家に帰った。海外への遠征の合間に家庭生活を営む邸宅はリージェントパークにあり、ブレマーの莫大な遺産の一部だった。そしてグラントは令状をポケットに、ウェストオーバーへ向かった。

9

トーゼリが何が嫌いといって警察ほど嫌いなものはなかった。トーゼリという男は常に何かを嫌って生きてきた。見習い給仕時代はホテルの主任が大嫌い、主任になればなったで経営陣が大嫌い、経営陣に参加した今は何もかもが気に食わない。コックに始まり、悪天候、妻、ポーター頭の口ひげ、朝飯どきに面会を要求する泊まり客——まったく、何もかも！　それにも増して嫌いなのが警察だ。うろうろされては商売の邪魔だし、消化も悪くなる。警官がガラス扉を入ってくるのを見ただけで、胃液の分泌が止まってしまう。地元警察に届ける新年の〝プレゼント〟——去年はスコッチとジンをそれぞれ三十本、シャンペンを二ダース、リキュールブランデーを六本だった——の額を考えるだけでも頭に来るのに、〝面倒を見ていない〟警官がホテル商売のデリケートな面などおかまいなしに闖入するとは——トーゼリのでっぷりした体は怒りにわななき、血圧は天井知らずに上昇した。

そこで、トーゼリはいとも感じよくグラントに微笑《ほほえ》みかけ——トーゼリは怒り心頭に発すると、深淵に渡した張り詰めたロープさながらの笑みを顔に貼り付ける習慣だ——二番目に上等な葉巻を差し出した。新入りのウェイターに話を聞きたいんですか、警部？　ええ、どうぞ、どうぞ。あいつは今、休憩時間ですが——昼食が終わるとアフタヌーンティーまでは休みなんです——すぐに連れてこさせましょう。

「待ってくれ！」グラントは言った。「休憩時間だと言ったね？　彼がどこにいるかわかるかい？」

「そりゃもう自分の部屋でしょうな。ウェイターってのは足を休ませてやりたがりますからね」

「わたしが部屋へ出向こう」

「どうぞ、お好きなように。トニー！」トーゼリは事務室の前を通りかかったボーイを呼び止めた。「こちらの紳士を新入りのウェイターの部屋へお連れしろ」

「ありがとう」グラントが言った。「あとでお目にかかれるかな？　ちょっと話をしたいんだが」

「けっこうですよ」トーゼリはさもいやそうな響きをにじませた。そして笑みをいっそう大きくし、両手を広げた。

「先週は厨房で刃傷沙汰、今週は——さて何ですか？　泥棒かな？　それとも子供の養育費を払えってやつですか？」

「のちほど洗いざらいお話ししますよ、ミスター・トーゼリ」

「お待ちしてますよ」彼は口が裂けんばかりに微笑んだ。

「でもあまり長くは待てませんな。そいつは困る。六ペンス入れると食べ物が出てくる機械を買い付けに行くんですよ。いやまったくすごい機械でね。これは当たりますよ」

「当たるかもしれないが、曲がった硬貨もあるのを忘れちゃいけない」グラントは言い、トニーに続いてエレベーターへ向かった。

「サンガー、来てくれ」混雑したホールを抜けながらグラントが声をかけた。「ウィリアムズ、きみはここで待て。ここを通ってあいつを連れ出そう。通用口を使うより目立たなくていい。誰も何があったのか気がつかないだろう。車の用意はできているな？」

「はい、警部」

グラントとサンガーはエレベーターで上に行った。しんとした箱に入って行動を封じられたわずかなあいだにグラントは考えた。なぜトーゼリに令状を見せて訪れた理由を説明しなかったのだろう。ふだんならそうしたはずだ。なぜ、一刻も早くこの手で捕まえようと躍起になっているのだろう？　スコットランド人の血に流れる用心深さが突如現われたのだろうか、それとも虫の知らせ——どんな知らせだ？　それはわからない。わかっているのは、容疑者とひとつ屋根の下におり、いてもたってもいられないということだけだ。説明はあとでつく。ともかく容疑者を捕まえるのが先決だ。

しんとした中に響くエレベーターの機械音が幕が上がる音を思わせた。

〈ウェストオーバー・マリンホテル〉の巨大な建物の最上階は住み込みのウェイターたちの居室に当てられていた。屋根のすぐ下に小部屋がずらりと一列に並んでいる。ボーイが骨張ったこぶしでドアをノックしようとするのをグラントが押しとどめた。「ここでけっこうだ。ありがとう」そこで、ボーイとエレベーター係はココやしを編んだマットを敷いたひとけのない廊下に警官ふたりを残して、混雑した豪華な下の階に下りていった。あたりはひっそりしていた。

グラントがノックした。

ティズダルが無関心な声で、どうぞと応えた。

こんな狭い部屋じゃ留置場とたいして変わらないやと、グラントはつい思った。壁際にベッド、もう一方は窓、入口から遠いほうの壁に扉がついた作り付けの物入れがふたつ。ティズダルはワイシャツ姿でベッドに寝転んでいた。床に靴が脱ぎ捨ててある。ベッドカバーの上に本がページを開いて伏せてあった。

ティズダルはてっきり同僚が来たものと思ったのだろう。グラントを見て目を丸くし、次にグラントの背後で戸口を塞いで立っているサンガーに目をやると事態を悟った。

彼はグラントに口を開く間を与えずに言った。「まさか！　本気じゃないでしょうね」

「あいにく本気だよ」グラントが答えた。規定どおりに令状を読み上げて警告を与えたが、ティズダルはベッドの縁で足をぶらぶらさせて上の空だった。

グラントが言い終えるとティズダルは物憂げに口を開いた。「いざ死ぬときっていうのはこういうものなんだろうな。すごく不公平だけど、しかたがないって感じ」

「なんで、逮捕しにきたってわかったんだね？」

「警官が雁首をふたつ並べてご機嫌伺いにくるわけがないでしょう」彼は声を高くした。「なんでこんなことをするのか教えてもらいたい。どんな証拠がある？　あのボタンがぼくのだって証明できたはずがない。だって、ぼくのじゃないんだから。きちんと釈明できるように、何を見つけたのか話してもらいたいね。新しい証拠を見つけたんなら、せめて釈明させるべきだろう。ぼくには知る権利があるはずだ。そうじゃないかい？　釈明できようが、できまいが、どんな証拠か知る権利があるんだろう？」

「言い逃れようったって無理だよ、ティズダル。いっしょに来る用意をしたまえ」

ティズダルは我が身に起きていることがいまだに信じられず、ぼうっとして立ち上がった。「こんな格好じゃ行かれない」彼はウェイターの制服を見下ろした。「着替えていいかな？」

「ああ、いいとも。それから身の回りの品を少し持っていっていい」グラントは慣れた手つきでティズダルのズボンのポケットを上から改め、何も入っていないのを確かめた。「だが、わたしたちが見ている前で用意をしてくれ。あまり時間を取らないように。いいね？　きみはそこで待っていろ、サンガー」そう言うとサンガーを部屋の外に残してドアを閉めた。グラント自身は戸口を離れ、窓枠にもたれた。地面ははるか下だし、ティズダルは自殺をしかねないタイプに見受けられた。居直って困難を切り抜ける根性なんぞありはしない。注目を浴びるためなら何でも厭わないという虚栄心もない。明らかに〝ぼくが死んだらみんなが泣いてくれる〟と考えるタイプだ。

グラントは彼の一挙手一投足に注意を払った。さりげなく窓枠にもたれて他愛ない会話を交わすさまは、よそ目には気軽に立ち寄った客に見えた。しかし、実際はどんな事態にも対応する心構えができていた。

だが、騒動は起こらなかった。ティズダルはベッドの下からスーツケースを引っ張り出し、黙々とツイードの上着とフランネルのズボンに着替えた。毒を持っているとすれば仕事用の服に隠してあるだろうと予想していたので、制服が脱ぎ捨てられるとグラントは無意識のうちに少し緊張を緩めた。もう心配ない。ティズダルはおとなしく連行されるだろう。

「これで、どうやって暮らしを立てていくかって心配はなくなったな」ティズダルが言った。「すごく割に合わない目に遭っているが、その点だけは割が合う。ところで弁護士はどうなるんです？　金はないし、頼れる友達もいないんだけど」

「ちゃんとつけてもらえるよ」

「なるほど。テーブルナプキンみたいだ」

彼はグラントに近いほうの物入れを開け、ハンガーから服を外してたたんでスーツケースに詰めた。

「せめてぼくの動機が何だったかくらい教えてくださいよ」はたと思い当たったらしく、ティズダルが尋ねた。

「ボタンを間違えて確認したってこともある。ついてもいなかったボタンをついていたと言い張ることもできる。だけど、動機は？　ありもしないのにあったとは言えないはずだ」

「では、動機はなかったんだね？」

「あるわけないでしょう。まるきり正反対ですよ。先週の木曜日の朝の出来事は生涯で最悪だった。誰の目にだって明らかだと思いますけどね」

「そしてミス・クレイが遺言に追加条項を作ったのは露ほども知らなかったというわけか。牧場と多額の現金を遺すという条項をさ」

ティズダルは服を畳みなおしていた手を止めた。服を持ったまま、身じろぎもせずグラントを見つめた。

「クリスがそんなことを！」彼は言った。「ちっとも知らなかった。何て親切なんだろう！」

一瞬、グラントの心に疑念が湧いた。完璧な出来だ。タイミングといい、表情といい、身振りといい、素晴らしい。プロの俳優だってこれ以上の名演は不可能だ。しかし、疑念は速やかに消えた。彼は足を組み替えて自らに活を入れ、これまでに出会った殺人犯の外面のよさや無邪気なようす（たとえばアンドリュー・ヘイミーは結婚しては妻を溺死させるという犯罪を繰り返したが、まるで聖歌隊のソロシンガーのように見えたし、他にももっと魅力的でしかも凶悪な殺人犯がいくらもいた）を思い浮かべた。そして、これでよかったんだ、ついに犯人を捕まえたんだと、心を落ち着かせようとした。

「じゃあ、文句なしの動機をあばき出したんだね。気の毒なクリス！　よかれと思ってしてくれたことが裏目に出てしまって。ぼくを弁護する余地はあるんでしょうかね？　どうです？」

「わたしはそれを言う立場にないよ」

「あなたをとても高く買ってるんですよ、グラント警部。無実を証明する証拠はほとんどないし、どうやら勝ち目はなさそうだ」

彼は物入れの扉を閉め、もうひとつの扉を開けた。扉がグラントのほうへ向かって開いたので、中は見えなかった。

「だけどある意味ではあなたにがっかりしたな。もっと人の心理に長けた人だと思っていたんですよ。土曜日にぼくがどんな半生を過ごしてきたかを話したとき、ほんとうにこう思った。この人は物事をきちんと判断できるから、根も葉もない嫌疑をかけているってわかってくれると。だけど結局何の変哲もないありきたりの警官だったんだ」

床に置いた靴でも取るのか、彼は取っ手をつかんだまま物入れの内側へ屈み込んだ。鍵が穴から引き抜かれる音とともに扉がバタンと閉まった。グラントが飛びついたとき、内側から鍵のかかる音がした。

「ティズダル！」グラントは声を張り上げた。「馬鹿な真似をするな！ 聞こえるか！」さまざまな種類の毒薬が彼の脳裏に浮かんだ。しまった、どじを踏んだ！「サンガー！ ここをぶち破るから手を貸せ。やつが閉じこもった」

ふたりは扉に体当たりした。渾身の力をもってしても、扉は開かなかった。

「いいか、ティズダル！」グラントは息を切らして呼びかけた。「毒なんか飲んだって意味がないぞ。すぐさま解毒剤を飲ますからな。あとでおまえが死ぬほど苦しい思いをするだけだ。考えなおせ！」

しかし、扉は依然として閉まったままだった。

「消火用の斧を使え！」グラントは言った。「上がってくるときに見かけた。廊下の突き当たりの壁にかかっている。急げ！」

サンガーが駆け出し、十秒たらずで斧を持って戻った。

最初の一打を振り下ろすと同時に、隣室の住人らしきティズダルの同僚が服をはだけたまま現われて、眠そうな顔で文句を言った。「なんつう音立ててるんだ。おまわりでもいるのかよ！」

「おい！」彼はサンガーが手にした斧を見て声を上げた。

「あんた、いったい何してるんだ？」

「うるさい、向こうへ行ってろ！　男が物入れに閉じこもって自殺しようとしてるんだ」

「自殺！　物入れ！」ウェイターは寝ぼけた子供のようにきょとんとして、黒い髪を撫でた。「そら、物入れじゃないっすよ」

「物入れじゃない？」

「ああ、なんつったっけ――裏階段っつうのかな。火事のときのためのやつ」

「たいへんだ！」グラントは戸口へ向かった。

「どこへ通じてるんだ――この階段は？」彼はウェイターに尋ねた。

「正面玄関に通じる通路でさあ」

「ここは九階だ」グラントはサンガーに言った。「エレベーターのほうが早いな、たぶん」そう言ってエレベーターを呼んだ。「やつが玄関から出ようとしたら、ウィリアムズが捕まえるさ」グラントは気休めを求めた。

「ウィリアムズはティズダルの人相を知りませんよ、警部。わたしが知ってるかぎりでは」

グラントは罵声を吐いた。

「裏口にいる警官はやつの顔を知っているか？」

「はい、警部。逃げた場合に捕まえるために配置したんですから。しかし、ウィリアムズ巡査部長はわれわれを待っているだけですからね」

グラントは言葉を失った。

エレベーターが上ってきた。

三十秒後、ふたりはホールに着いた。

人待ち顔のウィリアムズがピンクの頬を輝かせるのを見て、ふたりは最悪の事態を悟った。ウィリアムズが容疑者の逃走を阻止しなかったのは明らかだった。

〈マリンホテル〉のホールは人種のるつぼアメリカさながらに多様な人々がいた――到着する客、出発する客、お茶を飲もうとレストランを目指す人、さらにはアイスクリームを食べるためにテラスへ、酒を飲みにバーへ、あるいはライアンズでお茶をするための待ち合わせ。この混雑では、逆立ちして歩かないかぎり目立ちはしない。

ウィリアムズは、ツイードの上着にフランネルのズボン、帽子なしという格好の茶色い髪の男が三十分ほど前に出ていったと語った。しかも、ふたりも。

「ふたりだと！　連れ立ってということかね？」

ウィリアムズが意味したのは、先ほど五分間のあいだに姿格好が該当する男がふたり、別々に出ていったということだった。それを言うなら、すぐそこにもひとりいるではないか。

たしかに同じような服装の男だ。それを見て、グラントは絶望が波のように足元に押し寄せ、全身を飲み込むかのような思いに囚われた。もちろん、ほかにいくらいても不思議はない。ケント州だけでティズダルと同じような格好をした男が一万人はいる。

グラントは気を取り直し、非常線を張るというありがたくない仕事に取りかかった。

10

ジャミー・ホプキンズは生涯最大の特ダネをものにした。夕方、ニューススタンドに並んだ他紙はゴールダーズグリーンに押し寄せた群集のすさまじい写真——カメラに向かって喚くメデューサのような顔のクローズアップや、復讐の女神さながらに波打つ髪を振り乱し、口を開けて、憎々しげに爪を立てて先を争っているありさま——を載せ、編集者はなかなかの出来だと満足していた。今日はクレイの葬儀以上に重大なニュースは有り得ない。しかも、どこの新聞社のカメラマンも素晴らしい腕を発揮した。喜んでしかるべきだろう、と。

しかし、ジャミー・ホプキンズがグラントをウィグモア・ストリートからオリエントの事務所、テンプル、警視庁へとずっと尾行したのは無駄骨に終わらなかった。グラントが出てきたら合図をするようにと金を渡して警視庁を見張らせているあいだに物陰で足を休めるという苦労をしたのも無駄骨に終わらなかった。そして、はるばるウェストオーバーまで尾けていったのも無駄骨に終わらなかった。

〝クレイの死は殺人！　男に逮捕状！〟と、《センティネル》はポスターを掲げた。声を張り上げる売り子のまわりに人々が群がり、他紙の記者は髪をかきむしって悔しがり、解雇の噂もひとつやふたつでは済まなかった。怒り狂う編集者に対して、公表できる進展があれば伝えると警視庁が約束したんだと言い訳しても通らなかった。何のために金を払っていると思う？　編集者は記者を問い詰めた。ぼけっと座って、警察が屑みたいな情報を投げ与えてくれるのを待っているためか？　何様のつもりだ？　警察の手先か？

　ジャミーひとりが、財布の紐を握ったお偉方に覚えがめでたかった。ジャミーは〈マリンホテル〉に部屋を取り――これからしばらくはほとんど警察署で過ごさなければならないグラントが取った部屋より、ずっと豪華な一室――耳目を驚かす死をクリスティーン・クレイに与えた運命の星に感謝を捧げたのだった。

　かたやグラントは、予想していたとおり、ひっきりなしに寄せられる情報にてんてこ舞いしていた。火曜日の昼頃にはティズダルを見たという情報がイングランドやウェールズのありとあらゆるところ、そして午後に入るとスコットランドからも寄せられた――通報者が近づくと怪しい素振りで帽子で顔を隠した、ヨークシアの小川で釣りをしていた男に違いない。アベリストウィス（ウェールズ）の映画館から出てくるのを見た。リンカンで部屋を借りていたが家賃を踏み倒して行方をくらました（踏み倒したという情報が数多いのにグラントは気づいた）。ローストフトまで船に乗せてくれと頼まれた（この手の情報も数多く、行く先は様々だった。下宿代を踏み倒したり、イギリスにおさらばしたがる青年の数の多さには滅入るばかりだ）。ペンリスの荒野で死んでいる（これは真偽を確かめるのに午後の大部分を費やした）。ロンドンの裏通りで酔いつぶれているのを発見した。帽子を買ったという情報はハイズ、グランは山と積まれた報告書を眺め、つい愚痴が口をついて出た。「ちょっと油断をしたばかりにひどい目にあうもんだ」彼は言った。

「元気を出してくださいよ、警部」ウィリアムズが応じた。

「もっと悪い事態になってたかもしれないんですから」

「もっと悪い？　これより悪い事態があるなら教えてもらいたいね」

「だって今のところ、いかれた御仁が罪を自白しにお出ましになってないでしょ。そんなことをされたひには、時間を食ってしようがない」

だが、翌朝、その御仁がお出ましになった。

グラントが脱いだばかりの朝露に濡れたコートから目を上げたところへウィリアムズが意味ありげにドアを閉め、意味ありげな表情を浮かべて近づいた。

「どうした、ウィリアムズ？」グラントの声は期待で鋭くなった。

「いかれた御仁ですよ」

「え？」


サム、ルイス、トンブリッジ、ドーチェスター、アシュフォード、ルートン、エールズベリー、レスター、チャタム、イーストグリンステッドの各地、それにロンドンの四店舗から。安全ピンをひと箱買ったというのが〈スワン・アンド・エドガーズ〉から。さらに、アーガイル・ストリートのランチカウンターでクラブサンドイッチ、ヘイスティングズのパン屋でロールパンを二個とコーヒー、ヘイワーズ・ヒースの宿屋でパンとチーズを食べたという。ありとあらゆるところで想像が及ぶかぎりのものを盗んだ（クロイドンのガラスと陶器専門店からデカンターを盗んだというものまであった。ティズダルがなんでデカンターなど盗む必要があるという問いに対して、いい武器になるじゃないかと通報者は答えたものだ）。

三台の電話が狂ったように鳴り続け、さらに手紙、電報、無線が、はては自ら出向いた目撃者が、これでもかとばかりに情報をもたらした。十中八九は役に立たないが、それでも一応耳を傾ける必要がある。ものによっては役に立たないと確認できるまで調査しなければならない。グラント

「自白しにきたんです」ウィリアムズは昨日よけいなことを口にして不運を呼び寄せたと思っているのか、少々後ろめたそうだ。

グラントは呻き声を上げげた。

「それがよくあるやつじゃないんで、警部。ちょっと興味を引かれますね。すごくいかしてるんですよ」

「いかしてるって、本人がかね？」

「いえ、ご婦人の洋服がです、警部」

「ご婦人！　じゃあ、女なのか？」

「はい。女性です、警部」

「会おうじゃないか」グラントははらわたが煮えくり返った。注目を浴びたくてたまらない女の捻じ曲がった欲求を満足させるために、どれだけ無駄な時間が費やされることやら。

ウィリアムズはドアを開け、派手に着飾った女を招じ入れた。

女はジュディ・セラーズだった。

彼女は無言でふてくされたようにのろのろと部屋に入った。グラントは意外な人物の登場に驚きながらも、しゃれた服装でもあざむけない、彼女の少年院出のような雰囲気を見逃さなかった。世間一般やことに自分自身に対するひねくれた態度に彼はお馴染みだった。

グラントはむっつりして椅子を引いた。その気になればいくらでも威圧的になれるグラントだ。

「もういいよ、巡査部長」彼は言った。「同席してもらう必要はなさそうだ」ウィリアムズが出ていくとジュディに話しかけた。「少しばかり自分勝手だとは思いませんか、ミス・セラーズ？」

「自分勝手？」

「こっちは非常に重要な件で昼夜の区別なく働いているんだ。だのに嘘っぱちの自白をして人の時間を潰そうとするんだから、自分勝手このうえない」

「嘘っぱちなんかじゃないわ」

「嘘っぱちに決まってる。問答無用。お引き取り願おう」

彼女は、ドアを開けようと戸口へ向かいかけたグラントを無視した。「そんなことしても無駄よ。ほかの署へ行って打ち明けるから。そうすれば、結局あなたのところへ寄越されるのよ。ほんとうにあの人を殺したんだから。わかった？」

「いいや、殺してない」

「何でそうとわかるの？」

「まず第一に、あなたは現場の近辺にいなかった」

「わたしがどこにいたか、どうして知ってるのよ？」

「土曜の夜に話したことを忘れているんじゃありませんか。水曜の夜はチェルシーのミス・キーツの家にいたはずだ」

「カクテルをいただいただけよ。リディアが川上のほうのパーティに出席することになっていたから、早くに失礼したわ」

「それでも、翌日夜が明けて間もない頃にウェストオーバー近くの海岸にいたというのは無理がある」

「翌朝イギリス北部まで行ってたって何の不思議もないわ。知りたきゃ教えてあげるけど、運転してったのよ。わたしのアパートメントに行ってきけばいいでしょう。ルームメートが、わたしが木曜日の昼まで帰ってこなかったって証言するはずよ」

「だからといって人を殺したことにはなりませんよ」

「だけど、殺したのよ。ギャップまで運転していって、彼女が泳ぎに来るまで木陰に隠れて待ったわ」

「では、当然男物のコートを着ていたわけですね？」

「ええ。何で知ってるの？　寒かったから、車に置いてあった兄のコートを着て運転したわ」

「浜辺へ下りるときも着たままで？」

「そうよ。震えるほど寒くて。夜明けに泳ぐなんて最低」

「じゃあ、泳いだんですね？」

「当たり前でしょ。浜辺にいたんじゃ溺れさせられないもの」

「コートは浜で脱いだんですか？」

「ふふん」彼女は嫌みたっぷりに言った。「着たまま泳ぐ馬鹿がどこにいて？」

それを聞いてグラントは胸をなで下ろした。一瞬、肝を冷やしていたのだ。

「では、あなたは水着に着替え、兄上のコートを着たまま浜に下り、それから——それからどうしたんです?」

「彼女は岸からかなり離れていたわ。だから、海に入って近くまで泳いでいって溺れさせたのよ」

「どういうふうに?」

「彼女が〝おはよう、ジュディ〟って言ったから、〝おはよう〟って答えて、顎を軽く殴ったの。顎のどこを殴ったら頭がぼうっとしちゃうか、兄が教えてくれたことがあったから。それから潜って、彼女の踵を持って水中に引きずり込んだのよ。溺れるまでそのままじっとしていたわ」

「なかなか手際がいい」グラントは言った。「よくぞ考えたものだ。だったら、動機も考えてあるんでしょうな?」

「彼女が嫌いだったからよ。憎かった。彼女の成功も、容貌も、うぬぼれが強いところも。憎くて憎くて、もう一日だって顔を見ていたくなかった」

「なるほど。では説明していただこう。完璧ともいえる犯罪を犯しておいて、なぜのこのこ出頭して自分の首を絞めるような真似をするんです?」

「他の人を捕まえようとしているからよ」

「ははーん、ロバート・ティズダルか。そういうわけだったのか。さて、わたしの貴重な時間を費やしたんだから、改悛の情でも示して償ったらどうかな。ティズダルについて洗いざらい話してください」

「だって何も知らないもの。あの人が人殺しなんかしっこないのがたしかなだけ。たとえどんな理由があってもね」

「ということは、彼とかなり親しかったんですね」

「いいえ、ぜんぜん」

「では——友人ではない?」

「ええ。それに、恋人かってきいたつもりなら見当違いもいいとこ。ボビー・ティズダルはカクテルを手渡してくれこそすれ、わたしって人間が存在することすら知らないのよ」

グラントの口調が変わった。「それでもなおかつ彼を苦境から救おうとわざわざやってきたんですか?」声に同情の響きがあった。

だが、彼女のひねくれた態度は相変わらずだった。「自分がやった人殺しの罪を無実の人間がかぶせられたら、告白しにくるのが当然でしょう」

「警察の目がそれほどに節穴だと思ってるんですか、ミス・セラーズ?」

「警官なんて間抜け揃いよ。無実の人間に嫌疑をかけてるのよ。彼を徹底的に追いつめることしか頭にないのね。だから正真正銘の自白に耳を貸そうともしないんだわ」

「いいですか、ミス・セラーズ、どんな事件でも、新聞を読んだだけではわからない、警察だけがつかんでいる事実というのが必ずあるんですよ。新聞記事をもとにして告白をでっちあげても通用しない。あなたが知らない事実がひとつある。それに、あなたが忘れている事実もある」

「何を忘れたかしら?」

「クリスティーン・クレイの居場所を誰も知らなかったという事実ですよ」

「殺人犯は知っていたわ」

「ええ。そこが肝心な点です。さて――わたしは忙しいんでね」

「じゃあ、わたしの告白をひとことも信じないのね?」

「とんでもない。かなりの部分を信じますよ。あなたは水曜日は一晩中外出していたんでしょう。泳いだというのもほんとうかもしれない。そして木曜日の昼頃、帰宅した。しかし、どれをとっても人殺しをした証拠になりはしない」

彼女は渋々と腰を上げ、口紅を取り出した。「ふうん」紅を引きながら、ぼやいた。「せっかく有名になれると思ったのに。こうなったら、金髪のお馬鹿さん役で一生がまんするしかないわね。ロンドンとの往復切符を買っておいてよかった」

「わたしの目はごまかせませんよ」グラントはドアを開けた。彼の笑顔はそれほどいかめしくなかった。

「わかったわよ、たしかにあなたの目はごまかせなかったわ。だけど、馬鹿よ、あなたって!」彼女は激しく言い募った。「彼を疑うのは間違ってるわ。いまに大恥かくからね」

そして、びっくり顔のウィリアムズとふたりの事務員を突き飛ばさんばかりの勢いで帰っていった。

「さて」ウィリアムズが言った。「ひとり片づいた。人間ておかしなもんですよね、警部。ボタンがひとつなくなっているコートを警察が探しているなんて発表しようものなら、連中は自分のコートからボタンをむしりとって持ってくる。おもしろいからってだけで。それでなくてもこっちはてんてこまいだってのに。でもあの女の人はいつもの連中とは違いましたね」

「ああ。彼女をどう思う?」

「ミュージカルコメディの俳優で、成功するために名前を売ろうって魂胆でしょう。海千山千のしたたかな女

「大外れ。演技派の舞台女優。成功なんてしたくもない。人のために我が身を犠牲にしようっていうくらいに心優しい」

ウィリアムズは少々呆気に取られた。「そりゃあ、わたしは直接彼女と話をしたわけじゃありませんからね」彼は指摘した。

「そうだね。それに外見からだけなら、うまく当たりをつけたもんだ。この件もそのくらいうまく当たりをつけられるといいんだが」彼は腰を下ろし、指で髪を梳いた。「きみなら〈マリンホテル〉をずらかったあとどうするかね、ウィリアムズ?」

ウィリアムズはティズダルの立場に立って考えた。

「なるたけ混んだバスに乗りますね。願ったりのが来たらすぐに。それから他の乗客に混じって降りて、いかにも行く当てがあるふうに歩いて立ち去る。実際、わたしなんかどこにいても行く当てがあるふうに歩くんです」

「それからどうする?」

「またバスに乗って都会じゃないところへ行きますよ」

「つまり人家の多いところを避けるわけだな?」

「そりゃそうでしょ!」ウィリアムズはあきれたように言った。

「ひとけのないところではかえって目立つぞ」

「いくつも森があります。ここらの森は人ひとりくらい簡単に隠しちまう。西に行ってアッシュダウンの森に入りでもすれば、あそこをしらみつぶしに捜査するには百人から必要ですからね」

グラントは首を横に振った。「食料や寝ぐらの問題がある」

「野宿しますよ。今は暖かいですから」

「ティズダルが行方をくらまして二日になる。野宿してるなら、今ごろはむさくるしいなりをしてるだろう。だが、ほんとうに野宿してるんだろうか？ やっこさんがカミソリを買ったという情報がひとつもないことに気づいたかね？ まさかとは思うが、友人のところに身を寄せている場合も考えられる。となると——」彼はジュディが座っていた椅子をぼんやり眺めた。「いや、あるはずがない。だったらでっちあげの告白なんぞして危ない橋を渡るはずがない。まるで必要ないんだから」

ウィリアムズはグラントがホテルへ戻って少し休めばいいのに、と心から思った。グラントはティズダルの逮捕に失敗したことをあまりに深刻に受け止めている。どんな優秀な人間にも失敗はつきものだし、心配することはないのに。警視庁だって全面的に支援しているではないか。誰にだって起きるような失敗をなぜそれほど気に病む必要がある？ 陰口をたたくやつらがいないではないが——グラントの地位を狙っている輩だ——誰も尻馬に乗るもんか。魂胆が見え透いているのだから。グラントがうまく切り抜けるのは間違いない。些細な失敗をこうも気に病むなんて、まったく馬鹿げている。

警官も心を痛めることがあるというならば、上司を気遣う今のウィリアムズがまさにそれだった。

「このいまいましい代物を捨ててくれ」グラントがコートを指差して言った。「作られてから少なくとも二十年は経っているし、最近十年間はボタンがついていた形跡もない。実に不可解だね、ウィリアムズ。ティズダルは浜でコートを着ていたが、戻ったときには持っていなかった。どこかで捨てたに違いないんだ。たいした距離を行ったわけではない。しかも、道路から外れて遠くへ行く時間はなかった。早く戻って現場にいなかった理由を取り繕わねばと気が急《せ》いていたはずだ。それなのにコートが見つからない。池はふたつとも浅いし、くまなく浚った。小川は三本とも一ペンス硬貨だって隠せやしないし、紙の船を浮かべることもできない。排水溝も突つきまわしたし、庭の塀の裏も調べた。茂みもあさった。でもって、成果はゼロ！　どうやって始末したんだろう？　きみだったらどうする？」

「燃やします」

「時間がなかったよ。しかも濡れていた。たぶん、びっしょりとね」

「小さく丸めて木の股に挟むってのは？　物を探すときは、ふつう下ばっかり見ますからね」

「ウィリアムズ、きみときたら天才的な犯罪者だな。サンガーに話して、その線で午後に捜査するように頼んでくれ。ティズダルより、まずコートを手に入れたいよ。どうあっても手に入れたい」

「カミソリの件ですが、ティズダルが逃げるときに持っていたとは考えられませんか、警部」

「それは思いつかなかったな。やっこさんにそこまで理性はなかったと踏むがね。だが、とんずらするような度胸はないとも踏んだんだからな。自殺されることばかり警戒してしまった。やっこさんの身の回りのものはどこに置いてある？」

「サンガーが箱に入れて署に持ってきてあります。一切合切」

「カミソリがあるか、ちょっとたしかめてくれ。ひげを剃っていたかどうかくらいはわかるだろう」

カミソリはなかった。

「やれやれ」グラントは言った。「まいったな。やっこさん、〝あなたにがっかりしたな〟と言いながらカミソリをそっとポケットに入れ、世界一間抜けな刑事の目の前で逃亡の準備をしたんだ。いっぱい食わされたよ。それも、もののみごとに。審問法廷から連れ帰ったとき、最初はこう思ったんだ。ヒステリックで衝動的に行動する男だと。次に遺言について知ってからは考えが変わったが、それでもまだ〝出来が悪いやつ〟としか思っていなかった。ところがどうだ。わたしの鼻先で逃げる方法を編み出し、やり遂げた。出来が悪いのはティズダルではなくこのわたしさ」

「元気を出してくださいよ、警部。今は運に見放されてるんです。だけど、警部とわたしで何としてもこの冷血野郎を本来いるべき場所にぶち込んでやろうじゃありませんか」ウィリアムズが熱っぽく話しかけた。クリスティーン・クレイを殺した犯人に当然の罰を与える役回りが、彼らのことなどまったく知らないカンザス・シティの愚かな女に与えられているとは、このとき知る由もなかった。

11

エリカがブレーキを思い切り踏み込むと、悪名高き小型車は急停車した。そして数ヤード、バックしてふたたび止まった。エリカは草とハリエニシダの隙間に見えている男物の靴の底をしげしげと眺め、あたりを見回した。人影ひとつない広々とした野原と、クワガタソウやハマカンザシに縁取られて延々と伸びるまっすぐな道路が日光に輝いていた。

「出ていらっしゃいよ」エリカは声をかけた。「誰もいないから」

靴の底が消え、やがて男が肝を潰したような顔を茂みの上に覗かせた。

「ああ、よかった」エリカが言った。「死んでるのかと思ったわ」

「どうしてぼくだとわかったんだい？　わかってて声をかけたんだろう？」

「そうよ。あなたの靴の底、内側のところにへんてこな傷があるんだもの。値札をはがしたときにできたんでしょ。このあいだ父の部屋で倒れているときに気づいたのよ」

「ああ、そうか。署長のお嬢さんだものな。それにしてもたいしたもんだ。優秀な刑事になれるよ」

「あなたが間抜けなだけよ。足がぜんぜん隠れてなかったわ」

「慌てたからさ。すぐそばに来るまで、車の音が聞こえなかったんだ」

「耳が遠いんじゃないの。ティニーったら、ここらで冗談の種になってるのよ。レディ・ミドルウェイズの帽子やダイン爺さんの貝殻のコレクションと並んで」

「ティニー？」

「ええ。最初はクリスティーナって呼んでたんだけど、結局ティニーになっちゃった。ティニーのエンジンが聞こえなかったはずないわ」

「じゃあ、少しのあいだうとうとしていたのかもしれない。その――ちょっとばかり寝不足だったもんでね」

「それはそうでしょうね。お腹空いてる？」

「好奇心で尋ねただけかい？　それとも食べ物をくれるつもり？」

エリカは車の後部に手を伸ばし、ロールパンを六個、牛タンの瓶詰め、バターを半ポンド、そしてトマトを四個取り出した。

「缶切りを忘れちゃった」牛タンをティズダルに渡して言った。「でもブリキの蓋だから、先の尖った石で叩けば穴が開くわ」そしてポケットからペンナイフを出してロールパンを切り、バターを塗りはじめた。

「いつも食料を持ち歩くのかい？」ティズダルは不思議そうに尋ねた。

「そう、いつも。すぐにお腹が空いちゃうのよ。それに朝から晩まで出ずっぱりのことが多いしね。このナイフを使って。タンを切って上に載せるといいわ」彼女はバターを塗ったロールパンをティズダルに渡した。「もうひとつロールパンを切るから、用が済んだらナイフを返してね」

ナイフが返ってくると、腹ぺこのティズダルが作法などおかまいなしに食べられるようにと思いやったのだろう。エリカはパンを切る作業にいそしみ、彼のほうを見ようとしなかった。

ティズダルが口を開いた。「こんなことをしてはいけないとわかっているよね」

「なぜいけないの？」

「まず、きみは逃亡犯に手を貸している。それ自体がいけないことだし、お父上の立場を思えばもっといけない。それに――この場合はさらに事態が悪くなるんだけど――ぼくが警察の考えているような人間だったら、きみは非常な危険にさらされていることになる。いいかい、こんなことをしてはいけないんだ」

「あなたが殺人犯なら、わたしの口を閉じておくために殺したって、たいして役に立たないわよ」

「一度人を殺したら、二度めはさしてためらわないだろうよ。処刑されるのはどうせ一度なんだから。じゃあ、きみはぼくがやったと思っていないんだね？」

「かなり自信を持ってそう言えるわね」

「なんでそんなに自信があるんだい？」

「あなたにできっこないからよ」

「ありがとう」彼はうれしそうに言った。

「そういう意味で言ったんじゃないわ」

「へえぇ！　あ、そうか」彼は晴れ晴れと微笑んだ。「何かと思えば、そういうことか。ねえ、まさかジョージ（ジョージ・ワシントンの言葉〝お父さん、ぼくは嘘はつけません〟を指している）が御先祖じゃあるまいね？」

「ジョージ？　ふふん、違うわよ。嘘をつくことにかけては誰にも負けないわ」

「今夜は腕を奮わなきゃならないな。ぼくを警察に引き渡すつもりがないんなら」

「誰も何もきかないと思うけど」ティズダルの科白のあとの部分は無視して言った。「あなた、ひげは似合わないわよ」

「好きで生やしてるわけじゃないさ。カミソリは持っているんだが、石鹸と水がなきゃどうしようもない。まさか石鹸は持ってないよな」

「あいにく、ないわ。食べるのは好きだけど、手を洗うのはそれほどじゃないもの。でも、スノウドロップっていうんだけど、泡みたいな液が入った瓶を持っているわよ。タイヤを替えたときに手をきれいにするのに使うの。あれなら使えるかもしれない」エリカは車の物入れから瓶を取り出した。「あなたって、思っていたよりずっと頭がいいのね」

「そうかい？　それで評価はどの程度改まったのかな？」

「そりゃもう、あのグラント警部から逃げたんですもの。すごく優秀な警官だって、父が話していたのに」

「うむ、きっとそうなんだろうね。閉じ込められるって恐怖感が先立たなければ、逃げ出すなんて勇気はなかった。今にして思えば、あの三十分間は生涯最大のスリルに富んだ一瞬だったな。刺激的な生き方がどういうものかを悟ったね。以前は金があってやりたいことをやるのが――一日に違うことを十も二十もやるのがさ――刺激的な生き方だと思っていた。何もわかっちゃいなかったな」

「クリスティーン・クレイって感じがよかった？」

彼はきょとんとした。「きみってあちこちに話題が飛ぶんだな。ああ、りっぱな人だった」彼はパンを口に運ぶ手を止めた。「彼女が何をしてくれたと思う？　ぼくが文無しで、しかも机仕事が嫌いなのを知って、カリフォルニアの牧場を遺言で遺してくれたんだ」

「ええ、知ってるわ」

「ほんとうに？」

「ええ、父たちが話し合っているのを聞いたもの」

「ほう……そうか。それでもまだ、犯人でないと思うのかい？　買わなきゃ損ってくらいにおあつらえ向きの犯人じゃないか」

「きれいな人だった？」

「じゃあ、彼女を見たことがないんだね？　その、映画でさ？」

「ないわ」

「ぼくも、まだなんだ。変な話だけど。あっちの場所、こっちの場所って遊びまわっていると、映画を見る機会なんてなくてね」

「わたしはあまり映画を見に行かないのよ。いい映画館まで遠いんだもの。もっとタンを食べたら」

「クリスはよかれと思って遺してくれたんだ。皮肉なもんだよね。その贈り物がぼくの首を絞める結果になってしまった」

「犯人の心当たりはぜんぜんないの？」

「ないね。彼女の友達を誰ひとりとして知らないもの。ある晩、車に乗せてもらって知り合っただけの縁だから」彼は目の前の女学生のような相手をしげしげと見た。「こんな関係、最低だと思うかい」

「いいえ、ちっとも。お互い、見た目が気に入ればかまわないんじゃないの。わたしは外見で判断するほうよ」

「やっぱり警察が間違ってるんじゃないかな――ただの事故のような気がする。あの朝のようすを自分の目で見れば納得するよ。人っ子ひとりいなくてね。あと一時間は誰も起きてきそうになかった。あのとき、あそこで殺人犯がうろうろしていたとはどうしても思えない。例のボタンも結局は偶然からみついたんじゃないだろうか」

「もしあなたのコートが見つかって、ボタンが全部ついていたら、無実だという証拠になるのかしら？」

「なると思う。だって警察が手に入れた証拠はボタンだけなんだから」彼はかすかに微笑んだ。「だけどそういうことに関してはきみのほうがよく知っているんじゃないかい？」

「どこでなくしたの？――コートのことだけど」

「ある日、クリスとディムチャーチへ行ったんだ。火曜日だったな。車を置いて、三十分ばかり突堤を散歩した。コートはふたりとも車のうしろに置きっぱなしにしてさ。家まで半分くらい戻ったところでやっとぼくのコートがないのに気づいたんだ。ガソリンスタンドに寄ったから、うしろに放り出したままのクリスのハンドバッグを取ってやろうと振り返ったときだ」彼は突然真っ赤になった。エリカはびっくりし、次にどぎまぎした。しばらくしてやっとテイズダルが赤面した理由がわかった。これでは女性に金を払ってもらっていたと認めたも同然である。それが恥ずかしくてたまらないのだろう。殺人の容疑をかけられるより恥ずかしいらしい。「コートがなくなっていた」彼は口早に続けた。「だから散歩していたときになくなったとしか考えられない」

「ジプシーの仕業かしら？」

「違うと思うよ。ひとりも見かけなかったから。それより、通りがかりの人だろうな」

「あなたのコートだと見分けられる目印がある？　警察に証明できなくてはしょうがないでしょ」

「裏地に名前がついている——ほら、仕立て屋がつけてくれるじゃないか」

「だけど盗んだとしたら、そんなもの真っ先に取っちゃうわよ」

「ああ、そうか。そうだね。だけど、もうひとつある。ポケットの右下に小さな焼けこげがあるんだ。煙草の火をつけられちゃってさ」

「あら、いい目印だわね。だったら大丈夫よ」

「コートが見つかったらの話だろ」

「警察が探してるからって、盗んだ人が差し出すわけがないわ。それに警察は誰かがそれを着ているとはまったく考えていないのよね。捨てたとしか考えていないから、探すのもその線に集中してる。あなたの話を信じてコートを探そうって気はないみたい。無実を証明するために探そうとはしないんだわ」

「まあね。どうしたらいいんだろう？」

「自首するのね」

「何だって？」

「自首するのよ。そうしたら弁護士だとか世話してもらえるでしょ。コートを探すように弁護士に頼めるわ」

「ぼくにはできない。とうてい、無理だ、ええと、きみ何て名前だっけ」

「エリカ」

「できないよ、エリカ。外から鍵をかけられる音を想像しただけで、もういけない。歯の根が合わなくなっちまう」

「閉所恐怖症なの？」

「ああ。出ていけるってわかってさえいれば、平気なんだけどね。洞窟や何かは大丈夫なんだ。だけど、外から鍵をかけられたうえにぼけっと座って、考えることといったら――やっぱり、とてもできないよ」

「そうね。そんなふうに思うんなら、無理だわ。残念ね。自首するのが一番の早道なんだけど。これからどうするの？」

「また野宿するよ。雨になりそうもないから」

「誰か力を貸してくれる友達はいないの？」

「殺人容疑をかけられてるのに？　そんなやついるもんか。友情なんてきみが考えているほど厚いものじゃないんだ」

彼は言葉を切り、自分でも驚いているような口調で付け加えた。「うーん。そうともいえないな。ただ今までそういう友情に恵まれなかっただけなんだろう」

「だったら、明日食料を持ってきたときに会う場所を決めましょうよ。ここにする？」

「だめだ！」

「じゃあ、どこ？」


「そういう意味で言ったんじゃない。会うのがだめだと言ったんだ」

「どうして？」

「きみが重罪を犯すことになるからだよ。どんな罪名かはともかく、犯罪には変わりない。そんなことをさせるわけにいかない」

「でも、車から食べ物を落とすのはわたしの勝手でしょ。そんなのを取り締まる法律はないもの。明日の朝、ここらの藪に食べ物が車からぽろっと落ちちゃいそう。チーズとパンとチョコレートってとこかな。さあ、帰ろうっと。誰もいそうもないけど、長いあいだ車を停めたままにしていると、いつも誰かしらが、どうしたんだいってひょっこり顔を出すのよ」

エリカは食べ残りを集めて車に入れ、自分も乗り込んだ。ティズダルも立ち上がりかけた。

「何やってるの、馬鹿ね！」エリカが鋭く言った。「誰かに見られたらどうするの？」

彼は膝をついたまま、エリカのほうを向いた。「わかった、わかった。この格好ならいいだろう。それに感謝の気持ちを表わすにはぴったりの姿勢だ」

彼女は車のドアを閉め、窓から身を乗り出した。

「ナッツがいい？　それとも普通の？」

「え？」

「チョコレートよ」

「ああ！　レーズンが入ったのがいいな。エリカ・バーゴイン、ぼくはいつの日か必ずやきみをルビーで飾り立て、ふかふかした絨毯の上を――」

あとの科白はティニーが立てる轟音でかき消された。

12

「ねえ、カインドネス」エリカは厩頭に話しかけた。「へそくりある？」

カインドネスはトウモロコシの帳簿を調べていた手を止め、皺だらけの瞼に埋もれた薄青い瞳でエリカをじろっと見やるとふたたび計算を始めた。

「二ペンス！」ようやく、そう言った。本来は唾を吐きたいところらしい。

トウモロコシのことを言っているのがわかっていたので、エリカは待った。カインドネスは帳簿つけが大の苦手だ。

「自分の葬式代くらいはありますよ」ふたたび帳簿の一番上までたどってから、言った。

「お葬式は当分まだでしょ。十ポンド貸してくれない？」

老人は鉛筆を舐め舐め、考え込んだ。舌の先が紫色に染まっている。

「ほほう、そういうことですか」彼は言った。「いったい何を企んでいるんです？」

「何も企んでいやしないわ。だけどちょっとやりたいことがあるのよ。それにガソリンがすごく高いんだもの」

ガソリンを持ち出したのは失敗だった。

「へええ、じゃあ車が原因なんですね？」彼は妬《ねた》ましげに言った。カインドネスはティニーを目の敵にしている。

「車のせいでお金が入り用なら、ハートに頼んだらどうです？」

「あら、だめよ」エリカはとんでもないとばかりに言った。

「ハートはまだ新米だもの」新米と言われたハートは十一年勤めている。

カインドネスは機嫌を直した。

「別にうさんくさいことをしようっていうんじゃないのよ」彼女はもうひと押しした。「今晩、夕食のときにお父さんにお願いしようと思っていたんだから。お金をちょうだいって。だけど、ウィリアム叔父さんのところへ泊まりがけで出かけちゃったんだもの。……それに女の人に頼むと、いちいちうるさくきくし」彼女はいったん言葉を切ってから、付け加えた。

〝女の人〟に該当するのは乳母しかおらず、これでガソリンの話を持ち出した失点を挽回した。カインドネスは乳母とは犬猿の仲である。

「葬式代が十ポンドも減ると困るんですがね」

「土曜までに死にそうもないから心配ないわ。預金が八ポンドあるけど、明日の朝ウェストオーバーにおろしにいって時間を無駄にしたくないのよ。今は時間がないの。ともかく、わたしに万一のことがあっても、少なくとも八ポンドは返ってくるわけでしょ。それに残りの二ポンドはお父さんを当てにして大丈夫」

「なぜ、わたしに頼みにきたんです？」

いかにも期待した響きを聞けば、エリカ以外の人間だったらこう答えたろう——だって、一番古くからの友達だもの。それに困ったときはいつも助けてくれるじゃないの。三歳で初めてポニーに乗ったときに手を貸してくれてからずっと。口も堅いし。そしてつむじ曲がりだけど、ほんとうはとても優しい人だから。

だが、エリカは言った。「紅茶の缶のほうが銀行より手っ取り早いんだもの」

「な、なんですって?」

「あら、言っちゃいけなかったかしら。このあいだお茶をごちそうになったとき、奥さんから聞いちゃった。でも、奥さんが悪いんじゃないのよ。紅茶の葉っぱのあいだからお札が見えたんだもの。ちょっと不潔だわって思ったのよ。ほら、紅茶を飲むのに。でも、うまい隠し場所だわよね」

カインドネスはまだ言葉が出てこなかった。「沸騰したお湯って、たいてい何でも殺菌しちゃうし。それに」エリカは止めの一矢を放った。「ほかに誰を頼ればいいの?」

彼女は手を伸ばしてカインドネスから鉛筆を取り上げ、サドルルームのテーブルに載っていた地元の馬術競技会からの請求書を裏返しにして、学生らしい筆跡で書きつけた。

——わたしはバーソロミュー・カインドネスに十ポンド借りました。エリカ・マイヤー・バーゴイン——

「土曜までこれで我慢して」彼女は言った。「小切手がもうなくなっちゃったのよ」

「十ポンドあれば棺桶に真鍮の把手がつけられるんですからね。その金をケント州一帯にばらまかないでくださいよ」

「真鍮の把手なんて派手で趣味が悪いわよ」エリカは言った。「錬鉄のほうがずっとすてき」

カインドネスの家と紅茶の缶を目指して庭を横切りながら、エリカが尋ねた。

「質屋ってケントに何軒くらいあるかしら?」

「二千ってとこでしょうかね」

「えーっ、そんなに?」エリカは言って黙りこくった。

エリカは二千軒の質屋について考えつつ眠りにつき、翌朝起きたときもまだ考えていた。——二千だって。どうしよう。きっとカインドネスは当てずっぽうを言っただけだわ。質入れしたことなど一度もないのではないかしら。だったら、ケントにいくつあるかなどわかるはずがない——。

それにしても、かなりの数であるのは間違いないようだ。

たとえ、富裕な人々が住むケントであっても。エリカは今までに一度も質屋を目にしたことがなかったが、必要にかられて探さないかぎり、目につかないのかもしれない。マッシュルームと同じだ。

朝の六時半にエリカがティニーに乗って車庫から出るとすでに暑く、あたりはしんとしていた。誰も起きていない白い家が彼女の出発を見送った。ティニーはのべつまくなしに騒音を撒き散らすが、それにしても夏の日の朝食前にこうも大きな音を立てられてはまいってしまう。エリカは初めてティニーをうとましく思った。苛々させられたことは今までに幾度もあった。かんかんに腹を立てたこともある。しかし、それはいつも心から愛する身内に対しての憤りだった。どんなに怒っていても、いくら友達に嘲笑われても、ティニーを手放そうと思ったことはなかった。見限るなどもってのほかである。

だが、今は冷静な気持ちで新しい車が必要だと考えていた。

エリカが成長した証しである。

ティニーはきらきらと日光を照り返す静かな道を、説教するかのごとくブツブツガタガタとにぎやかに音を立てて進み、古めかしい座席に背筋を伸ばして座ったエリカは気持ちをティニーから切り替えた。横に置いた箱には、ローストチキンが半羽とパンにバター、トマト、ショートブレッド、牛乳がひと瓶入っていた。このいわゆる〝ミス・バーゴインの昼ご飯〟はスティーンズの家政婦がエリカが法の裏をかくつもりだとは露知らず、用意してくれたものだった。箱の向こうの茶色い紙袋に入っているのはエリカが村のミスター・ディーズの店（〝東インド人の食料品店。いつも新鮮〟と看板が出ている）で買った、家政婦が用意したのに比べると上品さには欠けるが、腹にたまる食料だ。昨日、ミスター・ディーズの店につやつやしたピンクの子牛のゼラチン寄せはあったが（「ほんとうにこんなに厚く切っていいんですか、エリカお嬢さん？」）レーズン入りチョコレートはなかった。お求めになるお客さんがいないんですよ、お嬢さん、とのことだった。

疲れきっていることも、店が閉まるまであと一時間しかないことも、たとえレーズン入りを多少好むとしても、腹が空いていれば普通のチョコレートでもお構いなしにありがたく食べそうだということも、エリカの心をちらともよぎらなかった。妥協する気はなかった。エリカはなぜとは説明できないが、些細な事柄がどれほど重要かを知っていた。とくに、不幸せなときに些細な事柄がどれほど重要であるかを。暑く埃っぽい夕暮れどき、ないと言われるたびにエリカはますます意固地になって、近所の村を次々に訪れた。その成果が、ティニーの運転席側の裂けてぱっくり口を開けた物入れに納まった半ポンドのレーズン入りチョコレート四個だった。レイサムのミセス・ヒッグスの店にあった全部で、エリカは七時十五分過ぎにハイ・ティーを食べている彼女を拝み倒して（「あなたの頼みだからこそなんですよ、バーゴインお嬢さん。ほかの人にこんなことしてやるもんですか」）、ささくれだらけの小さな木戸についた錠を大きな鍵で開けてもらったのだった。

寝静まったマリングフォードを騒音を撒き散らしながら通り抜けて、その向こうのかんかん照りの野原に到着したときは午前七時を回っていた。屋外生活で鍛練された鋭い目で昨日ティズダルの靴を見つけた、まっすぐに伸びた白い道にやってきて、〝こんなハリエニシダの茂みよりましな遮蔽物があればいいのに〟と彼女は思った。警察の目ではなく、ティズダルを昼の太陽から遮るものがあればよいのだが。今日はものすごく暑くなるだろう。牛乳もトマトもティズダルになくてはならないものになりそうだ。エリカは逃亡者を移動させてさらに別の罪を犯させてよいものかと思い悩んだ。たとえば、チャリングに連れて行ったらどうだろう。あそこなら一部隊を日光と警察からかくまえるほど大きな森がある。しかし、エリカは森があまり好きでなかったし、中に入ってもとくに安全とも思えなかった。涼しい暗い森の中で見ず知らずの人間に出くわすより、ハリエニシダの茂みで暑い思いをしても遠くはるかまで見渡せるほうがいいかもしれない。それに車に乗せようとしても、ティズダルが承諾するとは限らない。

ティズダルがどう答えるかは明らかだったが、結局尋ねる機会がないままに終わってしまった。ぐっすり寝込んでいてティニーの轟音さえ聞こえなかったのか、あるいは立ち去ってしまったのか。エリカはティニーのアクセルを思い切り踏み込み、特急電車さながらの騒音でまっすぐな道の外れまでいったん行き、もう一度、昨日出会った場所まで戻った。エンジンを切るとあたりを圧するような静けさが下りた。雲雀《ひばり》のさえずりもなく、影ひとつ動かない。

エリカはいかにも次の予定を思案しているふうを装い、ハンドルに両手を置いてきょろきょろせずにじっと待った。人を待つような素振りを見せれば、通りがかった人が不審に思いかねない。いかにものんびりとしたようすで二十分間待った。それから、伸びをし、道路に誰もいないのを確かめると車を降りた。これだけ経っても姿を現わさないということは、ティズダルは話をする気がないのだろう。エリカは昨日彼が寝ていた場所に包みをふたつとチョコレートを隠した。さらにくたびれた服のポケットから煙草を一箱取り出して加えた。エリカは煙草を吸わず——エリカのことだから当然試しはしたが、あまりおいしいとは思わなかったし、無理に好きになろうとも思わなかった——また、ティズダルが吸うかどうかも知らない。煙草とマッチは一応〝念のため〟に用意したまでだ。エリカはやるとなれば徹底的にやるたちだ。

エリカはふたたびティニーに乗り込み、エンジンをかけると振り返りもせずただちに車を出した。まっすぐに行く手を見つめ、思いはすでにはるかかなたの海岸とディムチャーチにあった。

エリカはコートを盗んだのは絶対に地元の住民でありえないと確信していた。ここらではどんなにうらぶれた場所であろうと、新しい黒いコートなぞ着ようものなら、たちまちにして注目が集まる。生まれて以来この地に住んでいる彼女は、それを熟知していた。さらに浮浪者や行商人と違って質屋などに縁がない地元の住民は、車の中に放り出してあったコートの金銭的な価値がわかるわけがない。従って盗む気になったとしたら自分が着るためだろうが、いざ着てもどうやって手に入れたか説明するのはむずかしいから、結局盗まずにおくはずだ。エリカはこうして論理を組み立て、コートは浮浪者か行商人が盗んだに違いないと結論づけた。

となると事態はある意味では容易に、ある意味では難しくなった。行商人や浮浪者は地元の住民に比べて目立つから確認しやすい。しかし一方では、こうした人々は常に移動し続けるため、跡を追いにくい。コートが盗まれてから一週間が過ぎており、とっくにケント州の外れ近くまで持ち出されているかもしれなかった。ひょっとしたら今ごろは――

空腹を紛らそうと、エリカは空想をたくましくした――最近流行《はや》っているヒッチハイクや昔ながらの密航だのを駆使すれば、どこへでも簡単に行けちゃうわ。今ごろはボルドー市の市長のもとで働く事務員が着てたりして。青白い顔をした事務員で、病弱な奥さんといたいけな赤ん坊がいるのよ。そんな人からコートを取り上げるなんて、いくらティズダルのためとはいえ、あまりにかわいそう。ディムチャーチが前方に見えてきた頃には、ここまで空想が膨らんでいた。

そこでエリカはまず食事をすることにした。空腹だと想像力はたくましくなるが、論理はお留守になる。〝ヘライジングサン〟――トラック野郎の憩いの場、終夜営業〟という看板を見て、急ブレーキを踏んだ。道端に建てられた吹けば飛ぶようなブリキ屋根の小屋は紫と藤黄色に塗られ、まわりにゼラニウムが咲き乱れていた。さあどうぞとばかりにドアが開け放たれ、話し声が暑い戸外に漏れてくる。

狭苦しい店内に大男がふたりいた。店主のほうは焼き立てのパンを分厚く切っている最中で、もうひとりの男は巨大なマグを抱えて湯気の立つ液をずるずるとすすっていた。エリカが戸口に立つと、店内は静まり返った。

「おはよう」エリカは沈黙した男たちに声をかけた。

「おはようさん」店主が応じた。「紅茶ですかい?」

「そうねえ――」エリカはぐるりと見回した。「ベーコンはないの?」

「おいしいのがあるよ」店主は断固として言った。「口の中で溶けちまう」

「たくさんちょうだい」エリカはにこにこした。

「卵もかね?」

「三個にして」

店主は首を伸ばして外を窺い、エリカがひとりであるのをたしかめた。

「中へ入りな」彼は言った。「うれしくなっちまうね。今日日《きょうび》、たらふく食おうって娘っこにお目にかかるとは。座んなさいよ」店主はエプロンの端で鉄製の椅子を拭ってエリカに勧めた。「ベーコンはあっというまに焼けるさね。厚く切るかい？　それとも薄く？」

「厚く切ってちょうだい。おはよう」エリカは腰を下ろしてもうひとりの男に挨拶し、相手の思惑などお構いなしに話しかけた。「外に停めてあるトラックはあなたの？　わたし、ああいうトラックを運転したくてたまらないのよ」

「へえ？　おれは綱渡りの芸人になりたくてたまらないや」

「その体型じゃ無理ね」エリカは真顔で応えた。「トラックの運転手でいたほうがいいと思うわ」店主がベーコンを切る手を止めて吹き出した。

トラック運転手は頭の固いやつに皮肉を言っても無駄だとあきらめた。肩の力を抜き、態度を和らげた。

「ほう、そうかい。なあ、ビル、たまには女の人の相手をするのもいいもんだな」

「あら、あまりそういう機会がないの？」エリカがきいた。「トラック運転手って女の人にもてると思っていたのに」

口をあんぐり開けた運転手が、この痩せっぽちの少女、おれを馬鹿にしたんだろうか、喧嘩を売ったんだろうか、それとも単に正直なだけなんだろうかと迷っているうちにエリカは続けた。「ところで、浮浪者をトラックに乗せてあげたことある？」

「とんでもない！」運転手は悩む必要がない質問にほっとして、きっぱりと答えた。

「何だ、残念。浮浪者に興味があるのに」

「クリスチャンとしての興味かい？」ビルがじゅうじゅうと音を立てるベーコンを裏返して尋ねた。

「いいえ。文学的な興味」

「ふうん。本でも書いてるのかね？」

「そういうわけじゃないわ。人に頼まれて資料を集めているところ。でも、乗せてあげなくても、浮浪者をおおぜい見るんでしょうね」彼女は運転手に食い下がった。

「運転してるときはよけいなもんを見てる暇はないね」

「ハロゲート・ハリーの話をしてやれよ」卵を割りながら、ビルが促した。「先週のいつだったか、助手席に乗せてたじゃないか」

「嘘つけ。誰も乗せるもんか」

「おいおい、口を割ったらどうだい。この娘さんなら心配いらないって。浮浪者のひとりやふたりを乗せた話をしたって、言いふらしたりしないさ」

「ハロゲートは浮浪者じゃないぜ」

「じゃあ、何なの?」エリカがきいた。

「陶器商人だよ。旅から旅の」

「あ、知ってる。白地に青い模様のボウルとウサギの毛皮を交換したりするんでしょ」

「いんや。そんなんじゃねえや。ティーポットの把手を直したりすんのさ」

「ふうん。儲かるのかしら?」エリカは運転手をその話題に繋ぎ止めておくために、お義理で尋ねた。

「どうにか暮らしを立ててるってとこだろうよ。それに古いコートとか長靴だとかをときどきせしめて足しにしたりするしさ」

エリカはいっとき口をつぐみ、彼女の耳にはやたら大きく響く心臓の鼓動がふたりの男にも聞こえやしないかと心配した。古いコート、ときどき、ときた。さて、どんな作戦を取ったものか? まさか、こうはきけやしない。その人を見たとき、コートを着ていた? これではあまりにあからさまだ。

「おもしろそうな人ね」彼女はようやく言い、「マスタードちょうだい」とビルに頼んだ。「会ってみたいな。でも、もう遠くに行ってしまっているわね。いつ見たの?」

「そうさな。ディムチャーチを出たとこであいつを拾って、トンブリッジの近くで降ろしてやったんだ。ありゃあ、先週の月曜日だったたな」

では、ハロゲートは関係ない。残念! 古いコートやブーツを欲しがることといい、旅から旅の行商人であることといい、危険な地域からすばやく脱出するためにトラックに乗せてもらうという手段を持っていたことといい、もってこいの条件を備えた男だったのに。しかし、簡単に答えが出たはずなのにと、いまさら嘆いてもしかたがない。

ビルが皿の横にマスタードの瓶を置いた。「月曜じゃなかったぜ」彼は言った。「別にどうでもいいけどさ。だけどあんたが通ったとき、ジミーが配達に来てたんだ。だから、火曜日だよ」

どうでもよくあるものか！　エリカはベーコンと卵を口いっぱいに頬張って、高鳴る胸を鎮めた。

しばし会話が途切れた。というのもエリカは口をつぐんで黙々と食べるという男性的な習慣があったのと、うまく話を引き出すにはどうもちかければいいかを決め兼ねていたからだ。そこでトラック運転手がマグを押しやって立ち上がると、慌てふためいた。

「まだハロゲート何とかって人のことを教えてくれてないじゃない！」

「何を教えろってんだ？」

「旅から旅の陶器の修理屋なんて、おもしろいに決まっているもの。ぜひ会って話をしたいのよ」

「あいつはあまりしゃべらないぜ」

「お金を上げればしゃべるでしょ」

ビルが笑い出した。「ハロゲートに五シリングがとこやってみな。朝から晩までしゃべりまくらあ。十シリングなら、南極を発見した冒険談でもするだろうよ」

エリカは与《くみ》しやすい相手のほうを向いた。

「彼を知っているの？　家があるか、知っている？」

「あいつは冬場はたいがいどこかにこもっているな。だけど、夏はテント暮らしだ」

「ペンブリーのへんでクィーニー・ウェブスターといっしょに暮らしてるよ」ビルに興味が移ったのがおもしろくないのだろう。運転手が口をはさんだ。

運転手は傷だらけのテーブルに銅貨を数枚置いて戸口へ向かった。

「金をやるんならまずクィーニーにやりな」

「どうもありがとう」エリカが応えた。「覚えておくわ。

いろいろと教えてくれてありがとう」

心からの感謝の響きをエリカの声に聞いて、運転手は足を止めた。彼は戸口に立ったまま、エリカを見つめた。

「浮浪者に興味があるなんて、へんてこな大食らいの娘っこだな」そう言ってトラックへ向かった。

13

エリカはあっぱれな食欲を発揮してさらにパンとマーマレード、紅茶を腹に納めたが、栄養はともかく、情報に関してはあまり収穫がなかった。残念ながら、ビルは教えたいのは山々なのだがハロゲート・ハリーについてほとんど何も知らなかった。エリカはディムチャーチに馴染みはあるが、トンブリッジに行ったことはない。その見知らぬ土地まで、いるかいないかも定かでないハロゲートを追ったものかと迷った。

「たいがいの浮浪者ってまっとうなのかしら。どう思う?」エリカは勘定を払いながら尋ねた。

「そうさなあ」ビルは考え考え、答えた。「目の前においしい餌が転がってないかぎりはまっとうなんじゃないかい。おれが言いたいことわかるかね」

エリカにはわかった。盗ってくださいとばかりに置きっぱなしにしてあるコートを浮浪者が見れば、五十人が五十人、ありがたく頂戴するということだ。しかもハロゲート・ハリーはコートやブーツに目がない。加えて、先週の火曜日にディムチャーチにいた。やはり、夏の一日を費やしてこの陶器の修理屋を追い、居所を突き止めようとエリカは決心した。探している最中に夜になってしまったら、夕食に帰らないもっともらしい口実を考えて、スティーンズにいる父に電話をしなければならない。父に嘘をつかなければならないと思うと、ティズダル救援作戦を自ら買って出て以来初めて胸がちくりと痛んだ。これまでどんな計画であれ、父を蚊帳の外に置いたことはなかった。ここ数時間のうちにエリカの忠誠心が揺れ動いたのはこれが二度めだ。ティニーに対する裏切りは意識しなかったが、今回ははっきりと意識し、後ろめたく思った。

しかし朝はまだ早く、日は長い。ティニーは老いぼれかもしれないが、がたはきていないし、文句を言わずにいくらでも走る。うまくすれば今夜はスティーンズに帰って自分のベッドで眠れるかもしれない。スティーンズに帰る——コートを持って！

そう思うと、エリカは興奮で息が止まりそうになった。

エリカはしきりに感心しているビルに別れを告げ、友達全部に彼の朝食を宣伝すると約束して、ティニーとともに花に囲まれた田舎道を西北に向かった。照り返しが目を射る道路に陽炎《かげろう》が立った。野原は竈《かまど》と化してティニーをあぶり、車内はフライパンのように熱くなった。エリカは逸る気持ちを抑えて数マイルごとに停車してドアを開け、オーバーヒートを防ぐという手段を講じなければならなかった。新しい車が必要だと、彼女はしみじみ思った。

トンブリッジへ通じる本道のキッピングズクロス近くで、エリカは昼食を食べに道端の店に立ち寄った。先ほど思いがけずうまくいった作戦を再度試みるつもりだった。しかし、今回はついていなかった。ほがらかな女主人はおしゃべり好きだが、浮浪者にいっさい興味がなかった。多くの女性の常に漏れず、〝穀潰し〟なんぞ見るのも嫌だし、いっさい用はないという意見の持ち主だった。エリカはいっときでも日陰にいられるのがありがたく、申し訳程度に食事をして、魔法瓶に詰めてきたコーヒーを飲んだ。そしてもっとましな場所を探そうと、そそくさと腰を上げた。

〝まし〟とは食事のことではなく、役に立つ情報という意味である。エリカは賞賛に値する自制心を発揮して、広々としたティーガーデンから目を逸らした。緑に囲まれた涼しげな庭の木陰で、華やかな色彩のテーブルクロスが濡れた小石のように輝いている。今日はこういう贅沢はあきらめなくてはならない。ティーガーデンにいても浮浪者のことは何ひとつわからないのだから。

エリカはグードハーストに向かう小道を行き、宿屋を探した。宿屋は陶器の修理を何かと必要とするし、ハロゲートのいわば縄張りに入ったのだから、彼を知っている人物に出会えるはずだ。

スティーンズのどこの宿屋にも引けを取らないきれいな食堂で、エリカは生焼けのコールドビーフとグリーンサラダを食べ、ひび割れた陶器で料理が供されないものかと目を皿のようにした。缶詰のくだものが欠けた小鉢に盛られて出てくると、思わず歓声を上げそうになった。

ウェイトレスは〝ええ、お客さまのおっしゃるとおり、きれいな小鉢ですね〟と相づちを打った。でも、今の季節だけ雇われているものですから、小鉢が値打ちのあるものかどうかなんてわたしにはさっぱり(一カ所に腰の落着かない若者が家庭用品の価値に興味がないのは当然である)。陶器の修理は地元の職人に頼んでいるんでしょうけど、わたしにはわかりませんね。ええ、いいですよ。きいてまいります。

宿屋の主人は、小鉢にみごとな修理を施したのは誰かときかれて、小鉢はマットフィールドグリーンにある店で十把ひとからげに仕入れたが、修理の跡は最初からあったと応えた――何せ、ずいぶん昔の跡ですからね。修理した男はとうに死んじまってるでしょう。でも、修理してほしい陶器があるんなら、ときどき回ってくる腕のいい旅の修理屋がいますよ。名前はパーマー。どんなに無残に壊れたものでも、しらふのときなら継ぎ目がわからないようにうまく直してくれましてね。だけど、頼んだったら、しらふかどうかよくたしかめてからにしなさいよ。

エリカはパーマーについてのあれこれに耳を傾け、次いでこの近辺には彼しかいないのかと尋ねた。

主人が知っているかぎりでは、彼ひとりだった。しかし、ハリー以上に腕のいい修理屋はいないと請け合った。

「ハリーって名前なの？」

それが修理屋の名前だった。ハロゲート・ハリーが通り名だそうだ。どこに行けばハリーに会えるか見当がつかないが、ブレンチリーのほうでテント暮らしをしているらしい。主人は、ひとりで訪ねていかないほうがいいとエリカに忠告した。模範的市民とはほどとおい人物らしい。

エリカはさらにハリーは何日も、ときには何週間もひとところにいるという情報を仕入れて、勇んで炎熱の中へ出た。ハリーは少しでもよぶんな金が入ると、使い果たすまで仕事をせずに酒を飲んでいるという。

陶器の修理屋に会いにいくには、壊れた陶器を手に入れなければならない。エリカはカルヴァリーパークに住んでいる謹厳実直な大叔母が医者に禁じられているペストリーをたらふく食べて昼寝をし、ライムの木陰を散歩したりしていませんようにと祈りながら、タンブリッジウェルズに向かった。そして骨董屋を見つけると、カインドネスの葬式代の一部で安っぽい陶器の踊り子の人形を買った。すぐさまペンブリーへ取って返し、午後の陽を浴びて物憂く静まり返った道路で、人形を車の踏み板に勢いよく落とした。しかし、人形は頑丈だった。足を持ってドア枠で軽く叩いても壊れない。これ以上力を加えて粉々にしてしまっては元も子もないので、しまいに人形の腕を指でつまんで折り取った。これで大手を振ってハロゲート・ハリーに会いにいける。

正体のわからない浮浪者相手に正面切って質問を浴びせるわけにはいかない。コートを盗んだかもしれないという疑いがあるのだから、なおさらだ。しかし、陶器の修理屋を探していると言えば、相手が驚きもせず不審を抱きもしないりっぱな口実となる。エリカがハロゲートと実際に顔をあわせるまで九十分かかった。もっと早く見つけられたかもしれないが、テントはいずれの道路からも遠く離れていて時間を食った。まずは小さなティニーでさえも通れない、森の中へ通じる荷車道を歩き、次いでかなたにメドウエイの谷が見渡せるハリエニシダの茂った野原を横切り、やがて二番目の森の外れまで分け入ると木を切り払った空き地に出た。小川がよどんだ水たまりに注ぎ込んでいる。

エリカはテントが森の中でなければいいのにと思った。生まれつき物怖じしない性格だが（年寄りに言わせるとお転婆、要するに肝っ玉が太いのである）正直なところ、森だけは苦手だった。遠くまで見渡せる場所が好きだった。澄んだ小川は太陽を反射して輝き、明るい雰囲気をかもし出していたが、窪みにできた水たまりは深く淀んで近寄りがたい。ケントよりサセックスでよく見かける類の、思いがけないところにひっそりとできた黒い水たまりだ。

エリカが人形を片手に持って空き地の前に来ると、犬がすさまじく吠えて静寂をかき乱し、テントから飛び出した。それを聞いて女がテントの入口に現われ、エリカが近づいてくるのを見つめた。背が高く肩幅が広い女で、背筋をまっすぐに伸ばしている。しずしずと進み出たあげく膝を折って挨拶しろということなのかしらと、エリカの頭に突拍子もない考えが浮かんだ。

「こんにちは」エリカは犬の吠え声に負けずに、ほがらかに呼びかけた。女は反応を示さずに待った。「陶器を持ってきたんだけど——犬を静かにさせてくれない？」エリカはやかましい犬をはさんで、女と向かい合った。

犬は女に脇腹を蹴り上げられ、ひと声甲高く鳴いてしんとなった。小川のせせらぎがふたたび聞こえる。

エリカは壊れた人形を見せた。

「ハリー！」女は物問いたげな黒い瞳をエリカに据えたまま、怒鳴った。するとハリーが現われた。こすからそうな小柄な男で、目が血走り、見るからに機嫌が悪そうだ。

「仕事だってさ」

「おらあ、今働いてねえんだよ」ハリーが言って、唾を吐いた。

「まあ、残念。すごく腕がいいって聞いたのに」

女が人形ともげた腕をエリカの手から取り上げた。「働くよ。安心しな」

ハリーはもう一度唾を吐いて、陶器を受け取った。「あんた、金持ってんのか?」いまいましそうに尋ねた。

「おいくら?」

「二シリングだ」

「二シリングと六ペンスだよ」女が口をはさんだ。

「そう、いいわ。そのくらいならあるから」

ハリーはテントの中に戻り、女はエリカがついていったり、覗いたりしないようにと立ちはだかった。エリカはハリーの居場所を突き止めた暁には、テントの中に入って隅にコートがたたんで置いてあるのを発見できるような気が何となくしていた。ところが、中を見せてもらうことさえできない。

「たいしてかからないよ」クィーニーが言った。「トネリコで笛でも作ってな。そうしているうちにできるからさ」

エリカの生真面目で小さな顔が珍しく満面の笑みを浮かべた。「できやしないと思っているのね。そうでしょう?」女は明らかにエリカを都会っ子と判じて、馬鹿にしたのだった。

エリカはトネリコをポケットナイフで切り取って形作り、切り目を入れ、小川に浸した。笛作りに夢中になっているようすを見せれば、クィーニーとハリーが気を緩めるのではないかという目論見があった。それどころか、作り終わる頃には修理がすんだハリーと仲よくなれるかもしれないとさえ期待していた。だが、笛を持ってテントに戻ったとたん、森でおざなりに小枝を集めていたクィーニーがふたたび立ちはだかった。結局、エリカは車を置いて歩き出したときと比べて少しの収穫もないままに、出来上がった笛と修理のすんだ人形を両手に持っている羽目になった。泣き出したいくらいだった。

エリカは小さな財布(ハンドバッグは嫌いだ)を取り出して半クラウン払ったが、救援作戦のために用意した札が折り畳んで奥に仕舞い込んであるのを見ると、やおら我慢できなくなった。心構えもできないうちに、我知らず言葉が口を衝いて出た。

「ディムチャーチで盗んだコートはどうしたの?」

沈黙が落ち、エリカは急いで続けた。

「別にどうこうしようっていうんじゃないのよ。訴えるとか、そんなことするつもりないわ。だけど、あのコートがどうしてもほしいの。まだ持っているなら、買い取るわ。もう質に入れてしまったんなら――」

「こん畜生！」ハリーがわめいた。「仕事をやらせといて、言いがかりつけるのかよ。とっとと失せろ。さもなきゃ顎の骨ぶち折るぞ。生意気な小娘が――好き勝手なこと言いやがって。舌を引っこ抜いてやろうか？　それとも――」

女がハリーを押しのけ、エリカを脅すようにふんぞり返った。

「あんた、何だってうちの人がコートを盗んだなんて言いがかりつけんのよ？」

「この人が先週の火曜日に運転手のジェイクにトラックに乗せてもらったとき着ていたコートはディムチャーチで盗まれたものよ。わたしたち、知ってるんだから」〝わたしたち〟というところが相手の耳にしっかり届けばいいがと、エリカは願った。それに自信のなさが声に現われないようにとも。彼らはまったく身に覚えがなく、憤慨している様子だった。「だけど、ことを荒立てるつもりはないのよ。コートを返してほしいだけ。一ポンド払うわ」ふたりがまたわめきそうなのを見て、エリカは付け加えた。

ふたりの目の色が変わった。エリカは苦境にあるにもかかわらず、胸をなで下ろした。この男に間違いない。ふたりとも、何のコートの話だかちゃんとわかっている。

「もう質に入れてしまったんなら、どこの質屋か教えてくれれば十シリング払うわ」

「あんた、何が目的なのさ？」女がきいた。「男物のコートなんか、どうしようってのさ？」

「男物だなんて、ひとことも言わなかったわよ」ついに尻尾をつかんだ喜びでエリカは背筋がぞくぞくした。

「ふん、うるさいね！」クィーニーはとぼけるのをやめ、怒鳴り散らした。「何で、ほしがるんだよ？」

殺人に関係があるなどと言おうものなら、ふたりは慌てふためき、コートなど知らぬ存ぜぬで押し通すだろう。ケチな犯罪に手を染めている人間は重罪と聞いただけで縮み上がる。エリカは父親の独り言をしょっちゅう耳にしていたおかげで、そのへんの事情に通じていた。ふたりは何としても関わりを避けようとするに違いない。

「ハートを助けたいからよ」エリカは言った。「車から離れたのがいけないんだけどね。コートの持ち主が明日戻ってくるから、それまでに見つけないとハートが首になってしまうの」

「ハートって誰さ?」女が尋ねた。「あんたの兄貴?」

「いいえ。うちの運転手」

「運転手だってよ!」ハリーはおもしろくもなさそうに、高い笑い声を上げた。「けっ、笑わせらあ。ロールスロイスが二台にベントレーが五台あるんだろうよ」小さな血走った目で、エリカのみすぼらしいつんつるてんの服を見やった。

「いいえ。ランチェスターが一台にわたしのポンコツのモリスだけよ」ふたりがさらに疑わしそうな顔をするのを見て、「わたしはエリカ・バーゴイン。父は警察署長よ」

「はん? だったら、おらあ、ジョン・D・ロックフェラーだ。でもって親父はウェリントン公爵さ」

エリカは短いスカートをぱっとめくりあげ、夏冬かかわらず履いている体操用ブルマーのゴムバンドを親指で引っ張って内側を見せた。

「読める?」

「エリカ・M・バーゴイン」男は目を丸くして、ラベルに赤で書かれた名前を読んだ。

「あまり人を疑うと損するわよ」エリカは指を放してバンドをぱちんと元に戻した。

「じゃあ、ほんとに運転手のためなんだな?」ハリーは流し目をくれ、体勢の立て直しを図った。「運転手ふぜいがそんなに気になるのかよ?」

「わたし、彼に夢中なの」エリカは〝マッチをひと箱ちょうだい〟と言うのとさしてかわらぬ口調で答えた。学芸会ではいつも幕の上げ下げを受け持たされたのも無理はない。

しかし、ハリーは聞きとがめなかった。欲にかられて、それどころではなかったのだろう。

「いくら出すのさ?」女が言った。

「コートと引き換えに?」

「違うよ。在処を教えてやったらさ」

「十シリング払うって、さっき言ったでしょ」

「足りないね」

「だけど、そっちがほんとうのことを言っているかどうかわからないじゃないの」

「そりゃ、おたがいさまだろ」

「いいわ、じゃあ一ポンド。こっちは質屋から買い戻さなきゃならないんだから」

「質屋じゃないぜ」男が口をはさんだ。「砕石作業員に売ったんだ」

「えーっ！」エリカはがっかりして悲鳴を上げた。「また探し回らなくちゃいけないの？」

「ふん、探し回るこたねえや。金をくれれば、どこに行けば会えるか教えてやるよ」

エリカは一ポンド札を出して示した。「どこなの？」

「パドックウッドへ行く道のファイヴウェンツの十字路で働いてらあ。そこにいなけりゃ、ねぐらはキャペルの小屋だ。教会のすぐそば」

エリカは札を差し出した。しかし、女は財布の中身をさっき見ていた。

「待ちな、ハリー！　もっと払ってもらうよ」エリカの背後へ回り、森へ通じる小道を塞いだ。

「一ペンスだってよけいに払うもんですか」エリカは負けずに言い返した。憤りで、黒い水たまりや深閑とした静けさ、森に対する怯えを忘れた。「卑怯だわ」

クィーニーが財布に手を伸ばした。しかし、エリカは去年の冬、ラクロスの学校代表に選ばれたばかりだ。財布をひったくるはずだった手がエリカのもういっぽうの腕で振り払われ、度肝を抜かれたクィーニー自身の顔に驚くほどの強さではね返った。エリカは女の大柄な体のうしろに回り込み、空き地を走り抜けた。冬の午後、来る日も来る日も、半分飽き飽きし、半分楽しみながら、右に左に向きを変えつつ走ったように。

追いかけてくる足音を背後に聞き、捕まったら何をされるだろうとエリカは不安になった。クィーニーはたいして走れそうにないが、ハリーは酒を飲んでいるにしても小柄ですばしこいから早そうだ。しかも、小道を熟知している。明るい陽射しの下から、薄暗い木陰に入って、小道がほとんど見えなかった。誰かが車で待っていると言っておけばよかった。そうすれば――

足が木の根にひっかかり、エリカはもんどりうった。柔らかい土の上を走る音が間近に迫り、エリカが尻をついて目を上げると、ハリーの顔が下草の上を泳ぐように近づいてきた。もう、追いつかれる。こうもみごとにもんどりうったのは両手が塞がっていたからだ。エリカは手にしたものを見た。片手には陶器の人形、もう片方には財布と――笛。

笛！　彼女は唇に笛をあてがい、帰営ラッパのようなリズムで吹いた。長く、短く、暗号のように。誰かに合図しているように。

ハリーは数ヤード手前で、不安げに足を止めた。

「ハート！」エリカは息を吸い込み、あらんかぎりの声で叫んだ。「ハート！」もう一度、笛を吹いた。

「わかったよ」ハリーは言った。「わかったったら。ハートってやつを助けてやりゃいいだろ。だけど、そのうちお父っつぁんに娘がどんな悪さをしてるか言いつけにいくからな。そうなったら、はした金で黙らせようったってすまないぜ。覚えてろ！」

「さよなら」エリカが言った。「奥さんによろしく。笛を作るように言ってくれて助かったわ」

14

「警部、休息を取らなきゃいかんよ。少し、のんびりしたまえ」署長はやっこらさとレインコートに袖を通した。

「頑張るのもけっこうだが、度を越しとるぞ。解決の近道にはならん。墓場へ直行するだけだ。もう金曜日だというのに、きみはこの一週間ろくに眠っておらんし、まともな飯も食っていない。馬鹿な真似をするもんじゃない。そんなに気に病むことはないじゃないか。犯人に逃げられたのは今回が初めてじゃないし、これからもあるんだから」

「わたしには我慢できないんです」

「それは気負い過ぎってもんだ。そうとしか言いようがない。気負い過ぎもいいところだ。誰だって失敗をするさ。物入れの扉の奥が非常階段だなんて、予測がつくわけないじゃないか」


「前もって調べておくべきでした」

「おやおや、処置なしだね」

「最初のは扉が向こうへ開いたので中が見えたんですよ。そして次の扉を開けた頃には、わたしはすっかり油断して――」

「そうやってくよくよ考えるのがいかんと言っておるのだよ。少し休まないと、そのうち寝ても覚めても物入れの扉ばかり見えるようになってしまうぞ。ウィリアムズ巡査部長の科白じゃないが、きみはまさに仕事中毒で死にそうになっとるんじゃ。さあ、うちでいっしょに夕飯を食おう。〝でも〟なんて言葉は聞く耳持たんからな。ほんの十二マイルのところだ」

「でも、留守のあいだに何かが――」

「電話があるだろうが。きみを連れてくるように、エリカに頼まれておるんだ。アイスクリームがどうとかこうとか言っておったな。アイスクリームは好きかね？　ともかく、きみに見せたいものがあるそうだ」

「小犬でしょうか？」グラントは微笑んだ。

「さてね。そうかもしらん。スティーンズにはいつも何かしら生まれたばかりのやつがうろうろしておってな。ほら、きみのりっぱな代役が登場だ。こんばんは、巡査部長」

「こんばんは、署長さん」ハイ・ティーをたらふく詰め込んだウィリアムズはピンクの頰がつやつやしていた。

「グラント警部をうちに夕食にお連れするからな」

「それはよろしいですね、署長さん。ちゃんとした食事を召し上がれば、警部も元気が出ますよ」

「これがうちの電話番号だ。警部に用ができたらかけてくれ」

グラントは署長がイギリス人魂を存分に発揮するさまに、口元をほころばせた。実のところ、精根尽き果てていたのだ。苦難に満ちた長い一週間だった。静かな部屋で、おっとりした人々とともに食卓を囲むと思うと、かつては属していたがなかばその存在を忘れていた世界にふたたび戻るような気がした。彼の手はいつのまにか机の上の書類を片づけていた。

「ウィリアムズ巡査部長の口癖を借りるなら、〝腹の皮が背中にくっつきそうだ〟ってところですよ。ありがたくお招きにあずかりましょう。ミス・エリカにお礼を言わなくては」グラントは帽子を手に取った。

「エリカはきみをずいぶん気に入っておるよ。まあ、あの子のことだから珍しくはないがね。それにしても、今はきみが一番の関心事らしい」

「あいにく、ハンサムな競争相手がいましてね」

「ははん。オリンピアに出てるやつだな。覚えているとも。子供の育てかたってのはどうにもよくわからんね、警部」車に向かいながら署長はこぼした。「エリカはひとりっ子なんだ。あれが生まれたときに母親が亡くなったもんで、わしは乳母に任せっぱなしにせずにエリカを仲間のように扱ってきた。それでいつも乳母と言い合いになったもんだ。これがまた行儀だとかなんかに口やかましい女でね。それからエリカは学校へ行った。自分がどの程度の人間か知らなきゃいかんからな。教育ってのはそのためにあるんじゃ人とどう接すればよいかがわかればじゅうぶんなのさ。エリカは学校が好きではなかったが、最後までやりとおした。

根性のある子だからな」

「すてきなお子さんだと思いますよ」グラントは署長の言い訳がましい口調と気遣わしげな表情に応えて、心からそう言った。

「そこだよ、きみ、そこが問題なんだ。あれはもう子供じゃないんだ。世間に出て行かなきゃいかんよ。ダンスに行くとか。ロンドンの叔母のところに住んで、いろいろな人に会うとか。だのに、まったくその気がない。家にいて、好きにし放題だ。あの年頃なら、洋服やらきれいなものやらに興味を持つのが当たり前なのに見向きもしない。もう十七歳なんだよ、きみ。心配でしょうがないよ。あのちっぽけな車でそこらじゅう走り回りおってな。どこへ行っていたものやら見当がつかないときが、半分がとこある。もちろん、きけば教えてくれるがね。正直な子だから。しかし、心配でしょうがない」

「心配なさる必要はありませんよ。きっと幸せになりますとも。見ていてごらんなさい。あの年頃で自分のほしいものが何かをあれほどはっきりわかっているのは珍しいですよ」

「うむむ」署長は言った。「そして必ず手に入れるんじゃ！　ところでジョージが夕飯に来る」彼は付け加えた。「ジョージ・マイヤー。家内の従兄弟でな。もしや、知っとるかね？　神経専門の医者だ」

「お噂はかねがねうかがっていますが、お会いしたことはありません」

「エリカの仕業じゃ。ジョージはいいやつなんだが、少しばかり退屈でな。何を話しているのやら、半分もわかりゃしない。反応がどうとかこうとか、そんな話ばかりだ。エリカはあのちんぷんかんぷんな言葉を解するようじゃが。名医だがね、ジョージってのは。好人物だし」

ジョージ卿はたしかに好人物だった。グラントはひと目で好感を持ち、また彼の頬骨が細いのに気づいて、外見ではなく性格にエリカを強く惹きつける魅力があるのだろうと察した。ウィンポール・ストリート（ロンドンの通り、ハーレー・ストリートと同じく一流医の街）にオフィスを構える医者に共通の派手なところも馬鹿丁寧なところもなく、実に愛すべき人格者だった。だから、グラントは彼に同情されてもいっこうに腹が立たなかった。それどころか、苦悩を理解してくれる人物として心を開いたのである。人間が犯す過ちなどジョージ卿にとってはありふれた出来事にちがいない。

バーゴイン署長は食事中はクレイ事件の話をしてはならないとお達しを出したが、それは潮の満ち干を止めるも同然。魚料理を食べ終えもしないうちに、署長も含めて全員がティズダルについて話しているありさまだ。しかし、学校で正餐用に用いていたに違いない地味な白いドレスを着たエリカだけは、父親と向かい合った席に座っておとなしく耳を傾けている。薄く化粧をしているが、昼間と比べて大人っぽく見えるわけではない。

「足取りがまったくつかめないんです」グラントはマイヤーの質問に答えた。「ホテルを出たあと、煙のように消えてしまいましてね。もちろん、それらしい男に関する情報は山と入ったんですが、どれもこれも外れでした。月曜からこっち、新しい事実は何ひとつわかっていません。最初の三晩は野宿したかもしれませんね。でも、昨夜はあんな土砂降りでしょう。動物だって外に出ていられやしません。どこか屋内に潜んでいたはずだ。もっとも、まだ生きているならの話ですが。昨日の嵐はここだけではなかった。タイン川まで一帯が水浸しですよ。それなのに、今日一日、情報ひとつ入りませんでした」

「海を渡って逃げた可能性は？」

「まずないでしょうな。おもしろいことに、そうやって逃げる犯罪者は千人にひとりもいないんですよ」

「島国根性ってやつだな！」マイヤーが笑った。「海の向こうってのはまず頭に浮かばないんだから。ねえ、警部、自覚しているかどうかはともかく、この半時間できみが行なったティズダルの描写は実にあざやかだった。それに、きみが明らかにしたことがまだある。これはたぶん、自覚してないだろうが」

「何でしょうか？」

「ティズダルが犯人だったと知って、きみは心底驚いた。がっかりしたんじゃないかな。まさかと思っていたから」

「ええ、そのとおりです。あなただってがっかりなさるでしょうよ、ジョージ卿」グラントは照れ笑いを浮かべた。「ほんとに口先のうまい男でしてね。しかも、必要がないかぎり、嘘をつかないんですな。さきほどお話ししたように、やつの証言を隅から隅まで調査しました。調べたかぎりではすべて真実なんです。しかしそれにしても、車を盗んだことに関しては雲をつかむような話ですよ。それにコートをなくしたとくるんですからね――よりによって事件の鍵を握るコートを」

「妙に思うだろうが、車を盗んだのはそんなに突拍子がないわけではない。彼はその前の数週間、逃避することばかり考えていた。財産を浪費してしまった不名誉から、遊び友達から（どうやらどの程度の友達かが彼にもほんとうにわかりかけてきたようだがね）、生活の糧をまた自分で稼がなければならない状況から（放浪を考えたのなどは、きちんとした家の出の青年にとっては、車の乗り逃げ同様、いっときの気の迷いさ。これも逃避の兆候だ）、さらにコテッジにおける不安定な状態から、すべてから逃避したかったのさ。目前に迫っている、コテッジを出ていく日を無意識のうちに恐れていたんだろう。また、自己嫌悪と自己不信（根底には自分自身から逃避したい気持ちがあったのだよ）に陥り、非常に不安定な精神状態にあった。そこへ、まだ頭がぼうっとしているところへ（朝の六時だからね）肉体的に逃避するのに格好な条件が揃ったんだ。あたりには人っ子ひとりおらず、車がぽつんと乗り捨ててある。そのときは無我夢中だった。やがて我に返ると、彼が証言しているとおり、自分のしたことに縮み上がった。すぐさま車の向きを変え、あらんかぎりのスピードで戻ってきた。なぜ車を盗む気になったのか、彼にも一生わからないだろうよ」

「きみみたいな専門家がしゃしゃり出ると、そのうちに窃盗は犯罪でなくなってしまいそうだ」署長は苦々しげにぼやいた。

「なかなかの読みですね」グラントはマイヤーに言った。「コートについても、あやふやでなくしていただけますかね？」

「真実というものはあやふやな場合が多いものだよ。そうは思わないかね？」

「彼が無実かもしれないというご意見ですか？」

「そんな気がしなくはないね」

「なぜです？」

「きみの判断力に重きを置いているからさ」

「わたしの？」

「そうだ。きみは彼が犯人と知って驚いた。つまり、無実だという第一印象が状況証拠によって変えられたということだ」

「わたしは想像力もありますが、同時に論理的でもあります。何といっても、警官なんですから。たしかに状況証拠しかないかもしれませんが、じゅうぶん満足のいく、申し分のない証拠ですよ」

「申し分なさすぎるとは思わないかい？」

「エドワード卿も、そうおっしゃってました。しかし、あの証拠を申し分なさすぎると思う警官はいませんよ、ジョージ卿」

「チャンプニズも気の毒に」署長が口をはさんだ。「さぞや気落ちしておるだろう。あのふたりは深く愛し合っていたらしい。評判のいい人物じゃ。個人的には知らないが、若い頃あの一族とつきあいがあってな。感じのいい人たちだったよ。まったく、気の毒に」

「たまたま木曜日にドーバーからロンドンまで卿といっしょでね」マイヤーが言った。「わたしはカレーから来たんだが——ウィーンでの学会から戻ってきたところだったから——チャンプニズがドーバーで例のいかにも貴族らしい物腰で臨港列車に乗ってきたんだ。帰国したのがいかにもうれしそうだった。ガレリアで夫人へのお土産に買ったトパーズを見せてくれたりもした。夫人とは毎日電報で連絡を取り合っていたそうだ。正直な話、そっちのほうがトパーズよりもっと驚きだったな。大陸では電報がどんなに当てにならないかを考えると」

「待ってください、ジョージ卿。チャンプニズはカレーでは船に乗っていなかったということですか？」

「ん？　ああ、そうだとも。ヨットで帰国したんだよ。ペトロネル号でね。エドワード卿の兄さんの船だが、ガレリアからの船旅に借りたんだ。きれいな小さな船だ。港に停泊していたよ」

「ではエドワード卿はいつドーバーに到着したんでしょう？」

「前の晩じゃないかな。ロンドンへ戻るには遅かったんだろうね」彼は間を置き、グラントを訝しげに見た。「論理的に思考するにせよ、想像力を駆使するにせよ、エドワード・チャンプニズに疑いをかける余地はないよ」

「それは承知しています」グラントは何事もなかったように、桃の種を取り出す作業にふたたび取りかかった。チャンプニズが臨港列車に乗ったと聞いて思わず手が止まっていた。「たいした意味があっておききしたのではありません。警官の習性ですな」

しかし、内心ではおおいに驚き、推測をめぐらしていた。チャンプニズが、木曜の朝にカレーから海を渡ったと信じ込ませようとしたのは間違いない。実際に口に出さずとも、そう思わせようとしたではないか。グラントがたまたま新しい汽船の設備について話をしたら、チャンプニズは当日の朝にさもその船に乗っていたような受け答えをしていた。なぜだろう？　チャンプニズは水曜日の夜にドーバーにいた事実を知られたくないらしい。なぜだろう？　論理的に考えるからこそ、その理由を問いたくなる。

チャンプニズが帰国した日が話題になって、気まずい間ができた。それを取り繕おうと、グラントはさりげなくエリカに尋ねた。「小犬だか何だか知らないが、見せたいものがあるそうですね？　いつ、見せてくれるんです？」

エリカが頬を赤らめたので、誰もが驚いた。前代未聞の出来事だったので、その場にいた三人が三人、ぽかんとして見つめた。

「小犬じゃないわ。あなたが喉から手が出るほどほしいものよ。でも、喜んではくれないでしょうね。ほんとに申し訳ないんだけど」

「わくわくしますよ」いったい何をほしがっていると、この子は想像したんだろうとグラントは訝りつつ応えた。プレゼントなど考えついてほしくなかった。英雄崇拝もけっこうだが、他人の目の前で渡されては照れくさくてたまらない。「どこにあるんです？」

「わたしの部屋に包みがおいてあるわ。ポートワインを飲み終わってから渡そうと思ったものだから」

「ダイニングルームに持ってきても差し支えのないものなのかね？」父親が尋ねた。

「ええ、そうよ」

「ではバートに持ってこさせよう」

「あら、だめよ！」エリカは声を上げて、父親が呼び鈴に置いた手を抑えた。「わたしが持ってくる。すぐだから」

エリカは大きな茶色い紙包みを持って戻った。父親はそれを見て、救世軍の施しの日のようだと感想を述べた。エリカは包みをほどき、男物のコートを取り出した。色は黒っぽい灰色だ。

「あなたがほしがっていたコートよ」彼女は言った。「でもボタンは全部ついているわ」

グラントは思わずコートを手にとって調べた。

「いったいぜんたい、そんなものをどこで手に入れたんじゃ？」父親が唖然として尋ねた。


「パドックウッドの砕石作業員から十シリングで買ったのよ。作業員は五シリングで浮浪者から買い取ったんだけど、すごい掘り出し物だからって売るのを渋ったの。しかたがないから、七月一日に国境軍が戦った昔話を聞いたり、向こう脛にできた弾の傷痕を見たりして、売る気になるまで冷めた紅茶をつきあったわ。コートを持たせておいて、他の人に売られたり、作業員をもう見つけられなかったりしたら困るから」

「なぜ、これがティズダルのコートと断定できるんです？」グラントが尋ねた。

「ほら、これ」彼女は煙草の焼けこげを示した。「これが目印だって言われたの」

「誰に言われたんです？」

「ミスター・ティズダルに決まってるじゃない！」

「誰だって？」三人の男がいっせいに声を上げた。

「水曜日にあの人とばったり出会ったの。それ以来ずっと、コートを探したわ。でも、見つけたのはすごいまぐれだったのよ」

「あいつに出会った！　どこで？」

「マリングフォードの近くの道」

「それで警察に通報しなかったんですか？」グラントの声音は厳しかった。

「ええ」エリカの声は少し震えたが、すぐに平静に戻って続けた。「だって、彼が犯人だとはどうしても思えなかったんですもの。それに、わたしはあなたがとても好き。あなたのためを思えばこそなのよ。彼が逮捕される前に無実だとはっきりしたほうがいいでしょ。そうすれば、また釈放したりしないですむわ。そんな事態にでもなったら、新聞にさんざん叩かれるに決まってるもの」

誰もが愕然として絶句した。

それからグラントが口を開いた。「では、水曜日にティズダルがこれを目印にするようにと言ったんですね」彼が焼けこげを示すと、他の連中も席を立って見に来た。

「ボタンをつけなおした形跡はないな」マイヤーが言った。

「これが例のコートだろうかね？」

「かもしれません。ティズダルに着せて試してみることはできませんが、ミセス・ピッツならわかるでしょう」

「しかし――しかし」署長が口ごもった。「もし、それが例のコートだとしたら、どういうことになるか承知しておるのかね？」

「ええ、ようく承知しております。また振り出しに戻るということですよ」

グラントは心底がっかりし、冷え冷えとした気持ちで疲れきった目を上げた。エリカの優しい灰色の目と視線が合ったが、彼は素知らぬ顔をした。エリカを救世主とみなすには時期尚早だ。今のところは、捜査をぶち壊しにした張本人としか思えない。

「署に帰らなくては」彼は言った。「電話を貸してください」

15

ミセス・ピッツがコートを確認した。ある日、魔法瓶の湯が漏れてコートがびしょぬれになり、彼女が台所のストーブで乾かしたことがあった。そのときに焼けこげに気づいていたのである。

ティズダルが車に乗っているのを見たと証言した農夫は、ウィリアムズ巡査部長が話をきくうちに色盲であると判明した。

真実が目に痛いほどに明らかになった。火曜日に置きっぱなしの車からコートを盗まれたというのも、車を乗り逃げしたというのも、ほんとうだった。ティズダルはクリスティーン・クレイ殺しの犯人ではない。

グラントは一週間前に劇場のチケットをキャンセルしてウェストオーバーに来たときと比べ、捜査が一歩も前進していないことを、その夜の十一時頃には認めざるをえなくなった。さらにまずいことには、無実の男を脅かして身を隠すような羽目に追い込み、しかも真犯人が逃げているあいだに七日という日数を無駄に費やしてしまったのである。

グラントの心は千々に乱れた。

ハーマーだろうか。こうなると、彼を考慮に入れないわけにいかない。証言の裏づけは一応取ってあった。果樹園の持ち主に問い合わせをしたのは事実だったし、リドルストーンの郵便局へも申し立てたとおりの時刻に立ち寄っていた。しかし、その後は？ 翌朝八時過ぎにメドレーのコテッジにひょっこり現われるまでのあいだ、どこで何をしていたものやら、謎に包まれている。

そして、意外や意外、エドワード・チャンプニズも候補に上がるではないか。妻への土産にトパーズを買ってきながら、水曜日の晩の行動についてはなぜか調べられたくないらしい。だからこそ、帰国したのは木曜日だとグラントに信じ込ませようとしたのだろう。とはいえ、こっそり帰ってきたわけではなかった。隠密裏に帰国したいなら、出入りの多い港にヨットで到着したりはしない。港長だの、税関の係官だのは生まれつき目ざとくできているのだから。従って、帰国した事実ではなく、到着後どのように過ごしたかを秘密にしたいのだろう。考えれば考えるほど、グラントは首を傾げざるをえなかった。水曜日の夜、チャンプニズはドーバーにいた。あくる木曜日の午前六時、愛する妻が死ぬ。しかも、チャンプニズは己の行動を探られるのを避けている。まったくもって、奇妙としか言いようがない。

さらに〝ロウソクのために一シリングを〟という遺言の謎もある。グラントはいったん興味を引かれたものの、もっと有力な容疑者が現われたために考慮の外に置いていたが、調べる必要が出てきた。

四日間も経過した人狩りに飽き飽きしていた新聞は大喜びで、追われていた男は実は無実であったと、土曜日の朝刊で報じた。〝警察に新情報もたらさる〟と大見出しを掲げた。ティズダルが日暮れ前に警察に出頭すると誰もが思い、特ダネ目当ての記者やカメラマンがウェストオーバー郡警察に群がった。もっとも、ティズダルが何マイルも離れた警察署に出頭する可能性もあるのだから、かなり楽観的な観測である。

けっきょく、ティズダルはどこの署にも出頭しなかった。

グラントは多忙を極めるなかでふとティズダルのことを考えては、まだ姿を現わさないことを意外に思ったが、かまけている暇はなかった。いつまでも外でびしょぬれになっていないでさっさと出てくればいいのに、馬鹿なやつだ、と訝った程度である。金曜日の夜にふたたび雨が降り、土曜日は一日中、北西の風が吹き荒れ、雨が降った。友達のところへ身を寄せているようすはまったくなかった。ティズダルを探した四日間、すべての友人に尾行がつけられていたので、これは間違いない。グラントはティズダルがまだ新聞を見ていないのだろうと結論を下し、それ以上考えるのをやめた。

グラントはクリスティーン・クレイの兄探しを公式に始めさせ、また、ジェイソン・ハーマーが黒っぽいコートを所有していなかったか、最近処分した事実はないか、ボタンがなくなっていなかったか、などなど一連の調査も命じた。グラントはエドワード・チャンプニズ卿を自ら調査することにした。分をわきまえたグラントのことゆえ、水曜日の夜の行動についてチャンプニズに直接尋ねるつもりは毛頭なかった。チャンプニズがヨットの寝室、あるいは総督邸ででも一夜を過ごした、あるいは完璧なアリバイがあるなどとでも判明しようものなら、とんでもない恥をかく。それに――いや、ごまかさずに現実を直視しようではないか。要するに、公爵家の息子をそこらの商人と同じように聞きただすわけにはいかないということだ。いやな世の中だと思っても、しきたりには逆らえない。

件のヨット、ペトロネルは、持ち主であるジャイルズ・チャンプニズが恒例のヨットレースの期間中滞在拠点とするためにカウズ（ワイト島の海港）へ移動していた。そこでグラントは日曜日の朝に飛行機でゴスポートへ行き、陽光にきらめくスピットヘッドから船に乗ってワイト島へ渡った。昨日までは叩きつける雨で白く泡立っていた海面は、地中海を思わせる鮮やかな青と化していた。イギリスもいよいよ夏本番である。

グラントは船旅を楽しもうと、分厚い日曜版を隣の席に放り出した。そのとき、《サンデー・ニュースリール》の見出しに目が止まった。〝若きクレイの真実の姿〟。グラントの思いはふたたび事件に戻った。この前の安息日に《サンデー・ワイヤー》は読み物のページに業界のプリンス、ジャミー・ホプキンズの手になるお涙頂戴記事を麗々しく掲げていた。ノッティンガムのレース工場でクリスティーン・クレイの仕事仲間だったという工員、ヘレン・カズンズへのインタヴューが記事の目玉だった。クリスがいかに献身的に家族のために働いたか、いかに明るい性格であったか、いかに腕がよかったか、そしてミス・ヘレン・カズンズがいかに何くれとなくクレイの力になってやったかを心揺さぶる筆致で書き連ね、締めくくりはホプキンズならではの万人の共感を呼ぶものであった。――ひとりがスターへの階段を駆け上がり、多くの人に喜びを与え、世界的名声を博す結果となったのも運命であろう。しかしながら、つつましやかとはいえ、輝ける運命もまた存在するのである。病弱な母の面倒をみながら二部屋きりの小さな家に住むヘレン・カズンズの運命も、クレイと同様に素晴らしく、尊敬に値するものである――なかなかよい記事だと、ジャミーは悦に入っていた。

それに対抗して今日の《サンデー・ニュースリール》が独自のインタヴューを載せた。グラントはそれを読んで、ここ一週間で初めて心から笑みを浮かべた。会見に応じた女性はメグ・ヒンドラー。以前工場で働いていたが、現在は八人の子持ちである。〝まったく呆れちまうわね〟と彼女は言う。オールド・ミスのネル・カズンズときたら、いったい何の話をしているつもりかしら。あんな嘘つき女、罰が当たって死んじまえばいいんだわ。底無しの大酒飲みをおっ母さんに持てば、底意地の悪い口八丁の娘ができるのも無理はないけどさ。金棒引きのネル・カズンズがねじまがった鼻を突っ込むとうの昔にクリスティーナ・ゴトベッドが工場をやめて町を出ていっちまってたことくらい、誰でも知ってますよ。

とまあ、これよりいくらか婉曲な形で記事にしてあったものの、文意を汲み取れば趣旨は明らかだった。

メグは実際にクリスティーンと面識があった。〝すごくおとなしい人でしたよ〟が評だった。仲間にあまり人気はなかったわね。父親はとっくに亡くなっていて、母親と兄さんといっしょに、三部屋のおんぼろアパートで暮らしていたんですよ。兄さんは母親のお気に入りでね。クリスが十七歳のときに母親が亡くなって、それ以来兄さんともどもノッティンガムから姿を消しましたよ。この町のもんじゃなかったし、親戚もいないし。そんなわけで、いなくなったからといって誰が惜しむわけでもなかったわね。二度と帰ってくるつもりはなかったんじゃないの。

空想力豊かなネルに翻弄されたのを知ってジャミーがどんな顔をしているだろうかと、グラントはひそかにほくそえんだ。記事によれば、兄は母親のお気に入りだったらしい。それがどの程度重要な意味を持つだろうか？〝ロウソクのために一シリングを〟と遺言書に記して永遠にとどめるほどにさせた、内輪もめとは何だったのだろう？まあ、いいさ。記者連中は頭がよいとうぬぼれているが、新聞がいくら力を誇示したところで、連中には手が届かない、警察なりの捜査力がある。今夜署に戻れば、クリスティーン・クレイの初期の生涯に関する事細かな資料が待っているはずだ。グラントは《ワイヤー》を捨て、束にしてある他の新聞をめくった。《サンデー・テレグラフ》は識者の意見を集大成していた。もったいをつけて手軽にページを埋めるのに最適な、安上がりな方法である。カンタベリー大司教からジェイソン・ハーマーにいたるさまざまな人々がクリスティーン・クレイに対する個人的な感想と、彼女が芸術面で及ぼした影響について述べていた(《サンデー・テレグラフ》は〝影響〟と〝芸術〟がおはこで、ボクサーについてでさえもパンチがどうのこうのと言ったりはしない。ボクシングという芸術を解説するのである)。各人が述べた短い感想はありきたりで、つまらなかった。ただし、ジェイソンは例外で、言葉は悪いがその裏に狂おしいほどの感情が隠されていた。マータ・ハラードは奥床しくも、クレイが下層階級出身であることには触れず、その天分をほめたたえるにとどめていた。ヨーロッパのある王位継承者は彼女の美しさを、当代一の飛行機乗りは勇気を、ある大使は賢さを口をきわめて誉めちぎった。《テレグラフ》の電話代はかなりの額に上ったに違いない。

次に《クーリエ》をめくると、読み物ページ一面を費やしてミス・リディア・キーツが星占いについて語っていた。先週、仲間内でのリディアの株は少々下降した。クレイの死をあれほどはっきり予言しておきながら、殺人であると見抜けなかったのが災いしたのである。しかし、大衆の人気は絶大でリディアがまやかしであろうはずがないと信じ込んでいる。何カ月も前にクリスティーン・クレイの星占いを公表し、それが大当たり。予言が実現することほど、大衆に受けるものはない。ぞくぞくと興奮に身を震わせて深々とクッションにうずまり、もっともっととせがむのである。そしてリディアは惜しみなく与えた。記事の最後に細かい活字で〝読者サービス：的中確実なミス・キーツの星占いをどうぞ。ページの裏にあるクーポンに一シリングを添えてお申し込みください〟と記されていた。

グラントはその他のタブロイド新聞をまとめて小脇にか

かえ、船を下りる支度をした。そして水夫がもやい綱を係留用の柱に巻きつける作業を眺めているうちに、人ではなく物を相手にする職業を選べばよかったとつくづく思った。

ペトロネルは港外に停泊していたのでグラントはボートを雇って漕いでいかせた。年老いた甲板員がパイプをポケットに押し込み、ボートが横付けになる準備を整える。グラントはジャイルズ卿がバッキンガムシアにいるのを重々承知のうえで、素知らぬ顔をして卿が船におられるかと尋ねた。一週間はお戻りにならないという返事を聞くと、グラントはさもがっかりしたような顔をし、ジャイルズ卿に船を見せてもらおうと思って訪ねてきたとまことしやかに述べ、乗船してもいいかと尋ねた。水夫は大喜びで、とめどなくしゃべり始めた。ひとりきりで船に残されて、退屈しきっていたのである。ジャイルズ卿の友人というこのハンサムな男を案内するのは気晴らしになるし、チップも期待できるというものだ。微に入り細をうがった説明を聞かされてグラントは少しうんざりしたが、水夫から多くの情報を手に入れることができた。贅をつくした寝室に言が及ぶと、水夫はこう応えた。ジャイルズ卿はできることなら陸では眠りたくないっておかたでしてな。海に出てるときが一番おしあわせなんでございますよ。

「エドワード卿のほうはそれほど海がお好きではないんだろうね」グラントが言うと、水夫はくすくす笑った。

「へえ、へえ。エドワード卿はちごうとりますな。あのおかたは、救命ボートが下ろされるか、もやい綱が岸壁に届いたかしたら、あっというまに陸に上がられちまいます」

「ドーバーに着いた夜はビーチャー家に泊まられたのかね？」

水夫はエドワード卿がどこで一夜を過ごしたのか、知らなかった。〝船でお眠りにならなかったのはたしかですけどね〟と水夫は続けた。実のところ、陸に上がられて以来、一度もお見かけしてませんでさ。手荷物は臨港列車に積みましたし、ほかの荷物は結局あとからロンドンへ送ったんでさあ。奥方があんなお気の毒な目にあわれましたからな。グラント様は奥方にお目にかかったことがおありで？　映画女優さんだったんでさ。それもたいへんりっぱな女優さんでね。いい家柄のかたに近頃ふりかかる難儀といったら、ひどいの何のって。いやはや、殺人までもとくる。時代が変わりましたよ。

「さあねえ、時代のせいばかりとは言えないよ」グラントは応えた。「歴史の教科書が正しければ、イギリスの旧家は遊び半分で人殺しをしていたらしいからね」

水夫はチップをもらってたいそう喜び、ココアを振る舞おうとまでしたが、岸に戻って警視庁と話をしたいグラントは別れを告げた。グラントは岸に戻るボートの上でも、チャンプニズが陸で何をして一夜を過ごしたのだろうかと考え込んだ。友人のところで泊まったというのが、もっとも可能性が高い。だが、だったらなぜ隠そうとするのだろう？　いくら考えても、チャンプニズは隠し事など金輪際しそうにない性格だ。やりたいことがあれば白日の下で堂々とやり遂げ、人が何と言おうが、回りにどんな影響を及ぼそうが、歯牙にもかけないだろう。また、いかがわしい行為をする人物とはほどとおい。そう考えたところで、グラントは道理の通った、しかし驚くべき結論に達した。チャンプニズがひた隠しにしているのは、決して些細な事柄ではない。あまりに重大な秘密だからこそ、ごまかさざるを得ない立場に追い込まれているのであろう。一夜かぎりの浮気は除外してよい。そもそもチャンプニズは禁欲的といってもよいほどの生活を送っていると噂されている。浮気を除外すれば、何が残る？　チャンプニズのような男が秘密にしておきたがるようなこととは？　殺人！

卿が手を下したとしてもおかしくない。物静かな外面が一度粉々になれば、どんな情熱がほとばしり出るかわかったものではない。貞淑で、また相手にもそれを求め、不貞を決して許さない男だ。だとしたら——ハーマーという存在がある。クリスティーン・クレイの仕事仲間はハーマーが彼女と愛人関係にあるという噂に疑問を呈していたが、男女が協力して働く仕組みに通じていない上流社会の男なら、噂を鵜呑みにしかねない。チャンプニズは噂を真に受けたのだろうか？　クリスティーンへの愛がいくら淡々としたものであったとはいえ、プライドは人一倍高く、傷つきやすそうだ。では、彼が——？　じゅうぶん考えられる。

あの夜、車でコテッジに行ったのだろうか？　クリスティーンの居場所を知っていたのは彼ひとり。電報はほとんどが彼に宛てられていた。ドーバーに到着し、妻のところまではほんの一時間。車で行って驚かせてやろうと思っても、不思議はない。そして——

グラントの脳裏にその夜の光景がまざまざと浮かんだ。明かりが灯ったコテッジの窓が夏の闇に開け放たれ、一挙手一投足が外から丸見えとなり、会話も委細漏らさず聞こえてくる。男はバラが生い茂る庭にたたずみ、漏れてくる話し声に耳をそばだてる。その場で身じろぎもせず、静かに見つめ続ける。明かりが消える。やがて庭の人影がひそやかに立ち去る。何処へ？　妻が不貞を働いているところへ帰宅した惨めな気持ちを抱いて、何処へ？　明け方まで崖を歩き回ったのだろうか？　そこへ思いがけずも妻が浜へ来る。しかも、ひとりで。そして——

グラントは我に返って、受話器を取り上げた。

「エドワード・チャンプニズは水曜日の夜は船にいなかった」電話がつながると、彼は言った。「どこで一夜を過ごしたのか調べてくれ。くれぐれも内密にな。結局はシンク港の総督邸とか、何の変哲もないところにいたってことになるかもしれないが、十中八九違うと思う。それから召使いを手なずけて、黒っぽいコートがあるかどうか、衣類を調べさせてもらうといい。ボタンについて知っているのがわれわれだけだというのが、こっちの切り札だ。持ち主不明のコートがあったら届けるようにと依頼しただけで、詳細は漏れていない。コートがいまだに持ち主の手元にある可能性はかなり高いと思う。ボタンがひとつとれていたって、手元に置いておくほうが捨てるよりずっと簡単だ。それにコートの緊急手配は警察関係に回しただけで、公けにしたわけじゃないからな。だからチャンプニズの衣類を調べてくれ……いいや、証拠なんぞひとつもないよ……ああ、たしかに突拍子もない。だが、この事件に関してはこれ以上遺漏のないようにしておきたいんだ。ただ、頼むから内密にな。もう、さんざんな評判なんだから。何か進展があったかい？　ティズダルは？……ふうん、今夜にも姿を現わすだろう。新聞が大騒ぎするだろうよ。ティズダルが現われるのを今か今かと待っているんだから。クレイに関する資料は集まっているかね?……そうか。身の回りの世話をしていた女、何て名前だっけ。ああ、バンドルか。バンドルに話をききにいったヴァインは戻ったかい? そうか、まだか。さて、これからまっすぐロンドンに戻るよ」

グラントは受話器を置き、頭をもたげようとする不安をただちに抑えつけた。ティズダルなら心配ないとも。今は夏だし、相手はりっぱな大人だ。イギリスの田舎で危険がふりかかるわけがない。ティズダルなら心配ないとも。

16

資料は順調に集まっていた。ヘンリー・ゴトベッドはロング・イートン近くの邸宅の外回りの使用人で、その〝大きなお屋敷〟の洗濯女と結婚した。やがて脱穀場の事故で命を落とし、寡婦はささやかな年金を受け取ることとなった。ヘンリーの祖父も父もお抱えの召し使いであったし、寡婦が体が弱くて満足に働けない事情を考慮しての措置だった。寡婦はロング・イートンのコテッジを引き払い、子供たちに安定した職を見つけようとノッティンガムへ移った。そのとき、女の子は十二歳、男の子は十四歳だった。その後の彼らについての情報は、不思議なことにごくわずかしか得られなかった。公式記録以外はほとんど何も残っていないのである。田舎では変貌が緩やかで、興味が狭い範囲に集中し、人々は昔のことをよく覚えている。しかし、六カ月ごとに住人が入れ替わるような変動の激しい都会生活においては、他人に対する興味はなきに等しく、たとえあってもおざなりである。

《ニュースリール》のインタヴューに応じたメグ・ヒンドラーが唯一の頼りとなった。彼女は大柄で声が大きく、気立てのいい親切な女で、片手で抱きかかえた子供たちをもういっぽうの手であやしながら語った。ネル・カズンズについての話をするのは嫌がったが、それ以外は実に協力的だった。ゴトベッド一家が記憶に残っていたのは、彼らに取りたてて変わったところがあったわけではなく、踊り場を隔てて住んでいたため、同じ工場に勤めていたクリスと肩を並べて帰宅することがたまにあったからである。彼女はクリスがまあまあ好きだった。もっとも、上品ぶるところは気に入らなかった。工場で働いて食い扶持を稼ぐんなら、工員らしくしてりゃいいのよ。いちいちかっこつけたりしないでさ。いえ、別にそれほどかっこつけてたわけじゃないけど、工場の埃をいかにも汚いものみたいに払い落とすのよね。それに、いつもいつも帽子をかぶっててさ。そんなもんかぶって気取ったって、役にも立ちゃしない。母親を慕っていたけど、母親のほうはハーバート以外は目に入らないって具合でね。このハーバートってのが、ほんとにやなやつだった。たかり上手のせこくてずる賢いやつで、それでもって自分が一番偉いと思っているような、めったにお目にかかれない人間の屑だったわね。だけど、ミセス・ゴトベッドは息子が繊細な人間だと思ってたのよ。あいつはいつもクリスに苦労をかけてたわ。一度、クリスが母親に頼み込んでダンスのレッスンを取らせてもらうことになってね。もっとも何でダンスのレッスンなんか取るんだか、あたしにはさっぱりだけどさ。あんなもん、ほかの人がぴょんぴょん飛び跳ねるのをしばらく見てりゃ、何となくやり方がわかるじゃないの。あとは自分で練習すりゃいいのよ。で、ともかくハーバートがそれを聞いたとたん、そんなもんはいけないって、こうよ。お金の余裕がないし――ハーバートが欲しいもの以外にはいつだってお金の余裕がないのよ――軽薄だし、神様がお許しにならないんだってさ。ハーバートは神様が好まれることを何でも知ってるんだとさ。ダンスのレッスンをやめさせただけじゃないわ。母親が遣り繰りできるようにしたうえで、クリスが残しておいたお金まで、ああだこうだ言って取り上げちゃうんだから。母親の具合が悪いのに、クリスが自分のためにお金を取っておくなんてわがままだって責めてね。あんまり具合が悪い、悪いって言うもんだから、母親もすっかりそんな気になって、結局寝ついちゃったのよ。でもって、ハーバートはクリスが母親のために買ってきたおいしいものは食べちゃうし、母親に付き添ってスケグネス（リンカンシア東岸のリゾートの町）で四日ものんびりしてくるしでさ。クリスは工場を休めなくて、ハーバートは珍しくもないけど、ちょうど失業してる最中だったからね。

　かように、メグは協力的だった。しかし、残念ながら一家のその後は知らなかった。クリスは母親の葬儀の翌日ノッティンガムを去り、ハーバートは週末まで家賃が払ってあったアパートにひとりで数日間居残った。なぜ、メグがそれを覚えているかというと、ハーバートがミーティングを催し——ハーバートは自分の声に聞き惚れたいがためにしょっちゅうミーティングを催した——隣近所がやかましい歌声に抗議したからだった。〝あのおんぼろアパートじゃあちこちで怒鳴り声が聞こえてるんだから、その上ミーティングの騒音じゃたまらないわよ〟。どんな類のミーティングかとの問いにはこう答えた。〝そうねえ、覚えてるかぎりじゃ、最初は政治演説をしてたけど、すぐに宗教的な集まりに変わったわね。だって宗教的な集まりならどんなに煽ろうと物を投げる心配がないもの。だけど、名目は何だってよかったんじゃないの。ハーバートは自分がしゃべってさえいられたら満足だったんだから。ハーバート・ゴトベッドほど、わけもなく偉ぶってる人間なんて見たことがないわ。

　クリスがどこへ行ったのか、ハーバートが妹の居所を知っていたのか、あたしには見当もつかないわね。ハーバートがあんなやつだから、クリスはおそらく黙って姿を消したんじゃないかしら。そう言えば、みんなにも黙っていなくなっちゃったんだ。あたしの弟のシドニー——今はオーストラリアに住んでるのよ——はクリスに気があったんだけど、彼女のほうはてんでそっけなかったわね。ボーイフレンドなんてひとりもいなかった。ぜんぜんよ。クリスティーン・クレイを映画で何度も見ていたのに、あれがクリス・ゴトベッドとは思いもしなかったなんて、おかしな話ね。もっとも、あの人ずいぶん変わったもの。ハリウッドじゃ、人間を作り替えちゃうって聞いたから、そのせいね、きっと。それに十七歳と三十歳じゃ、変わって当然よ。そういや、あたしだってほんの数年でこんなに変わっちまったんだもの。

メグは声高らかに笑うと身をよじって豊かな肉付きをとくと見せ、煮出した紅茶とリッチのビスケットを刑事にご馳走した。

しかし、刑事は――ティズダルを逮捕しそこなったときに居合わせ、またクレイのファンでもあるサンガーだった――たとえ都会であっても、村と同じように閉鎖的で昔をよく覚えている社会があるのを知っていたのであきらめず、トレント川の向こう岸の郊外にある小さな家を突き止めた。そこにはミス・スタマーズが小型のヨークシャーテリアとラジオを伴侶として住んでいた。テリアとラジオはビーズリーロード初等学校で三十年間教師を勤めて退職したときに贈られたもので、自分から買おうなどとは決して思わなかっただろう。学校だけが生きがいで、いまだにその思い出にひたっていた。クリスティーナ・ゴトベッドだったら、ようく覚えていますとも。ミスター・サンガーは何を知りたいんですか？　あら、ミスターじゃないんですか？　刑事ですって？　おや、まあ！　あまり深刻な問題じゃなければよろしいけれど。ずいぶん昔のことだし、クリスティーナとは音信不通でしたからね。ひとクラスに六十人も生徒がいては、ひとりひとりの消息を知ることなんてとてもできません。でも、あの子はとびぬけて将来性がありましたね。ほんとに期待が持てましたよ。

サンガーはその将来性のある子がクリスティーン・クレイだったと知っているかと尋ねた。

「クリスティーン・クレイですって？　映画女優の？　あら、いやだ！」

サンガーは元教師の表現が少々不穏当だと思ったが、その目がみるみるうちに潤むのを見て、考えを改めた。彼女は鼻眼鏡をはずして、きっちりと折り畳んだハンカチで涙を拭った。

「そんな有名な人になっていたの?」彼女はつぶやいた。

「あの哀れな子がねえ。ほんとにかわいそうな子だった」

サンガーは、なぜクリスティーンの名がニュースで取りざたされているのかを彼女に気づかせようとした。しかし、彼女は教え子の非業の死より、その業績に心を奪われていた。

「野心に燃えた子だったんですよ」彼女は言った。「だから、あの子のことをよく覚えているんです。ほかの子たちとは違っていましたからね。みんな、早く学校を出てお金を稼ぐようになりたいとしか考えていないんです。それがたいがいの初等学校の生徒たちの夢なんですよ、ミスター・サンガー。毎週きちんと給料をもらって、ぎゅう詰めの家を出て行けるようになるっていうのが。でも、クリスは中等学校へ行きたかったんです。実際、奨学金——給費生って言うんですが——をもらえることになりましてね。ところが、家族にはたとえ授業料がただであろうと、学校へ行かせる余裕がなかったんです。あの子はわたしのところへ来て、泣きましたよ。あの子が泣いたのを見たのは、あとにもさきにもあのときだけでしたね。感情を表に出す子ではありませんでしたから。そこで、母親を面接に呼びました。感じはよかったけど、覇気のない人でね。気持ちを翻させることはできませんでした。覇気がない人って、かえって頑固なんですよ。説得できなかったことを何年悔やんだことか。あの子のやる気をそれはもう買っていたものですから。わたし自身が子供の頃、野心に燃えていましたし、そして——それを摘み取られた経験がありますからね。クリスティーナの気持ちが痛いほどわかりました。あの子が学校を卒業するとそれっきりになりました。たしか、工場へ働きに出たはずです。家族がお金を必要としていましたから。兄がいたけど、一ペンスでも稼ぐわけじゃなし。気難しい人でね。それに母親の年金といったってわずかなものでした。でも、あの子はついに成功したんですね。あの哀れな子が」

サンガーは帰りがけに、なぜクリスティーン・クレイの子供時代について書かれた新聞記事に気づかなかったのかと尋ねた。

〝日曜版は読まないんですよ〟と彼女は答えた。それに毎日の新聞はお隣の親切なティムプソン家から一日遅れで頂いているんです。でも、あのかたたちが今は海に行っているものですから、町に出ているポスターを見る以外はニュースをぜんぜん読んでいなかったんですよ。新聞がなくてもべつに不便じゃありませんけどね。あんなのは単なる習慣だと思いませんか、ミスター・サンガー？　三日間読まなかったら、もう読みたいとも思わなくなりましたよ。だいたい、読まないほうが幸せってもんでしょ。この頃は気の滅入るような記事ばかりですから。つつましく暮らしているわたしにとって、世間にあれほど暴力や憎しみが満ち満ちているなんて、とても信じられませんね。

サンガーは気難し屋のハーバート・ゴトベッドについてさらにおおぜいの人に聞きまわった。しかし、彼を覚えている人はほとんどいなかった。ひとつの職場に長続きせず（金物屋で五カ月もったのが最長記録だった）、またやめたからといって惜しまれる人物ではなかった。彼のその後について知る人はいなかった。

しかし、サウス・ストリートに住む、クリスティーンの元衣装係バンドルに話を聞きに行ったヴァインが情報をつかんだ。バンドルは兄の存在を知っていた。皺だらけの顔に光る不機嫌な茶色い目が、ハーバートの名を聞いたとたんに、憎しみでさらに不機嫌になった。〝一度だけ会ったことがあるけど、二度と会いたかないわね〟とバンドルは始めた。ニューヨークでのことだけど、ある晩楽屋に手紙を寄越したのよ。あれはクレイさまが初めてご自分の楽屋をあてがわれて、初めて看板に名前を出してもらったときだった。《レッツ・ゴー》っていうショウよ。もう、大評判でね。わたしは最初はクレイさまも含めて十人のコーラスガールの衣装係だったんだけど、あのかたは有名になられるとわたしを専属にしてくださった。そういうかただったのよ。けっして友情を忘れないの。で、クレイさまは手紙が来るまでは、笑ったりしゃべったりでご機嫌だった。

ところが手紙を読むと、まるで、食べようとしたアイスクリームにゴキブリが入ってるのを見つけたような顔をしたわね。そして、あいつがやってくると、こうおっしゃったもんよ。〝ついに来たのね〟あいつは、地獄に堕ちるぞって警告しに来たって抜かしたのさ。そしたらクレイさまは〝どうせ、何かせしめようって魂胆のくせに〟っておっしゃった。あんなに怒ったところは見たことがないわ。ちょうどふだんのお化粧を落として、舞台用のメーキャップをしたところだったけど、もう真っ青になっちゃって。わたしは部屋を出されたけど、大喧嘩したのを知ってるのさ。ドアの前で見張りをしてたもんで――あの頃でさえ、クレイさまに会いたいって押しかけてくるファンがたくさんいたのよ――いやでも話し声が耳に入ったからね。しまいに、舞台の出に遅れそうになったから、楽屋に入ってってたのよ。あいつは、邪魔をするなって怒ったけど、クレイさまは出ていかなければ警察を呼ぶっておっしゃった。それでようやく出ていって、わたしが知ってるかぎりではそれっきり姿を見せなかったわね。でも手紙は寄越したわよ。ときどき手紙が来たんだけど――筆跡でわかったのさ――転送ではなく直接送られてきたから、いつもこっちの居場所がわかっていたんだろうね。クレイさまは手紙を受け取ると、いつもふさぎ込んでしまって。そんな気分がときには二日か、もっと長く続いたわ。一度、こうおっしゃった。〝憎しみってほんとうに気持ちを滅入らせるものね、バンドル〟わたしは誰かを憎むといったって、いつも感じの悪いおまわりひとりしかいなかったけど、ほんとにやなやつだと思っていたから、たしかに心が挫けちまいますねって相づちを打ったもんよ。憎しみってのは気力も何もかも焼き尽くしてしまうからね。

さらに、バンドルの証言に加えてアメリカの警察から報告が送られてきた。ハーバート・ゴトベッドは妹に遅れること五年して、アメリカに入国していた。そして彼の物腰と信仰心にほだされた（だまされた）、ボストンのさる有名な聖職者のもとで雑用係のような職を得て短期間働いた。やがてそこを去り――何やらうさんくさい事情があったようだが、聖職者は慈悲の心を発揮するというより、騙されたことを公にするのを嫌って告訴しなかったため、詳細は不明である——警察の記録から途絶えた。しかし、〝ブラザー・オブ・ゴッド〟と名乗り、予言者としてアメリカを旅してまわって、信仰の面でも経済的な面でも成功を収めた男が彼ではないかと考えられていた。この男は幾度も留置場に入れられていた。ケンタッキーでは冒瀆罪、テキサスでは詐欺罪、ミズーリでは騒乱罪、アーカンソーでは本人の安全を確保するために、そしてワイオミングでは婦女誘拐罪。どの件でも男はヘンリー・ゴトベッドとの関係を否定し、名前はブラザー・オブ・ゴッド以外にはないと主張した。警察が、たとえ神と血縁関係があろうとも強制送還を阻む理由にはならないと告げると、男はその意味するところを察し、姿を消した。どこかの島で——フィジーではないかと思われる——伝道所を開いていたが、資金を持ち逃げしてオーストラリアに行ったというのが、わかっている最後の消息である。

「愛すべき人物じゃないか」グラントは資料から目を上げて言った。

「こいつに間違いありませんよ、警部」ウィリアムズが応じた。

「条件は備えているな。欲深でうぬぼれが強く、良心のかけらもない。こいつが犯人ならうれしいね。こんな蛆虫は叩きつぶしたほうが、世のため、人のためだ。しかし、動機は？」

「金がほしかったんじゃないですか？」

「それはなさそうだよ。自分が妹にどう思われているか、百も承知のはずだ」

「偽造した遺言書を持っている可能性は捨てられませんよ、警部」

「ああ、それは同感だ。だが、持っているなら、なぜ姿を現わさない？　もうすぐ、彼女が死んでから二週間になる。だのに、何の音沙汰もないじゃないか。イギリスにいるのかどうかもわからない始末だ」

「ぜったいにイギリスにいますよ、警部。家政婦が言ってたじゃありませんか。いつもクレイの居所を知っていたって。クレイは三カ月以上イギリスにいました。だから、こっちにいるに決まってます」

「そうか。そうだった。オーストラリアって書いてあったな？　どれどれ」グラントはニューヨークからの報告書にもう一度目を通した。「およそ二年前の話だ。オーストラリアで行方を探すのはむずかしいが、クレイのあとを追ってイギリスに来たのなら、それほどでもないだろう。ともかく演説するのが好きな男らしい。あちこちでしゃべりまくってるなら、目に立つさ」

「彼女の持ち物のなかにやつからの手紙はなかったんでしょうか？」

「なかった。エドワード卿が全部調べたからね。なあ、ウィリアムズ、チャンプニズのような家柄の人物が嘘をつくとしたら、どんな事態、どんな理由が考えられる？」

「貴族ならではの徳義上の義務でしょうな」ウィリアムズはためらわず断言した。

グラントは目を見開いた。「なるほど」しばらくして、言った。「それには考えが及ばなかった。しかし、何をかばっているのかとんと見当がつかないな」

17

つまるところ、ロウソクとは夜に火灯すほうではなく、祭壇に灯すロウソクを意味したんだと、月曜日の午後、テンプルに向かってエンバンクメント沿いに走る車の中でグラントは思った。ブラザー・オブ・ゴッドの礼拝堂は一般的な伝道所の簡素なテント小屋ではなかったそうだ。絢爛豪華な麻布をはりめぐらし、荘厳な祭壇が備わっていた。しかし、大袈裟な演出を単に好んだに過ぎないハーバートのやり口はほとんどの場合（ケンタッキーは例外だったが）成功を収めた。美しいものに飢えた、劇的効果に弱い人々がころっとひっかかり、現金を気前よく吐き出したのである。

クリスティーンが遺した一シリングは彼女の憤りのほどを物語っていた。彼女が心から欲したささやかな望みが神をだしにしたハーバートに幾度拒絶されたことか。それに対するしっぺ返しであろう。

ミスター・アースキンの狭い部屋は、外のプラタナスの葉越しに緑に染まった日光が差し込み、水中にいるような錯覚を抱かせた。グラントは弁護士にある提案をした。警察としてはハーバート・ゴトベッドを燻り出したく、それにはこの方法が最適であった。弁護士が二の足を踏む必要がない、ごく一般に行なわれている方法である。エドワード卿はすでに賛成していた。

弁護士はひととおりご託を並べた。ほんとうに反対だったわけではないが、いかなる不測の事態も考慮に入れるのが弁護士たるものの務めであり、それにあまり簡単に承諾してはプロらしからぬとの気配りである。最後にやっと、協力すると言質を与えた。

グラントは、「じゃあ、いいですね。まかせましたよ。明日の新聞でお願いします」と言い、世の中には面倒がわんさとあるのに、法律家というのは何でわざわざそれを作り出して喜ぶのだろうと訝りつつ、弁護士のもとを辞去した。気の毒なグラントは面倒を山ほど抱え込んでいた。まさに〝右を向いても左を向いても面倒ばかり〟と女予言者が言うところの状態である。月曜もそろそろ暮れかかり、ロバート・ティズダルの行方はいまだ杳として知れない。今朝、《クラリオン》が攻撃の一声を上げたが、明日は狼が群れを成して襲いかかるだろう。〝ロバート・ティズダルは何処？〟〝警察は何をしている？〟と見出しを掲げて。この際グラントのために記しておかなければいけないのは、彼の心を悩ませていたのは、自分に責めが及ぶことより、ティズダルの身の安全だった。ティズダルが姿を現わさないのはニュースを知らないからだと、昨日までは心の底から思っていた。逃亡中とあらば、新聞を目にする機会は少ない。しかし、今はしきりに胸騒ぎがしていた。どうも、おかしい。イギリスじゅう、どこの村にも新聞のポスターが出ている。〝ティズダルは無実〟〝逃亡中の男は無実〟彼が見ていないわけがない。パブ、電車、バス、家庭、どこに行ってもこの話題で持ち切りだ。それなのに、ティズダルから音沙汰はなかった。先週の水曜日にエリカが別れを告げて以来、彼を見かけたものはいなかった。木曜日はイギリス全土が近年にない嵐に見舞われて水浸しとなり、雨と風はその後二日間続いた。ティズダルはエリカが置いた食料を木曜日は持ち去ったが、その後は取りに来ていない。金曜日に置いた食料は土曜日も濡れそぼって残っていた。エリカが土曜日に一日中近辺を探し回ったという話はグラントの耳に入っていた。彼女は猟犬顔負けの執念と要領のよさをもってして、あたり一帯を縦横に駆け回り、納屋や、隠れ家になりそうな箇所をしらみつぶしに調べた。エリカは、ティズダルが木曜の晩に隠れ場所を見つけたに違いなく——屋外であの嵐を生き延びられるものではない——また彼が木曜日の朝に食料を持っていったことを考え合わせると、さして遠からぬところに潜んでいるに違いないと確信していた。

しかし、彼女の努力は報いられなかった。今日はボランティアが組織を組んで——警察は人員を出す余裕がなかった——捜索に当たったが、今のところ発見の報はなかった。グラントの心の中では恐れがむくむくと頭をもたげ始め、彼は懸命にそれを打ち消そうとした。しかし、恐れは野火と同じだった。踏み消したはずの火は地を這って進み、行く手でふたたび炎を上げるのである。

ドーバーにおける捜査もはかばかしくなかった。これはひとえに、（1）貴族の機嫌を損じてはならない、（2）相手を怯えさせてはいけないとの理由で、警察が慎重にも慎重を期したためである。（1）はチャンプニズが無実である場合、（2）は犯人である場合を考慮してのことだ。エドワード・チャンプニズの泰然自若とした顔を見ていると——眉毛が実に奇妙なのんびりした印象を与えた——グラントはハーバートを罠にかける方策を話し合いながらも、幾度となくこう問いかけたくなったものだ。〝水曜日の夜はどちらにいらしたんです？〟チャンプニズはどうするだろう？　ちょっと戸惑った顔をし、記憶をさぐってから答える。〝ドーバーに着いた晩だね？　どこそこの誰だれの家にいたが〟それから質問の意味するところに思い当たり、あきれたようにグラントを見つめ、グラントは穴があったら入りたいほど恥ずかしい思いをする。それだけが理由ではない。エドワード・チャンプニズを目の前にしていると、妻の死に彼が関係しているのではないかと口に出すだけでも失礼な気がした。彼が目の前にいないときは、庭にたたずんで明かりの灯った開けっ放しの窓を見つめる男の姿が、否が応でもグラントの心に彷彿と浮かび上がった。しかし、当人をいざ前にすると、妄想としか思えないのである。チャンプニズのアリバイを部下たちが成立させるまで――または不成立を証明するまで――直接聞きただすことは棚上げしなければならなかった。

グラントにわかっているのは、チャンプニズが泊まったのは誰もが思いつくような場所ではないということだけだ。ホテルも友人の家も、空振り。現在は調査の範囲を広げていた。そのうち、何らやましいところのない四柱式ベッドの上で郡で一番上等な麻のシーツにくるまってお寝み遊ばしたという報告が入り、エドワード卿が故意に誤解させようとしたと思ったのは勘違いだったと認めざるをえなくなる可能性もあった。

18

火曜日の午前中、チャンプニズの衣類を調べていたコリンズから報告が入った。召し使いのバイウッドは実に〝やりにくい〟人物だったらしい。酒も煙草もやらず、コリンズは親しくなるきっかけを見つけるのに四苦八苦した。しかしどんな人間にも弱点はあるもので、バイウッドの場合はかぎ煙草だった。そんな道楽があるのをエドワード卿に見つかったら最後、即座に首になり兼ねないので(卿は十八世紀ふうの趣味をかえって喜ぶかもしれないが)、バイウッドはひた隠しにしていた。コリンズは〝特製品〟をバイウッドに調達してやり、ついに衣類の調査に成功した。イギリスに帰ってから――ロンドンにといったほうが正確だが――卿は不要な衣類を処分していた。コート二着もそれに含まれ、一着は黒っぽい色、もう一着はらくだ毛だった。バイウッドはらくだ毛のほうはコーラスボーイをしている義弟にやり、黒っぽいほうはロンドンの古着屋に売った。コリンズの報告書にその名前と住所が記されていた。

グラントは警官を古着屋へやった。警官が古着の山を漁っていると、店主が言った。「あのコートはビュード公爵の息子のエドワード・チャンプニズ卿のものだったんでさ。上ものでさあね」

コートはたしかに上ものだった。そして、ボタンは全部揃っており、付け替えた形跡はなかった。

グラントはそれを聞いて、安堵とも失望ともつかぬため息をもらした。それにしても、チャンプニズが一夜をどこで過ごしたのかが、まだ問題だった。

いっぽう、報道関係者が問題にしているのがティズダルだ。イギリスじゅうの新聞が彼の居所を知りたがり、ロンドン警視庁犯罪捜査課は近年まれな難題に頭を抱えた。《クラリオン》は、警察を人殺しとおおっぴらに責め、昏迷する事件を解決しようと必死なグラントは同僚から向けられる怒りや、友人のなぐさめ、警視総監の憂慮、そして彼自身が募らせるティズダルへの懸念に悩まされた。午前も半ばを過ぎた頃、ジャミー・ホプキンズが記事の言い訳をしに電話をかけてきた。すべて〝商売のために書いたこと〟であるから、何とぞ警視庁の友人がたはご理解のほどをという趣旨である。グラントが席を外していたので、電話を受けたのはウィリアムズ巡査部長だった。ウィリアムズは懐柔される気分ではなかった。この時とばかりにまくしたててうっぷんを晴らし、警視庁を永遠に敵に回したホプキンズを心底後悔させたものである。「だいたい、何だ、あの言い草は？　死の人間狩りだと？」と、ウィリアムズは締めくくった。「おまえら新聞記者が一週間で何人殺しているか考えてみろ。警視庁が創立以来殺した数より、ずっと多いじゃないか。しかも、おまえらの犠牲者は全員無実なんだからな」

「それはないでしょう、巡査部長！　こっちはともかく記事にしなけりゃならないんですよ。がつんとくるやつを書かなきゃ、おっぽり出されちまう。そうなりゃセント・マーティン教会の地下室かエンバンクメントで物乞いだ。首になれってんですか？　こっちだって、職を失いたくないのは――」

　ウィリアムズは答える代わりに受話器を置いた。小さなプツンという音に、彼の気持ちが込められていた。ジャミーはないがしろに扱われたと感じた。あの記事を書いているときは気分がよかった。正義感に燃え、警察を糾弾する文章が次から次へと湧き出た。ジャミーはいざ記事を書く段になると、常日頃の鼻で笑うような態度をかなぐり捨て、実に感傷的になる。書き終えたとたん、またもとの態度に戻るのはともかくとして、彼の記事は〝心を込めて〟書かれたと評判を取り、確実に大衆受けした。そして、給料が一足飛びに跳ね上がることとあいなる。

　しかし、〝新聞の敵〟が今回の記事を冗談半分と取ってくれなかったので、ジャミーは少々傷ついた。いまいましそうに帽子をあみだにかぶると、昼飯を取りに出かけた。

　それから五分としないうちに、グラントもある店の薄暗い隅に座り、大きなカップに入ったブラックコーヒーを前に、両手に顎を載せて考え込んでいた。〝赤子にもわかるような言葉で〟頭の中を整理していたのである。

　クリスティーン・クレイは居所を秘密にしていた。だが、犯人は彼女がどこにいるか知っていた。これで多くの人が除外できる。

　チャンプニズは知っていた。

　ジェイソン・ハーマーも知っていた。

　ハーバート・ゴトベッドもおそらく知っていた。

　犯人が着ていたコートは、ボタンと糸が黒いことから察して、黒っぽい色と思われる。

　チャンプニズは該当するコートを持っているが、ボタンはなくなっていない。

　ジェイソン・ハーマーは該当するコートを持っておらず、その手のコートを最近着ていたようすもない。

　ハーバート・ゴトベッドがどんなコートを着ているかは、まったくわからない。

　被害者を午前六時に待ち伏せ、故意に溺死させたことから、犯人は強い動機を持ち、長期間執念を燃やし続けていたと推測できる。

チャンプニズに動機があったことは考えうる。

ジェイソン・ハーマーの場合は、クレイと愛人関係にあったならば動機がありそうだが、愛人関係を証明するものはない。

ハーバート・ゴトベッドにいまのところ動機は見つからないが、互いに憎んでいたことは間違いないとみてよい。

点数を足していくと、ゴトベッドが一番高くなった——妹の居所を知っていた。記録を読むと殺人を犯しかねない性格である。しかも、被害者と仲が悪かった。

さて、これくらいにするか！　ゴトベッドは明日にも存在を表明するかもしれない。それまではブラックコーヒーで元気をつけ、せいぜい新聞記事のことを忘れるように努めよう。

カップを口に運んだとき、グラントは向こうの隅に座っている男を見て目を輝かせた。男は半分空のカップを手に、親しげな目つきで愉快そうにグラントを見つめていた。

グラントはにっこりして、先に口を開いた。「かの有名なお姿を人目から隠しているのかな？　ファンを楽しませてやればいいのに」

「彼らはいつだって楽しんでいるよ。それに、いつもありがたいとは限らない。ずいぶん、苦労しているようだね。みんな、警察をいったい何だと思っているんだろうな？　千里眼とでも思っているんだろうか？」

優しい言葉にグラントはじんときた。

「そのうち」オーウェン・ヒューズは続けた。「誰かがジャミー・ホプキンズの頭をひねり取るさ。ぼくの顔に大枚の保険金がかかってるんでなきゃ、この手でやりたいくらいだ。あいつ、一度なんかぼくを〝女の子の憧れ〟って書いたんだぜ」

「実際、そうなんじゃないかな」

「ぼくのコテッジを最近見たかい？」

「いいや。あわれなありさまを新聞の写真で一度見たけど」

「きみだから言うけど、車を降りてあのざまを見たときは涙が出たよ。評判が立つとどんなことになるか、あの写真を世界中に公表して戒めとしたいね。五十年前なら、ほんの一握りの人が近隣から見に来て、満足して家に帰ったんだろうよ。今はイバラ荘をひとめ見ようと、観光バスで大挙して押し寄せるんだから。弁護士が〝ツアー〟を止めさせようとしたんだが、手の打ちようがないんだ。郡警察も数日で見張りを引き上げてしまったし。この二週間で一万人ちかくやって来たんだぜ。しかも、そのひとりひとりが窓から覗き込むわ、植木に登るわ、記念品を持ってかえるわとくる。生け垣なんてほとんど残っていないよ。以前は十二フィートにも茂って、バラの花が咲き乱れていたのに。それに、庭は踏み荒されて泥まみれ。あの庭がすごく好きだったんだ。パンジーに話しかけるほどのめりこんではいないけど、いろんな人にもらった植物を植えてそいつが大きくなっていくのを見るのが楽しみでさ。それが今は、草一本残っちゃいない」

「気の毒に！　慰める言葉もないよ。どんなに腹が立ったことか。でも来年になれば、また花が咲くさ」

「いや、もう売るよ。縁起が悪いからね。クレイに会ったことがあるかい？　ふうん、ないのか。りっぱな人だったよ。そんじょそこらにいるもんじゃない」

「ひょっとして、彼女を殺したがるようなやつに心当たりがあるかい？」

ヒューズは微笑んだ。これを見たとたん、ファンが映画館の座席の肘掛けを思わず握り締めてしまうという、例の微笑である。「かっとしてその場で殺してしまうようなやつなら、いくらでも知っているよ。だけど、その場でってやつばかりだ。いったん頭を冷やせば、彼女のためなら死んでもいいって気持ちになるからね。あんなふうな殺されかたをするなんて、クリスらしくないよ。リディア・キーツが星占いで死を予言したって知ってるかい？　たいしたもんだ。あんな女こそ子供の頃に溺れ死んでしまえばよかったんだが、それにしてもたいしたもんだよ。このあいだメアリー・デイカーの生年月日を分に至るまで詳しくハリウッドから彼女に知らせたんだ。今年最悪の真実を公表する前に、ぜひとも占ってもらってくれとせがまれてね。リディアは誰の星占いをしているのかまったく知らなかったんだが、実に正確に占ったよ。ハリウッドに来れば、大もてだろうよ」

「そのつもりのようだよ」グラントはそっけなく言った。

「ハリウッドは好きかい？」

「ああ、もちろん。気が休まるからね」グラントが意外そうに眉を上げたのを見て続けた。「スターなんてごまんといるから、ちっとも目立たないんだ」

「中西部のファンを対象にした見学ツアーがあるそうじゃないか」

「あるともさ。家の前を観光バスで見学しながら通っていく。だけど庭に入り込んで花を踏み荒したりしないからね」

「きみが殺されたら、入り込むだろうよ」

「いや、アメリカならその心配はない。殺人事件なんて掃いて捨てるほどあるから。さて、そろそろ行かなくては。頑張れよ。そして、ありがとう。おかげで元気が出た」

「おかげで？」

「俳優よりもみじめな職業があるって身をもって教えてくれたじゃないか」ヒューズはテーブルに金を置き、帽子を取り上げた。「日曜礼拝で判事（旧約聖書〝士師記〟〔ジャッジズ〕にかけている）を替えても、警察に対してはひとことともなしだしね」

彼は、カメラマンが幾度もテストを繰り返したあげくに一番似合うと決めた角度に帽子を整え、そこはかとなく気持ちがなごんだグラントをあとに残して出ていった。

れて傷ついた気持ちを食事と飲み物で晴らすはずが、ますます憂鬱になり、世間一般を呪いたくまでになった。ジャミーは、白いごわごわしたテーブルクロスをはさんで談笑する記者仲間や客をグラスの縁越しにむっつりと眺めていた。かたや、記者仲間はジャミーが珍しく眉間に皺を寄せているのを見て、そばを通りしなに立ち止まってからかった。

「おい、どうした、ジャミー？　歯槽膿漏か？」

「違うよ。独裁者になる練習をしてるのさ。ああいう顔ができなくちゃ、始まらないからな」

「そりゃ、違うぜ」三人めが言った。「まずは髪型がだいじなんだ」

「それから腕の動きだ。腕ってすごくだいじなんだぜ。ナポレオンがいい例だ。あの、胸の前に腕を持ってくるポーズを考えつかなかったら、伍長以上には出世しなかったろうよ。あらあ、創意にはらんでいたもんな」

「え、はらんでる？　おい、ジャミー、だったらオフィスで産めよな。おまえの赤ん坊の顔なんか拝まされちゃたま

19

ジャミーのほうは気持ちがなごむどころではなかった。楽天的にしてめげない、百戦錬磨のジャミーだが、元気がいいとは言い難かった。行きつけのパブで昼飯を食べたのだが（心配事をかかえた警官や、体型に細心の注意を払わねばならない俳優にとってブラックコーヒーはうってつけだろうが、ジャミーが注意を払うのは他人の心配事に限られており、体型に思いが及ぶのは仕立て屋が採寸するときだけだった）、不機嫌が募るばかりだった。ステーキはちょっとばかり焼き過ぎで、ビールはちょっとばかり生ぬるく、ウェイターはしゃっくりをしてばかり、じゃがいもはぬるぬるで、キャビネットプディングはベーキングソーダの味がしたし、おまけに店ではジャミーがいつも吸う煙草を切らしていた。そこで、誤解を受け、ないがしろに扱わ

らない」

ジャミーは地獄に堕ちろとばかりに彼らを睨みつけ、いつもの銘柄を置いてある煙草屋を探そうとパブを出た。警視庁は何であんな記事をまともに気にするんだろう？　新聞記事なんておためごかしだと誰もが承知しているのに。さもなきゃ、たわごとだと。取るに足らない些細なことでもセンチに書き立てなきゃ、読者はほんとうに些細なことなんだと思って新聞を買わなくなっちまう。そうしたら、新聞社のオーナーやこのジャミー、そして罪のない株主はどうしたらいい？　アホなんだか、お疲れさんなんだか、つまらない生活を送ってる息も絶え絶えの勤め人どもにちっとは刺激を与えてやるのが情けってもんじゃないか。血も凍るようなネタがなければ、さめざめと泣けるようなネタを提供するまでだ。工場で働いていた頃の若かりしクリスの記事は上出来の特ダネだった——たとえ、あの馬面の女がクリスを知っていると偽って、一杯食わせたとしても。いまいましい女め！　だけど、スリルだの泣きのネタがいつも転がってるわけじゃないし、イギリス人が何を好きといって、正義漢気取りで怒りまくることほど好きなものはない。だから、それを与えてやっただけだ。明日になれば、怒ったことなどけろっと忘れてしまうのを警視庁もよくわかっているはずだ。だから、かまわないじゃないか？　なんでそんなにかっかすることがある？　〝死の人間狩り〟なんて、ほんの言葉のあやさ。使い古された言い回しだ。いくら敏感なやつだって、気にしやしない。警視庁はきっとぴりぴりしてるんだろうな。それだけのことさ。だいたい、警察がどじを踏むからこんな事態になったんじゃないか。他人の仕事をけなせる立場にはないが、よくよく考えれば、あの記事にも真実の部分がなくはない。〝死の人間狩り〟はたしかに言い過ぎだったけれど。だが、他の部分は真実だ。有能を自負する警視庁としては失態——失態は強すぎる言葉かもしれない。遺憾ならいいか——遺憾な出来事だったのは間違いない。ことがうまく運んでいるときはやたらふんぞり返って、そこのけ、そこのけと言わんばかりの態度を取るくせに、どじを踏んだら同情してもらおうなんて、考えが甘いのさ。アメリカみたいに、新聞に内部情報を漏らせばこんなことにはならなかったんだ。おれは一介の事件記者かもしれないが、犯罪についての知識や捜査なら、警察に負けやしない。〝御大〟が休暇をくれるなら、そして警察が資料を見せてくれるなら、一週間以内にクレイ殺しの犯人を刑務所にぶち込み、第一面を華々しく飾ってやるものを。想像力――これこそ警視庁が必要なものだ。こっちには、それがたんまりあるんだ。チャンスさえあれば腕を奮えるのに。

ジャミーは煙草を買って、憂鬱そうに中身を金のケース（彼が地方新聞を辞めてロンドンへ行くときに元の同僚たちがくれたものだが、かくも気前がよかったのはジャミーを惜しんだわけではなく、せいせいしたからだろうとひそやかに噂されていた）に移し、むっつりして社に戻った。最新建築の贅を尽くした《クラリオン》本社の玄関を入ろうとすると、新入りのマスカーが出てきた。ジャミーは軽くうなずき、すれ違いざまに挨拶がわりに尋ねた。

「何の取材だい？」

「星についての講演ですよ」マスカーはつまらなそうに答えた。

「天文学か。きっとおもしろいぜ」ジャミーは説教がましく言った。

「天文学じゃないんです。占星術」青年は薄暗い玄関から日の当たる歩道へ出た。「ポープだか何だかっていう女性のね」

「ポープ（英国の詩人。一六八八〜一七四四）だって！」ジャミーはエレベーターに向かいかけた足を止めた。「まさか、キーツじゃないよな？」

「キーツだったかな？」マスカーは手にした紙をもう一度確かめた。「そうだ、キーツだ。詩人の名前だって覚えていたから。おっと、何するんです？」ジャミーは青年の腕をつかんでホールに引きずり込んだ。

「占星術の講演に行くのはおまえさんじゃないってことだよ」ジャミーは言って、青年をエレベーターに押し込んだ。

「ふうん」マスカーは目を丸くした。「それはうれしいけど、どうしてまた？　先輩は占星術に凝ってるとでも？」

ジャミーは青年をオフィスに引っ張ってゆき、デスクについていた、ピンク色の頬をした物静かな男に食ってかかった。

「しかし、ジャミー」物静かな男はようやく口をはさむすきを見つけて言った。「これはもともとブレークの担当だったんだ。当然だろ。毎週、あいつが次の一週間にどんなことが起こるかを六ページめに書いているんだから。占星術ならあいつの担当だ。ただ、女房がまさか来週じゃなくて今週赤ん坊を産むことまでは予測できなくてさ。だから、あいつを外してマスカーを割り当てたんだ」

「マスカーをね！」ジャミーは言った。「まさか、この女がクレイの死を予言したのを知らないって言うんじゃないだろうな？　《クーリエ》で一シリングで読者に星占いを提供している当人だと？」

「だから何なんだ？」

「何なんだ、だと？　おいおい、しっかりしてくれよ。この女、ニュース種になるじゃないか」

「《クーリエ》のニュース種だろ。こっちには用なしだよ。昨日だって彼女についての記事をボツにしたばかりだ」

「そうか、用なしか。わかったよ。だが、彼女のまわりには注目に値する人物がおおぜいいるんだぜ。中でももっとも注目に値するのが、彼女の予言を現実のものにした犯人だ。予言を聞いて、その気になったのかもしれないじゃないか。キーツは用なしでも、取り巻き連中は別だ。おおいに用ありなんだよ」ジャミーは身を乗り出して、マスカーがまだ手に持っていた紙片を取り上げた。「マスカー坊やに他の仕事を見つけてやってくれ。占星術はお気に召さないんだとさ。じゃあな」

「だけどきみが担当してる記事は——」

「安心しろって。ちゃんと書くから。しかも、おまけつきでさ！」

ジャミーは階下へ向かうエレベーターの中で、手にした紙片を親指で裏返した。〝エルウェスホール！　リディア来る！〟とあった。

「成功への近道は何だと思う、ピート？」ジャミーはエレベーター係に言った。

「へへっ、拝聴しようかね」

「口八丁になることさ」

「実感がこもってるじゃないか」ピートは、肩を叩いてエレベーターを出ていくジャミーに、にやりと笑いかけた。ピートはジャミーを半ズボンを履いていた頃からとは言わないまでも、襟のサイズが合わないシャツを着ていた頃から知っていた。

　エルウェスホールはウィグモア・ストリートにあり、あたりの素晴らしい環境がホールの成功に少なからず寄与していた。あとで自分のクラブでお茶を楽しみ、デベナムズ（オックスフォード・ストリートにある百貨店）でさっきのドレスをもう一度見てみようと思えば、室内楽の調べもいっそう甘美になるというものだ。聴衆が歌曲に耳を澄ましているとご満悦のふっくらしたソプラノ歌手は、よもやその静寂がクレープのドレスにしようか、ヴェルベットにしようかと考えているためとは思いもすまい。ホールは親近感を持てる程度に小さく、込み合わない程度に大きい、こぢんまりした感じのよい空間を保っていた。ジャミーは席へ向かい、ホールを埋めている聴衆を観察した。社交界の人々がこれほど多く集まっているのを見るのは、ビューシャー家とカーゾン家の結婚式以来だった。知識階級がわんさといるだけではなく、貴族の血筋をわずかに引いた、ジャミーが言うところの〝公爵夫人気取り〟やら、知恵はなくとも身分だけはある、由緒正しき貴族やらが総出である。そしてもちろん、〝おかしなやつ〟があちこちに混ざっていた。

　〝おかしなやつ〟はスリルを求めて来たわけではない。リディアの母親が困窮した公爵夫人であったから来たわけでもない。十二宮のそれぞれを精神の拠り所とし、獅子だの、牡牛だの、蟹だのが後生大事だから来たのである。彼らは、ひとめ見ればすぐにそれとわかる。焦点の定まらない目を宙に据え、特売場で座り込みのストライキでもして手に入れたような服を着、例外なく安物のビーズのネックレスを細い首にかけていた。

　ジャミーは《クラリオン》に割り当てられた席を断わり、舞台の袖の下に位置した席に座りたいと頑張った。しかし、この要求はリディアを見るために来た人、あるいは自分が見られたいがために来た人にけんもほろろに拒絶された。

ジャミーはリディアを見たくもないし、人に見られたくもなかったのだが。ジャミーの目当ては聴衆だ。結局、彼は男が半数ほど占めている列のひとつに席を取った。ウィロビーによる室内装飾のおかげで、舞台から眺めるのと同じくらいに聴衆がよく見えた。

隣に座っているのは、年の頃は三十五ほどの貧相な男で、ジャミーが腰を下ろすのを眺めていたが、すぐに彼の耳元に口を寄せて低い声でささやいた。

「すてきな人だね!」

リディアのことだろうと、ジャミーは解した。

「すてきだ」彼は相づちを打った。「知り合いなんですか?」

貧相な男は(ジャミーは心中で男を〝おかしなやつ〟と分類した)ためらってから、言った。「いいや。でもクリスティーン・クレイを知ってたんだ」そこへリディアと司会者が登場したため、会話は途切れた。

リディアはふだんでも話すのが下手だ。声が細くて甲高く、興奮したり、熱心になったりしようものなら、古いレコードを二束三文のプレーヤーで演奏しているみたいになってしまう。ジャミーはすぐに退屈した。リディアのお題目は耳にたこができるほど聞かされている。ジャミーは満員のこぢんまりした会場の四方八方に目を走らせて考え込んだ。もし、おれがクレイを殺し、しかも間抜けな警察のおかげで大手を振って歩けるとしたら、クレイの死を予言し、おれがそれを現実のものにしてやった女の講演会に顔を出すだろうか? 出さないだろうか?

やっぱり、顔を出すだろうな。クレイを殺した犯人は頭がいい。それは誰もが認める。今ごろはしてやったりとほくそえんでいるだろう。賢き殺人者の手にかかれば、ありきたりの人間なんぞ虫けら同然よ、と。計画殺人に成功すれば、まずそう考えるにちがいない。禁を犯す行為を計画し、成し遂げたのだから。成功に酔いしれて当然だ。そこで、車が来る間際に道路を横断して勇を競う子供のように、勇ましいところを見せる機会をさらに探すだろう。今日のこの集会、ロンドンのもっとも伝統的な地域、もっとも伝統を背負って立つ人々が集まったこの集会こそ、絶好の機会だ。会場に集まった各人の心を占めているのはクリスティーンの死だ。もちろん、品位を重んじるゆえ、講演の話題がそれに及ぶことはない。占星術の歴史や意味といった一般的な話題に限られていた。しかし、聴衆はみな——ほとんど、全部が——リディアがおよそ一年前に運よく閃きを得て、クリスティーン・クレイがいかなる最期を迎えるかを予言したからこそ来たのである。誰もがリディアを見ていると同時に、クリスティーンのことを考えている。おれが犯人だとしたら、澄まして聴衆に紛れ込むなんて、興奮でぞくぞくしちまう。

ジャミーはここまで思いを及ばせた想像力に満足し、間抜けなグラントには到底考えつかないだろうと誇らしげに聴衆を見回した。次いで、バーソロミューを連れてくればよかったとつくづく思った。バートは社交界についてジャミーよりはるかに知識がある。バートは情景描写に長けていた。そして情景描写が必要な行事——結婚式、自動車レース、開幕式などなど——に登場する顔ぶれは決まっている。バートがいれば、役に立ったろう。

だが、ジャミーもある程度の知識はあったので倦むことなく人々を見つめ続けた。

「いっぽう」リディアが言った。「山羊座生まれの人はふさぎの虫に取りつかれやすく、自分に自信がなく、ひねくれる傾向があります。星座が低い位置になるときは、憂うつでみじめな気持ちになり、人を欺くのです」しかし、ジャミーは耳を傾ける気はなかった。どうせ、自分がどの星座に属するか知らないし、興味もない。〝典型的ね、まったく。ほんとに牡羊座そのものよ〟とリディアに幾度か言われたが、右から左に聞き流した。どうせ、たわごとだ。

三列めにトレント公爵夫人が座っていた。惨めで不幸せな人生を送っている、おつむのからっぽな公爵夫人には動機が皆無だ。彼女はクリスティーンを招いて昼餐会を催す予定だった。昼餐会が実現すれば、古臭くてつまらない女との評判を葬り去り、ロンドンで一番羨ましがられるパーティのホステスに変身できたはずが、クリスティーンの死でおじゃんになってしまったのだ。

きょろきょろと動いていたジャミーの視線が、四列めにいる浅黒いハンサムな顔で止まった。たしかに見覚えがある。硬貨に刻まれた肖像と同じくらいに見慣れた顔だ。なぜだろうとジャミーは訝った。男に実際に会った覚えはまったくない。

そこで、ジャミーははたと膝を打った。ジーン・ラジャーンだ。クレイのイギリスにおける三本めにして最後、撮影のかなわなかった映画で相手役を務めるはずだった俳優である。映画を撮らずにすんだのでラジャーンが安堵したという噂が流れていた。クレイのあざやかな演技の前に、いかなる男優も色褪せてしまうからである。とはいえ、それだけの理由で夜明けに起き出してクレイを溺れさせたとは考えにくい。ジャミーはラジャーンにさして興味を引かれなかった。彼の横には黒と白のコンビネーションでめかしこんだ女性がいた。マータ・ハラードである。彼女が来ないわけがない。クレイが演じるはずだった役にありついたのだから当然だ。マータはクレイに劣るにしても、製作を延期するのは高くつくだろうし、女優としてバランスがとれ、洗練されており、またそこそこの演技力とそこそこの個性、そしてコイーンが言うところの〝品〟を備えている。今や、ラジャーンを脇に従えての堂々たる主演俳優だ。いや、ラジャーンが主演俳優だろうか？　どちらが助演とも言い難い。実力はとんとんというところだろう。ふたりが対等な関係で協力すれば、クレイとラジャーンの組み合わせより成功するかもしれない。マータの場合は一歩上へ行くチャンス——彼女にとっては大きな一歩である——ラジャーンの場合はもっと輝くチャンスが与えられたことになる。クリスティーンの死は両人にとって幸運だった。

ジャミーの頭の中で女の声が響いた。〝あなたがその手で彼女を殺したとあってはなおさらだし〟……誰が言ったんだっけ？　そうだ、馬鹿な金髪女ぶるジュディだ。マータのことを指して言ったんだ。マータのアパートメントの入口でグラントと鉢合わせし、パーティに入り込んだ土曜日の晩のことだ。ジュディはいかにも些細な事柄に言及するみたいに、ふてくされておおっぴらに非難した。そして、あの場に居合わせた連中は冗談と取った。誰かが笑って相づちを打ち、動機まで教えてくれたっけ。〝そりゃそうだ。

きみはあの役をほしがってたもんな〃と。そのまま会話は軽い調子で続いていった。

ううむ、野心がもとで人を殺すのはよくある話だ。動機としては憎悪や欲望についで多い。しかし、マータ・ハラードはどこまでいってもマータ・ハラード。あの取り澄ました、それでいてもろい、世慣れた態度と殺人は両極端にある。そういえば、舞台で人殺しの役を演じるのだってあまりうまくない。いつも心の中で〃ふん、つまんないの。何もこんなに真剣になることないじゃないの〃と言っているような雰囲気が漂ってしまうのだ。人殺しがつまらないと思わないまでも、はしたない行為とみなしているのは間違いない。マータが殺されるのは想像できるが、その逆は想像できない。

ジャミーはマータがリディアの話をまったく聞いていないのに気づいた。一列前の右側にいる人物にひたすら——全身全霊を傾けてというほどに——注意を向けている。ジャミーはその視線を追い、注目の的が取りたてて特徴のない小柄な男であるのを意外に思った。まさか、といぶかりつつもう一度彼女の視線をたどった。たどりついた先は、やはり眠そうな目をした小柄な丸顔の男だった。商人のような風采の、平凡な男のどこにマータはそんなに興味を引かれ——

そのときジャミーは小柄な男の正体に思い当たった。作詞作曲家のジェイソン・ハーマーだ。クリスティーンのもっとも親しかった友人のひとりである。マータが言うところの〃ぽっぽと湯気を立てるヤカン〃。そして、女の判断が信用できるなら、平凡どころではない男。事実、クリスティーン・クレイの愛人とあまねく噂されていた当人ではないか。ジャミーは心の中で、長く低く口笛を吹いた。ふうーん、あれがジェイソン・ハーマーか。レコードジャケットの写真でお目にかかるだけだったが。女の好みって、わからないもんだ。

ハーマーは子供のように熱心にリディアの話に耳を傾けている。マータ・ハラードの熱い視線を感じないんだろうか？　あれほど見つめられたら気づきそうなものなのに。あいつは横顔にひたと据えられたマータの輝く瞳をものともせず、猪首を動かしもしないじゃないか。視線を感じて振り向くってよく言うが、あれは嘘っぱちなんだな。それにしてもマータはなぜああもこそこそと興味を示しているのだろう？　たしかに、こそこそしている。帽子のつばで連れから目を隠し、聴衆の目はリディアに集まっていると安心しているんだろう。まさか見られているとは露知らず、ハーマーをこころゆくまで眺めている。なぜだろう？

ロマンチックな興味だろうか——だとしたら、どの程度に？　それともアパートメントでのパーティの際はジェイソン・ハーマーについて好意的に話していたが、今では人殺しかもしれないと疑っているのだろうか？

ジャミーはあれこれ考えながら十五分ちかくふたりを見守った。彼の視線は狭い会場をひと渡りしては、いつもふたりのところへ戻った。興味を浮かべている顔はあちこちにいくつもあるが、マータの興味は明らかに異質である。

ジャミーは、ハーマーとクリスティーン・クレイの関係が友人以上のものだという意見をマータが即座に否定したのを覚えていた。あれはどういう意味だったんだろう？

マータ自身がハーマーに魅かれているのだろうか？　だとしたら、どれほどに？　マータ・ハラードはどのくらい情熱的になるのだろうか？　恋敵を葬るほどにだろうか？

気がつくと、ジャミーはマータは泳ぎが達者だろうかと考えており、いや、いやと首を振った。マータが人殺しをするような情熱を持っているという考えそのものを十五分前に一笑に付したばかりではないか。あのときは突拍子もない考えに思えた。

しかし、それはマータがジェイソンに興味——不可解な、食い入るような興味——を示しているのに気づく前だった。もしも——もしも、の話だ。退屈な講演が天体をぐるっと一周して終わるまでの暇つぶしに——マータがハーマーに恋していた、と考えたらどうだろう。その場合、クリスティーンは二重の意味で競争相手となるのでは？　マータは格好をつけて無関心なふうを装っているが、実際は右腕と引き換えにしても俳優としてトップの座にのぼりつめたいのかもしれない。クリスティーンはまさにその座に君臨していた。マータは幾度もトップになりそうではあったが、その都度つまずいて果たせないでいる。マータはきっと成功したくてうずうずしているに違いない。口先ではクレイを評価していても、心の中では、ミッドランド出身の女工のせいで、ほんとうなら簡単にいくはずの成功が阻まれたといまいましく思っているのだろう。マータは五年前に名声を博して成功し、経済的にも安定してトップの座——あやふやで、いつ滑り落ちるかわからないが——に手が届きそうな位置にたどりついたが、そのまま足踏み状態だ。そのあいだに無名のブロードウェイのミュージカルの踊り子が、歌、踊り、演技、三拍子揃って世界中の喝采を浴びてしまった。

クリスティーンに対するもっともらしい評価が空世辞であったとしても少しも不思議はない。そして、もしもクリスティーンがマータの欲して止まない地位だけでなく、男までをも手中にしていたとしたら？　さて、どうなるだろう？　これだけでマータ・ハラードが殺人を犯すに足る動機となるだろうか？

クリスティーンが溺れたとき、マータはどこにいたのだろう？　グローヴナースクエアーのはずだ。つまるところ、〈セント・ジェームズ〉劇場に出演していたのだから。いや、待てよ。あの土曜の夜のパーティでマータが休みを取ったことについて話していなかったっけ？　何だっけ？　何て言ってたんだっけ？　マータが女優がこき使われてるとこぼしたんだ。そうしたら、クレメント・クレメンツが茶化した。〝こき使われてる？　よく言うよ。一週間休みを取って大陸で遊んできたばかりじゃないか〟。で、彼女が答えた。〝一週間じゃないわ。四日だけじゃないの。だいたい、女優はね、背骨が折れてたって演技はできるけど、歯肉潰瘍ができちゃどうしようもないのよ〟

クレメントは歯肉潰瘍ができててもドーヴィルで遊ぶのには不自由しないんだなとやり返した。すると、彼女は言った。〝ドーヴィルでなく、ルトゥケよ〟と訂正した。そして土曜日のマチネに間に合うように帰ってきたこととか、帰ってきたマータがどう扱われたか、劇場の入りはどうだったか、彼女の代役がいかに怒ったかなどを話したのだった。ルトゥケで四日間！　クリスティーンが死んだ朝、海峡のすぐ向こう、ルトゥケにいた！

「ご両親がお子さんの星占いをご自分のダイエットを気にするくらいの熱心さで研究なさったら」リディアが雀のように甲高い声で話しているが、その効果もやはり雀の涙ほど。「世界はずっとすばらしくなります」

〝ルトゥケ！　ルトゥケ！〟と、ジャミーはひそかに小躍りした。ようやく目星がついてきた！　しかもマータ・ハラードは事件が起きた朝、現場から目と鼻の先にいたばかりでなく、容易に到達できる手段まで擁していた。一度ルトゥケの名前が出てくると、あとはすらすら思い出せた。クレメンツ、マータ、そしてジャミーは部屋の隅でカクテルキャビネットの横に立っており、クレメンツが何気なく尋ねたのに対してマータはこう答えたものだ。〝友達が自家用飛行機を持ってるもんだから、ルトゥケまで乗せてもらったの。帰りもね。水陸両用の飛行機だったわ〟

あの霧深い朝、飛行機は草地か海面に降り、たったひとり泳いでいたもののほかには誰にも気づかれず、しばらくのちに飛び去ったのではないだろうか。ジャミーは飛行機が霧の中から怪鳥のように現われて着水するさまがまざまざと目の前に浮かぶような気がした。

飛行機を操縦していたのは誰だろう？　ハーマーではない。ハーマーはイギリスから出ていなかった。だからこそ、警察が疑うのだろう。現場近くでうろうろしていたのだから。アリバイがあるらしいが、じゅうぶんなものかどうか、おれにはわかりゃしない。警察ってのはほんとに口が堅い。だが、ついに威張りくさっている警察を出し抜いて、手がかりを嗅ぎつけた。グラントはマータの友人だ。あいつが見過ごしたのも無理はない。マータがあんなふうにハーマーを見つめているところを目撃したことがないのだろう。それに自家用飛行機のことはまず知らないはずだ。飛行機の存在がすべてを変える。

飛行機が使われたとなると、ふたりの人間が関わっていたことになる。パイロットが共犯でなかったとしても、事後従犯となることは紛れもない。

ここまで考えたところで、ジャミーはふと我に返った。着飾った人々が静かに座っている列の中ほどにいる、黒と白で装った姿を見つめた。その見なれた姿は、今しがたまで推理していたような人物像からほど遠かった。品がよく、優雅で、冷静そのものだ。欲望に目の色を変えた、心のねじまがった女などとはあまりにもとっぴな想像だ。

とはいえ、彼女はいまだにジェイソンにちらちらと目をやり、リディアのほうをろくに見もしないでいる。無防備に己をさらけ出した顔に現われている表情には、さきほどまでジャミーが考えていたマータの影の部分に似通ったものがあった。マータが実際にどんな性格であるにしろ、激情に駆られることがあってもおかしくない。

考え込んでいるジャミーの耳に、雨だれのような音が届いた。手袋をはめた手と手を上品に打ち合わせる拍手の音だ。リディアの長ったらしい講演がようやく終わったらしい。ジャミーはやれやれとため息をついて、帽子を探った。さっさと外に出て、これからどんな手を打つべきかを考えよう。かつてウィリンドン老が妻をめった打ちにして殺したときのようすと犯行の動機を特ダネとして語ってくれたが、こんなに興奮したのはあれ以来初めてだ。

ところが、どうやら質問の時間が設けられているようだった。ミス・キーツは愛想よく笑みを浮かべて水を飲み、聴衆が勇気を奮い起こすのを待っている。やがて勇敢なひとりが口火を切ると次々に質問が浴びせられた。なかにはおもしろい質問もあり、暖かい室内とリディアの声、そして退屈な講演にあくびをこらえていた聴衆はほっとして笑い声を漏らした。質問は次第にうがったものとなり、ついに来るべき——会場の半分が予想していたはずだ——質問が発せられた。

——クリスティーン・クレイがいかに死ぬかを正確に予言したというのは、本当ですか？

会場は一瞬静まり返り、誰もが耳をそばだてた。リディアは常より威厳を保ち、淡々と肯定して星占いで未来を予言することがしばしばあると答えた。さらにいくつかの例を挙げた。

打ち解けた雰囲気に勇を鼓したのだろう、透視力をもってして星占いをするのかという質問が飛んだ。彼女は長いこと黙り込み、聴衆は固唾を飲んで答えを待った。期待のこもった視線がリディアに集中した。

「そうです」彼女はゆっくりと言った。「あまり話したくないんですが、そうです。理屈でなしに、ぴんとくることがままありますね」そして、今の発言を考え直すかのように口をつぐんだが、突然、舞台の端へ向かって空中へ歩みださんばかりの勢いで三歩進んだ。「実は、今日もこの舞台にあがったとたんぴんと来たんです。クリスティーン・クレイを殺した犯人がこの会場にいるって」

〝ばれたぞ。逃げろ〟と記された電報を受け取れば、百人中九十九人が歯ブラシを引っつかんで車に飛び乗るそうだ（コナン・ドイルが友人たちにしかけた悪戯を指す）。思いもよらないリディアの言葉がいかに恐ろしい意味を持つかを悟るまで、呆気に取られたような沈黙がしばし落ちた。それから、ハリケーンの最初の強風がヤシの梢をひと吹きしたように、ざわめきが起きた。ざわめきは次第に高まり、椅子を動かす悲鳴のような音が混じった。通路のあちこちに椅子が押し出されるたびに混乱は増し、逃げようとして出口に向かう人々は右往左往した。何から逃げているのか、誰ひとりとしてわからなかった。初めは張り詰めた雰囲気から逃げ出したい思いが占めていたのだろう。聴衆のほとんどは〝ばつの悪さ〟を嫌う階層に属していた。しかし、満員であるうえに通路に椅子が散乱していては容易に出口に到達できるはずもなく、いやがうえにも本能を刺激され、群集はパニックに陥った。

　事態を収拾しようと司会者が声を張り上げたが、聞こえるものではない。リディアが誰かにこう言っているのがジャミーに聞こえた。「思わず口を衝いて出たのよ。どうして？　どうしてなの？」

　ジャミーは特ダネを前にして新聞記者の血が騒ぎ、舞台に上がろうとした。舞台の端に手をかけて飛び上がろうとしたとき、リディアに付き添っている男に気づいた。《クーリエ》の記者だ。ジャミーは、リディアが《クーリエ》の専属のようなものであることを思い出した。リディアから記事を取れる見込みは万にひとつもないし、だったら骨折り損というものだ。それに、もっといいネタをつかめそうだ。リディアが爆弾宣言をしたとき、ジャミーはあんぐり開けた口を慌てて閉じて、さきほどのふたりがどう反応するかと注目した。

マータは真っ青になったかと思うと、怒りとおぼしき表情を浮かべた。そうそうに立ち上がったうちのひとりで、びっくりしたラジャーンが帽子を落とし、あわてて拾い上げる。彼女は舞台やリディアには目もくれずに出口へ向かったが、前のほうの席であったために人の波に埋もれ、さらに会場の中ほどまで来たところで誰かがヒステリーを起こして混乱がいや増し、足止めを食っていた。

いっぽうジェイソン・ハーマーはぴくりとも動かなかった。爆弾宣言のあとも相変わらず楽しそうに熱心にリディアを見つめていたものである。出口へ殺到する人々が押し寄せてくると、ようやく腰を上げた。のんびりと席を立つと、椅子を乗り越えようとする女性に手を貸し、それからポケットを叩いて中身をたしかめ（たぶん、手袋だろう）出口に向かった。

ジャミーは人込みを押したり引いたりしてかき分け、二台のラジエーターのあいだの窪みに立ち尽くしているマータのところへ数分かかってたどり着いた。

「みんな、ほんとに馬鹿ね！」ジャミーが名乗りを上げるとマータは憎々しげに言い捨てた。そして、かの有名なハラードの眼差しとはほど遠い目つきであたりを睨んだ。

「こんな連中とはオーケストラボックスを挟んで相対していたいんじゃないかい？」

マータはファンの重要性を思い出し、反射的に態度を改めた。それでも、ジャミーなら〝おかんむり〟と描写するであろう状態であることは見て取れた。

「たまげちまうな」ジャミーは水を向けた。そして、「ミス・キーツのことだけどさ」と説明を加えた。

「ほんとに見下げ果てた人！」

「見下げ果てた？」ジャミーはきょとんとして言った。

「〈ストランド〉劇場で腕立て側転でもすりゃいいのに」

「つまり、目立ちたいがためにあんなことを言ったと？」

「当たり前でしょ。天から啓示を授かったとでも言いたいの？」

「ちょっと待った、ミス・ハラード。このあいだの晩、彼女がインチキじゃないってあんなにかばってたじゃないか。

彼女はほんとうに――」

「そりゃあ、インチキなんかじゃないわよ。びっくりするくらいに当たったことだってあるんだから。だけど、こんなふうに安っぽいやり方で人殺しを探そうとするとなると話は別だわ。リディアったら、うかうかしていると」彼女は言葉を切り、刺のある口調で言った。「エイミー・マクファーソン（米国の女性福音伝道者。数々の訴訟事件にも巻き込まれた）もどきになってしまうでしょうよ」

ジャミーはまさかこんな科白をマータから聞くとは予想だにしていなかった。もっとも、ではどんな科白を予想していたときかれても困るのだが。しかし、ともかくこんな科白ではない。黙って考え込んでいる彼に向かって、マータが口調を改めてきびきびと言った。

「ミスター・ホプキンズ、これってまさかインタヴューじゃないでしょうね？　もしそうなら、わたしはこんなことひと言もしゃべらなかったことにしてちょうだい」

「承知しましたよ、ミス・ハラード。ひと言も聞かなかったことにしましょう。もっとも警察に尋ねられたら保証はできないけれど」彼はにっこりして付け加えた。

「警察はあなたと口をききたい気分じゃないでしょうよ」マータは言った。「ところで少し左によってくださらない？　向こう側の空いたところへ行けそうだから」

彼女はジャミーにうなずくとかすかに笑みを浮かべて香水の香りとともに脇を摺り抜け、人込みに飲まれて見えなくなった。

「ちぇっ、収穫なしか」ジャミーは独り言を言った。そして元気なく人込みをかき分けて、さっきジェイソン・ハーマーの姿を見かけた場所まで戻った。社交界のお歴々がねめつけたが、商売柄そんなことには慣れっこだ。物ともせず、やり遂げた。

「ご感想は？　ミスター・ハーマー」

ジェイソンは黙ったまま、愉快そうにジャミーを見つめた。「いくらだい？」しばらくして、言った。

「いくらって、何がです？」

「貴重な感想を述べてやったら、いくら払うんだい？」

「新聞を一部ただで差し上げますよ」

ジェイソンは声を立てて笑い、それから真顔になった。

「そうだね、かなり教養を高めた午後ではあったな。きみはこの星がどうのこうのってやつを信じるかね？」

「正直言って、信じませんね」

「ぼくはそうはっきりとは断言できないな。天や地にはいまだに不可思議なことが存在するという説もあながち嘘じゃない。生まれ故郷の村で奇妙な出来事を何度か見たことがあるからね。魔法だとかいろいろとさ。自然界の常識では割り切れない出来事だった。不思議に思わざるをえないね」

「それはどこでの話です？」

今まで落ち着いていたジェイソンが、初めてびっくりした顔をした。「東ヨーロッパだ」とぶっきらぼうに言った。それから、続けた。「ミス・キーツはすごいね。もっとも結婚したいとは金輪際思わないけど。そうだろう？ 先のことまで見通されたら、結婚生活がだいなしになる。過去を見抜かれるのはもっとやばいしね。男なら誰だって秘密のひとつや二つはあるさ」

ジャミーはうんざりして思った。この国に期待どおりの答えをしてくれるやつはいないのかよ！ 無理をしてリディアのところに行っていれば、うまくいったかもしれないのに。

「ミス・キーツが先ほどの発言をしたとき、邪悪な人間の存在をほんとうに感じていたと思いますか？」ジャミーはあきらめずに尋ねた。

「決まってるじゃないか！」ジェイソンは少々意外そうな顔をした。「よほど気持ちが昂ってるんでなきゃ、あんなことは言わないよ」

「あなたはあまり驚かなかったようですね」

「アメリカで十五年も暮らしたからね。多少のことでは驚きやしない。ホリーローラーズを見たことがあるかい？ コニーアイランドは？ 金鉱を売り歩く浮浪者は？ 西へ行きたまえ、お若いの。何たって、西だよ」

「家へ帰って寝ますよ」ジャミーは言って、ふたたび人込みをかき分けて進んだ。

それでも正面玄関に着いた頃には、いくらか元気が出てきた。襟元を整え、群集が通り過ぎるのを待った。人々は内扉の外へ出てウィグモア・ストリートの常と変わらぬ空気を吸い込むと恐怖を忘れ、興奮してしゃべり始めた。しかし、埒もない会話からジャミーが得たものは皆無に等しかった。

ところがそのとき、人込みの頭越しにひとつの顔が見え、ジャミーは足を止めた。色白で、睫毛の色が薄く、気立てのいいテリアのような顔立ち。知っている男だ。名前はサンガー。このあいだ見たときは、ロンドン警視庁で机についていた。

ふん、グラントにも想像力があったのか!

ジャミーはふてくされて帽子を乱暴にかぶり、じっくり考えようと歩み去った。

20

グラントにだって想像力はある。ただ、ジャミーとは働かせかたが違うだけだ。二時間にわたって聴衆を観察するために腕利きの刑事を送り込みはしない。サンガーがエルウェスホールにいたのはジェイソン・ハーマーを尾行していたからにほかならなかった。

サンガーは劇的な展開を見せた講演会の模様を報告した。

——見たかぎりじゃ、ハーマーに動じた様子はありませんでしたね。すぐあとで、《クラリオン》のホプキンズが話を聞き出そうとしてましたが、うまくはぐらかされちまったみたいですよ。

「ほう?」グラントは眉を上げた。「ホプキンズを手玉に取るようじゃ、考え直さなくちゃいかんな。思ったより頭がいいじゃないか」それを聞いて、サンガーはにやりとした。

水曜日の午後、魚が餌に食いついたとアースキンから電話があった。もちろん、実際には〝グラント警部が提案なさった件ですが、どうやら予想以上にうまくいったようでございます〟と言ったのだが、要するに魚が水面に姿を現わしたということである。さらに、アースキンは続けた。

「ぜひともご覧にいれたい手紙がございまして、できるだけ早くご足労願えませんでしょうか」

これが行かずになるものか！　グラントは十二分後には緑色の光が差し込む小さな部屋にいた。

手紙を差し出すアースキンの手はいつもより震えていた。

前略

得をする話があるのでハーバート・ゴトベッドは事務所に連絡をするようにという広告を読みました。直接そちらには行けないので、カンタベリーのスレッドル・ストリート五番地に手紙を出して内容を教えてください。わたしはここで手紙を受け取ります。　草々

ハーバート・ゴトベッド

「カンタベリーか！」グラントは目を輝かせた。そしてさも愛しそうに手紙を取り扱った。便箋もインクも安物だ。文章や字体に文盲に近い気味がある。グラントは流れるような文章と個性的な字体で書かれたクリスティーンの手紙を思い、同じ血筋でこうも違うものかと改めて驚いた。

「カンタベリーとはね！　あまりにおあつらえ向きで信じられないくらいだ。この宛先は自宅ではなく便宜的に手紙を受け取ってくれる場所の住所だな。何でこんなことをするんだろう？　もしやハーバートは手配中なんだろうか？　だとしても、手配したのは警視庁ではないな。少なくとも、この名前ではしていない。写真がないのが残念だな」

「これからどうしたらいいんですか、警部？」

「返事を出してください。本人を見なければハーバート・ゴトベッドであると確認しようがないので、必ず事務所に足を運ぶように、と」

「はい、はい、かしこまりました。たしかに筋が通っておりますね」

　筋が通っていようがいまいが、どうでもいいじゃないかとグラントは思った。こういう輩は犯罪者をどうやって捕まえると思っているんだろう？　筋が通ってるかどうかなんて考えてたら捕まえられるもんか！

「すぐに返事を出せば、今晩にはカンタベリーに着きます。わたしは明日の朝出向いて、獲物が現われるのを待ちましょう。ちょっと、電話を拝借」

　グラントは警視庁に電話をして尋ねた。「手配中の男に伝道に熱心なやつ、あるいはやたら芝居がかった真似が好きなやつはいないかね？」

　警視庁は否と答えた。ホーリー・マイクというやつがいるにはいるが、警官仲間では長年有名な男だった。しかも、プリマスにいるという報告が入っていた。

「何とまあぴったりの場所（英国清教徒団がアメリカのプリマスに居を定めたことにひっかけたと思われる）を選んだものだ！」グラントは受話器を置いた。「合点がいきませんな」彼はアースキンに言った。「手配中でないなら、なぜこそこそしているんだろう？　良心に疾《やま》しいところがないなら——そうだ、こいつにはそもそも良心なんてないんだった。手配中でないなら、さっさとここへ来てもよさそうなものなのに。金のためなら何でもする男ですからね。ミス・クレイはいい気味だと思って、たった一シリング遺したんでしょうな」

「レディ・エドワードは人を見る目を持ったかたでした。苦労してお育ちになったので、そのへんの感覚が鋭くなられたのでしょう」

　彼女をよく知っていたのかと、グラントは尋ねた。

「いいえ、残念ながらあまり存じ上げませんでした。魅力的なご婦人でございましたよ。昔ながらのやり方に関しましては少々辛抱が足りないところがございましたが、ほかの点では——」

　それはそうだろうと、グラントは内心うなずいた。彼女の声が聞こえるようだ。〝それで、単刀直入に言えばどういう意味なの？〟彼女もまた、ミスター・アースキンに悩まされた口に違いない。

グラントはアースキンの事務所を出ると翌朝カンタベリーに同行するようにとウィリアムズに指示を与え、彼らふたりの留守を預かる人員を手配してから家に帰って十時間眠った。翌朝早く、ふたりはまだ目覚めやらぬロンドンを発ち、朝食を料理する煙が漂うカンタベリーに到着した。

手紙にあった住所はグラントが予測したとおり、横丁の小さな新聞販売店だった。グラントは店をしげしげと眺めて言った。「こんなに朝早くやつが来るとも思えないが、大事を取ろう。きみはあそこのパブに行って入口の真上の部屋を借りてくれ。ついでに朝食を運んでもらうといい。窓から離れないで店に来る客をひとり残らず見張るんだ。わたしは中にいる。きみが必要になったら店の窓から合図する」

「朝飯を食べないんですか、警部?」

「もう、すませた。でも、一時になったら昼飯を注文してくれ。チョップは望むべくもなさそうだが」

グラントはウィリアムズの顔が窓辺に現われるまで待った。それから小さな販売店に入った。禿げで丸顔、真っ黒な口ひげを生やした男が煙草のカートンを段ボール箱からガラスケースに移していた。

「おはよう。ミスター・リケットかね?」

「そうだがね」ミスター・リケットは警戒の色を浮かべた。

「ここを手紙の受け取り所として使うことがあるようだな」

ミスター・リケットはグラントをじろじろと見た。税関と警察のどっちだろうと、経験を積んだ目つきで眺め回し、どうやら警察らしいと判断した。

「だからどうだってんです? 別に悪かないでしょ」

「悪くないともさ」グラントはほがらかに応じた。「ところでハーバート・ゴトベッドという人物を知っているかね?」

「冗談言ってるんすか?」

「いや、本気だよ。この男がここの住所を手紙の宛先として挙げたもんだから、知ってるんじゃないかと思ってね」

「さあ、覚えがないっすね。手紙を取りにくるやつにいちいち興味なんか持たないから。手紙と引き換えに料金さえ払ってもらやそれで終わりだからね」

「なるほど。実はちょっと手を貸してもらいたいんだよ。ミスター・ゴトベッドが手紙を取りに来るまで、ここにいさせてくれ。彼宛ての手紙があるだろう?」

「ああ、ありますよ。夕べ、来たんだ。だけど――おたく、警察でしょ?」

「ロンドン警視庁だ」グラントは身分証明書を出した。

「ふむ。でもここで逮捕してもらっちゃ困るんでさ。ちょっとばかし副業をやってても、まともな商売なんすからね。悪い評判が立ったら商売上がったりだ」

グラントは、逮捕するつもりはなく、ミスター・ゴトベッドに会って話をききたいだけだと請け合った。

店主は〝だったら、いいでさ〟と承諾した。

そこでグラントはカウンターの端にうずたかく積み重ねた安価な雑誌のうしろに陣取った。さぞかし退屈するだろうと覚悟していたが、時間は思ったより早く過ぎていった。警察に長年勤めてはいても、さまざまな人間性はグラントにいまだに――気持ちが落ち込んでいるときは別として――生き生きとした興味を与え、またその興味が尽きることはなかった。退屈していたのは、変哲もない小さな町の通りを見張っているウィリアムズのほうだった。そこでグラントが昼飯を食べにいくと代わりに本の山に隠れて半時間ほど会話を楽しみ、その後パブの上のかび臭い部屋へ渋々帰っていった。曇りがちの暑く長い夏の日が夕刻に近づくと霧が出始め、早い日暮れとなった。そこここに明かりが灯り始めたが、いまだ沈みやらぬ太陽のもとで色褪せて見える。

「店は何時に閉めるのかね?」グラントが不安げに尋ねた。

「十時ごろでさあね」

まだ時間はたっぷりある。

やがて九時半頃、グラントは店内に人がいる気配を感じた。足音を立てず、また声もかけずにいきなり店に入ってきたらしい。グラントにはカーテンが動く音が聞こえただけだった。顔を上げると修道士の身なりをした男が立っていた。

男は甲高い、おずおずした声で言った。「手紙が来ているはずだが。宛名はハーバート――」

グラントがわずかに身動きしたのがまずかった。男は続きを言わずに、あっというまに身を翻して立ち去った。

不意打ちのように現われ、瞬く間にいなくなったとあっては、どうすべきかをとっさに判断できなかったとしても無理はない。それでもグラントは男が通りを数ヤードも走らないうちに、店を飛び出した。路地に入った人影を追って、グラントは駆け出した。二階建ての家が路地の周囲を囲み、さらに二本の路地が横手に延びていた。男は影も形もなかった。グラントは背後で息を切らしているウィリアムズを振り返った。

「しまった！」グラントは言った。「こうしていてもしかたない。きみはあっちの路地を調べろ。わたしはこっちだ。修道士みたいな格好をしてたぞ」

「わたしも見ました」ウィリアムズは言って、駆け出した。

しかし、成果はなかった。十分後、ふたりとも空手で新聞販売店で落ち合った。

「さっきのは誰だ？」グラントはミスター・リケットを追及した。

「知りませんよ。見たこともないさね」

「ここには修道院があるのかね？」

「カンタベリーに？　冗談じゃない」

「じゃあ、近隣には？」

「さあ、聞いたことありませんや」

ふたりの背後に立っていた女性がカウンターに六ペンス置いた。「ゴールドフレークちょうだい」彼女は言った。

「修道院を探しているの？　だったらブライヴェネルに修道士会があるじゃないの。修道士みたいな格好してるもの。腰のまわりに縄を巻いて、頭には何もかぶってなくてさ」

「それ、どこなんです？　ブライヴェネルだっけ？」グラントが尋ねた。「遠いのかね？」

「いいえ。通りを二本ばかり行ったとこよ。ひとっ走りのとこだけど、あんたたちよそ者が見つけるのは容易じゃないだろうね。コック・アンド・フェザントの裏の通りよ。ジムが煙草を待ちかねてるんじゃなければ、案内してあげるんだけど。六ペンスのをひと箱ちょうだい、ミスター・

リケット」

「もう販売時間を過ぎているよ」ミスター・リケットは刑事から目を逸らして、つっけんどんに答えた。いつも規則違反を犯しているのが女の口ぶりで刑事にばれてしまう。

彼女はきょとんとした顔をして口を開きかけたが、グラントがポケットからシガレットケースを取り出して言った。

「奥さん、ここは法治国家ですからね。お礼にひと箱買ってあげるというわけにはいかないが、これでよければ差し上げますよ」グラントは目を丸くしている女の手にケースの煙草をそっくり空け、遠慮する彼女を店から追い出した。

「さて」グラントはリケットに話しかけた。「この修道士会だか何だかを、知っているのかね？」

「いいや。でも、そういやそんなところがあるのを聞いた覚えがあるな。どこだかよく知らないけど。あの女が言ってたでしょ。コック・アンド・フェザントの裏だって。考えてみりゃ、世界じゅうのうさんくさい教団の半分がとこがここに支部を置いてるんだ。さて、もう閉めさせてもらいますよ」


「それがいいだろうな」グラントは言った。「今ごろ煙草を買いに来られちゃ迷惑このうえないだろうから」

ミスター・リケットは膨れっ面をした。

「さあ、行くぞ、ウィリアムズ。それから、ひと言も口外するなよ、リケット。明日もまた寄らせてもらうかもしれない」

リケットの顔は、おととい来やがれと語っていた。

「へんてこな成り行きになりましたね、警部」通りに出てウィリアムズが言った。「これからどうするんですか？」

「修道士会を訪ねてみるよ。きみは来ないほうがいいだろう。その健康的なウスターシア特有の顔じゃ、難行苦行にあこがれてるふうには見えないからな」

「要するに警官そのものに見えるってことですね。わかってますよ、警部。気にはしてるんですがね。百害あって一利なしですもの。警部の顔立ちがほんとうにうらやましくてね。警部を見たとたんに〝あっ、陸軍だ〟って思いますから。すごく得ですよ」

「コックスの調査をすべからく失敗したのにかね？　こり

や、驚いた。違うよ、ウィリアムズ。きみの外見を言ったわけじゃない。そんな意味じゃないさ。ひょいとそんな気がしたから口にしたまでだ。一対一で相対するほうがいいと思ったのさ。きみはパブに戻ってわたしを待っていてくれ。食事をするといい」

しばらく探したのちに、彼らは目当ての建物を見つけた。二階は路地に面して窓が並んでいたが、一階は鋲を打ったずっしりとした幅の狭い扉があるだけで、ほかに出口はなかった。裏はどうやら中庭か、庭園になっているらしい。扉には主の素性を示す表札もかかっておらず、銘も彫られていないが、呼び鈴があった。

グラントが呼び鈴を鳴らすと長いこと経ってから石の床を歩く足音が分厚い扉を通してかすかに聞こえてきた。扉に設けられた小さな格子窓が開き、男が用件を尋ねた。

グラントは院長に会いたいと応えた。

「誰に会いたいんですって？」

「院長だ」グラントは断固として言った。長である人物を大修道院長《アボット》と呼ぶのか小修道院長《プライヤー》と呼ぶのか知らないが、院長でじゅうぶんに思えた。

「院長さまはこのような時刻に面会はなさいません」

「では院長さまにこの名刺を渡して」グラントは格子窓の隙間から名刺を差し入れた。「たいへん重要な用件なので、お目にかかればありがたいと伝えてくれ」

「世俗の用件に重要なものなどありませんよ」

「名刺を見れば院長さまは違うふうに判断するかもしれないよ」

小窓が閉まった。高徳さに欠ける世間においては無礼とみなされる閉めようで、グラントは次第に闇を濃くする街路に取り残された。ウィリアムズが少し離れたところから無言で敬礼をして立ち去った。子供たちの遊ぶ声が枝道の奥から高らかに響いてくるが、この路地に人影はなかった。ウィリアムズの足音が聞こえなくなってかなり経った頃、扉の向こうの廊下を近づいてくる音がした。ボルトが抜かれ、鍵が回った（厳重な戸締まりをして何を閉め出そうっていうんだろう、とグラントは思った。浮世だろうか？悩める魂がさまよい出るのを防ぐためだろうか？）。人ひとりがやっと通れるほどに扉が開き、さきほどの男がグラントを招じ入れた。

「あなたとすべてのキリスト教徒の魂に安らぎがあらんことを、そして神の祝福が未来永劫続きますように、アーメン」男はボルトを差し込んで鍵をかけ、早口に唱えた。これなら《ときには歌ってよ》の一節を口ずさんでも、効果のほどは同じだとグラントは思った。

「院長さまが特別の配慮をもってお目にかかるそうです」男は言い、サンダルをだらしなくペタペタと鳴らしながら、石畳の廊下を導いた。そして壁も天井も真っ白な小さな部屋へグラントを案内した。テーブルと数脚の椅子、それに十字架があるだけの殺風景な部屋だ。男は「心に平安が訪れますように」と言ってグラントをひとり残して扉を閉めた。えらく冷え冷えとしており、試練を与えるためだか何だかで長いこと待たせられたらたまらないや、とグラントは思った。

しかし、五分もしないうちに玄関番をしていた男が戻り、おおげさに礼をして院長を通した。男はふたたび福音を口早に唱えたのちに、退出した。グラントはさぞかし狂信的な人物が現われるだろうと予想していたが、案に相違して目の前にいるのは、柔和で落ち着き払って世俗的、という伝道者として申し分のない資質を備えた人物だった。

「何かお役に立てることでもあるのかな?」

「ここにハーバート・ゴトベッドという名の男が――」

「そんな名前のものはおりませんな」

「実際にその名を使っているとは思いません。しかし、修道士会に入るものの本名は必ずご存じのはずでしょう」

「ひとたびあの扉をくぐってわれわれの一員になれば、世間で使っていた名前は過去のものとなります」

「さきほど役に立てることがあるかとお尋ねになったはずですが」

「役に立ちたいと今でも思っていますよ」

「ハーバート・ゴトベッドに会いたいんです。知らせることがあるんですよ」

「そういう名前のものは知りませんな。それに〝レバノンの木修道士会〟に入ったものにとって、世俗の知らせなど関係あるわけがない」

「そうですか。件の男をゴトベッドとしてはご存じないのかもしれない。だが、ここにいることは間違いないんです。探させていただくほかないようですな」

「全員を面通しさせろということかね？」

「いいえ。修道士全員が参加する礼拝があるんじゃありませんか？」

「もちろん」

「では、その礼拝にわたしを参加させてください」

「それはまた変わった要求だね」

「次の礼拝は何時です？」

「あと三十分で真夜中の礼拝が始まる」

「だったら全員の顔が見える席をください。お願いするのはそれだけです」

院長は承諾を渋り、神聖な礼拝所を汚すべきではないと抵抗したが、グラントがそれとなく聖なる地カンタベリーの古臭いが魅力的な慣習や、いまだ驚くべき効力を発揮する国王の詔書に触れると、ようやく折れた。

「ところでひとつお教え願いたい。あなたがた修道士の規則や生活をまったく知らないものでね。こちらに属しているかたが町に出ていくということがあるんですか？」

「いいや。慈善に必要な場合のみですよ」

「では修道士はまったく外に出ないというわけですか？」

その場合はハーバートには完璧なアリバイがある。

「ひと月に一度、二十四時間だけ外に出ることが許されます。共同体の中で汚れなき生活ばかり送っているとひとりよがりになりますからな。それを防ぐための方策です。昼間の十二時間はどんな方法であれ、可能なかぎり人助けのために費やします。夜間の十二時間は自分で選んだ場所でひとりで瞑想することが義務づけられています。夏は戸外で、冬はどこかの教会になりますね」

「そうですか。それで、その二十四時間というのは——いつからいつまでです？」

「真夜中から真夜中までですよ」

「ありがとうございます」

21

礼拝は東側の破風に設けられた祭壇がひときわ目立つ、ロウソクが灯った質素な白壁の礼拝堂で行なわれた。豪華な祭壇を見て、グラントは意外の念に打たれた。個々の修道士は貧しいかもしれないが、どこかに潤沢な資金があるのは間違いない。白いベルベットの上に置かれた水盤や十字架は中南米の大聖堂から略奪された宝物と言っても差し支えないほどだ。初めのうちグラントは、噂に聞くハーバート・ゴトベッドなる人物がここで清貧に甘んじているというのがぴんと来ないでいた。芝居がかった真似が好きなのに観客がいなければどうしようもない。たちまち嫌気が差すだろうにと。しかし、祭壇を見て考えが変わった。どうやら、ハーバートはいつものパターンに従って行動していると見ていいようだ。

グラントは礼拝がひとことも耳に入らなかった。窓のすぐそばの奥まった薄暗い席から、参列者全員の顔が見渡せた。かなりの人数である。そして、それぞれの顔の興味深いことといったら、グラントは思わず夢中になって見つめた。偏屈者あり（〝反対〟集会や民族舞踊の復興運動などでよく見かける類の顔つき）、狂信者あり（現代風の毛衣〔かつて修道僧が苦行のために着た〕を求めるマゾヒスト）、少し頭の足りない者あり、自分自身と折り合いがつけられずに心の平安を求める者あり、世間と折り合いがつけられずに逃避の場を求める者あり。グラントは尽きることのない興味を持って彼らを眺め、どのひとりにもついつい視線を注いでしまうのだった。この顔の持ち主はどんなきっかけで世間から孤立した禁欲的な生活に入ったのだろうか？　血色の悪い丸顔と、やはり丸く、いびつな形をした頭を持った男がいた。小さな目にずんぐりした鼻、下唇がしまりなく垂れ、礼拝の言葉を繰り返すたびに歯が剥き出しになる。小さな礼拝堂に集まった参列者は誰も彼も市井のさまざまな場所に当てはまりそうだ。この男は司教のオフィス、あの男は神経科医の待合室で、こっちは失業者の溜まり場だ。では、最後に残ったこいつは？

答えはひとつ。被告人席だ。

「そうか、こいつが」グラントはひとりごちた。「ハーバート・ゴトベッドか」もちろん歩くところを見ないうちは、断言できない。グラントが実際に目撃したのは、男の歩くさまだけだったのだから。しかし、グラントは確信に近いものを持っていた。直感が間違っている場合もあろうが――一番前列の害のなさそうな痩せた男がゴトベッドだった、なんていうことになるかもしれない――下唇がしまりなく垂れた、いやに気取った男がゴトベッドでないとしたら驚きだ。

真夜中を過ぎて参列者が退席していくと、グラントにもはや疑念は残らなかった。ゴトベッドは肩を揺すってぎこちなく歩く奇妙な癖があり、見間違いようがない。

グラントは修道士たちに続いて礼拝堂を出、院長をつかまえて尋ねた。「最後に礼拝堂を出ていった男の名は？」

アロイシャス修道士です、と院長は答えた。


説得には少々手間がいったが、結局アロイシャス修道士が呼ばれることになった。

グラントは彼を待つあいだに修道士会やその規律について院長と四方山話《よもやまばなし》をし、修道士が世間から完全に隔離されていることを知った。財産を所有するのはもちろん、一般人と交流をすることさえ許されない。世俗的の最たるものである新聞などもってのほかだった。さらに、院長がおよそ一カ月後に修道士会の基金によってメキシコに建設された伝道所へ赴任する予定になっており、この地における後継者選びは全面的に院長に任されていることも知った。

グラントはふと思いついた。

「ぶしつけな質問はしたくないんですが――ただの好奇心ではないんです――後継者を誰にするか心積もりでも？」

「実は、もう決めてましてね」

「誰だか教えていただけませんか？」

「まだ修道士たちにも話していないのに、見ず知らずのあなたに話すというのもおかしなものだ。でも他言しないでいただけるなら、べつに隠す必要もないことだからお教え

しよう」誰にも漏らさないと、グラントから確約を得て、

「あなたが会いたいといった男がそうですよ」

「だけど、あの男は新参者じゃありませんか」グラントは思わず言った。

「どうしてまた、そんなことを知っているのかね？」院長は鋭く言った。「たしかにアロイシャス修道士は数カ月前に加わったばかりだが、小修道院長《プライヤー》たる資質は」（では、呼称は小修道院長《プライヤー》か！）「長くいるからといって進歩するものではありませんよ」

グラントはぼそぼそと相づちを打ち、今夜外に使いに出されたのは誰かと尋ねた。

誰も出していないと院長は断言した。そこへグラントが面会を求めた男が入ってきて、会話は中断された。

男は両手をこげ茶色の僧衣の幅広い袖口に入れたまま手を組み、ぼんやりと戸口に突っ立っていた。サンダルを履いておらず、裸足であるのにグラントは気づき、彼が新聞販売店に入ってきたとき、いっさい足音を立てなかったのを思い出した。ハーバートが裸足を好むのは苦難に耐えているさまを演出したいためだろうか、足音がしない利便性のためだろうかと、グラントは心の隅でいぶかった。

「アロイシャス修道士ですよ」院長は紹介して、玄関番よりはるかに詩的に祝福を与えると部屋を出た。

「わたしはテンプルにあるアースキン・スマイス・アンド・アースキン法律事務所のものだ」グラントは話しかけた。

「ハーバート・ゴトベッドだね？」

「わたしの名はアロイシャス修道士です」

「かつてはハーバート・ゴトベッドという名前だったんだろ？」

「聞いたこともない名ですね」

グラントはしばし男を見つめたのちに言った。「それは残念。ゴトベッドに遺産が入ったものだから、その件で探していたのに」

「ふうん？　その男がここの修道士でしたら、そんなことを聞かされてもうれしくも何ともないでしょうよ」

「遺産がどのくらい莫大な額かを知ったら、ここに閉じこもっているより外の世界ではるかに慈善に役立てると考え

直すかもしれないさ」

「わたしたちは生涯変わらぬ誓いを立てているんです。外での出来事はいっさい関わりがありません」

「ではきみはハーバート・ゴトベッドではないと言い張るんだね?」

グラントは上の空で会話を進めた。それよりも男の薄い色の瞳に宿った憎悪が気になった。めったに見たことがないほどの激しい憎しみがこもった目つきだ。しかし、なぜ憎悪なのか? いかにも不思議だ。怯えだったら、納得がいくのだが。

男はどうやらグラントに追われているという意識はなく、よけいな邪魔をされたと怒っているらしい。その思いは修道士会を出て新聞販売店の前のホテルに帰るまでグラントにつきまとった。

ウィリアムズは上司のために注文した冷肉の料理を前に考え込んでいた。

「何かわかったかい?」グラントが尋ねた。

「いいえ、警部」

「ティズダルはどうなった? 電話してみたかね?」

「ええ、二十分前に電話しました。まったく消息がつかめないそうです」

グラントはハムを数枚、二枚のパンのあいだにはさんだ。

「がっかりだな」彼は言った。「ティズダルの件がすっきりすれば、もっと頭が働くんだが。やれやれ。さて、今夜はあまり眠れそうにないぞ」

「どういうことです、警部? やつを見つけたんですか?」

「ああ、修道士会にいたよ。ゴトベッドであることは否定したがね。修道士たちは世間と交わることを禁じられているんだ。だから、新聞屋であんなにこそこそしていたのさ。見られていると察したとたん、カウンターのうしろにいるのが誰だかたしかめようともしないで、一目散に逃げたというわけだ。そこが気になるんだよ、ウィリアムズ。あいつは殺人罪で逮捕されるより、修道士会からほっぽりだされることのほうが心配とみえる」

「でも、修道士会を隠れ場所として確保しておきたいからこそ逃げたんじゃないですか？　殺人犯にとっちゃ願ってもない隠れ場所ですからね」

「うーむ、それもそうだが。だが、怯えたようすがなかった。あいつは怒っているんだよ。どうやらわれわれは何かの邪魔をしたらしい」

グラントは即製のサンドイッチを頰張りながら、ウィリアムズと連れ立って階下へ向かった。一階に近づくと、大女が降り口に立ちはだかった。火かき棒こそ持っていないが、効果のほどは変わらない。

「ふん、ごまかそうったって無駄だよ、あんたら」女は憎々しげに言った。「夜逃げするつもりなんだろ。こっちはあんたらの食事のためにさんざん高い材料を買わされたんだよ――チョップが一切れ十ペンス、牛タンが一ポンドにつき二シリング八ペンス、しかもイギリス産のトマトがいいなんて贅沢言ってさ。これだけ手間と金を使わせといて、朝になったらもぬけの空《から》ってわけかい？　警察に電話して逮捕してもらうからね。もし、あんたらが――」

「おやおや、あきれたもんだ！」グラントは怒って言い返し、それから吹き出した。階段の手すりから身を乗り出して笑い転げ、ウィリアムズはかんかんに怒っているおかみに必死で説明した。

「だったら、何だって最初から巡査だって言わないのさ？」

「われわれは巡査じゃない」ウィリアムズが嚙みつかんばかりの勢いでやり返したが、グラントがなおも笑いながら離れたところへ引っ張っていった。

「とんちんかんもいいとこだ」グラントは目を拭って言った。「まったく、とんちんかんだな。おかげでふさぎの虫が吹き飛んだよ。さあ、いいかね。この自称修道士たちだが、真夜中に自分の部屋に引き上げると午前六時までは部屋を出ない規則になっている。だがハーバートは勝手に建物を出入りしているようなんだ。どうやってやるのかは知らないがね。二階の窓は低い位置についているから飛び降りようと思えばできなくはないが、よじ登って戻るには高いし、やつが運動神経がいいとも思えない。だが、ともかく抜け出しているのは事実なんだ。誰にも知られずに――

というか、少なくとも院長には知られずに——さっき町にいたんだからな。そこでだ。今夜また抜け出すんじゃないかって気がするんだ。やつがどこへ行くのか探り出したいんだよ」

「なぜ、抜け出すと思われるんです、警部？」

「ただの勘だ。わたしがハーバートなら、いろいろと工作をしやすいようにどこかに基地を置く。ホテルに戻る前に周辺を歩いてみたんだ。修道院の土地が道路と接しているのは二カ所だけだった。正面玄関がそのひとつ。もう一カ所は玄関の真裏に当たる側で、庭が十五フィートはあろうかと思われる壁で道路と隔てられている。そこに小さながっしりした鉄の門がついていた。住居になっている部分からかなり離れているから、玄関のほうが可能性が高いとは思うがね。ともかく、きみには庭側の出口を見張ってもらいたい。そして誰かが出てきたら、尾行するんだ。わたしも正面玄関の側で同様にする。六時まで待って何事も起きなければ、帰って寝たまえ」

22

グラントは永遠とも思われるほど待った。夜気は湿って生温かく、植物や花のいい匂いがした。どこかにライムの木があるらしい。厚い霧が空を黒々と覆っていた。ときおり美しい鐘の音が遠くから運ばれてくる。グラントはいつのまにか夜の静けさに引き込まれていった。意識が朦朧としては、あわてて目を開けた。

やがて、二時半を告げる鐘が鳴った。間を置かずして異変があり、グラントの神経はたちまち張り詰めた。音はしないが、修道院の正面の路地で動く気配があった。暗くて姿かたちは見えないものの、風にそよぐカーテンのように闇が揺れている。何者かが路地にいる。

グラントは待った。闇の揺れが次第に小さくなってぼやけていき、しまいに止まった。路地にいた人物が遠ざかったのだ。グラントは靴紐を解いておいた靴を脱ぎ、紐を結び合わせて肩にかけた。静まり返った深夜に靴を履いたまま歩こうものなら、足音がひとつ残らず聞こえてしまう。グラントは足音を忍ばせて路地を進み、修道院の高い壁の前を通り過ぎた。壁が落とす影から出るといくらか視界がよくなった。前で闇が揺れているのがふたたび見える。グラントは五感を研ぎ澄ましてあとをつけた。何しろどのくらい離れているのか見当がつかないし、相手がいったん止まったのかどうかさえもほとんどわからない。路地を抜けると闇が揺れているだけだったのが人の形をとって見え、いくらか尾行しやすくなった。人影は楽々とすばやく夜の街路を進んでいく。グラントは人影と同じ速度を保ってあとをつけた。二階建ての家が並んだ路地を何本か抜けた。次は狭い庭つきの小さな家が並んでいる通り。それから、厩舎に併設された小さな放牧場がところどころに現われた。

やがて、靴下一枚を隔てた舗装道路が砂利道に変わり、グラントは悪態をついた。男は田園地帯を目指しているらしい。少なくとも郊外へ向かっていることはたしかだ。

グラントは暗くしんとした中でおぼろな人影のあとを二十分ちかく追った。あたりのようすはさっぱりだ。ともかくひたすら人影に目を据えているほかなかった。どこに段差が、下り坂が、あるいは障害物があるのか見当もつかない。転んで大きな音でも立てようものなら、今夜の苦労がすべて水の泡となる。しかし、グラントが見るかぎり、尾行されている人影の足運びにためらいはなかった。逃亡しようとしている歩きかたではない。いかにも通いなれた道を行くふうだった。

いまや広々と開けた地域に来ていた。家があるとしても元々は野原の境目を示していた生け垣の背後に建てられているのだろう。最近開発された郊外とみえる。グラントが追っている男は黒々とした生け垣に溶け込んで、見分けがつきにくくなった。それから突然、グラントは男を見失った。もう、何も動いていない。グラントはただちに足を止め、その場にたたずんだ。男は待ち伏せしているのだろうか？　それとも生け垣の切れ目を通り抜けて隠れたのだろうか？　尾行している最中に足の下で小石が音を立て、感づかれたかと肝を冷やしたことが幾度かあった。しかし、グラントが見たかぎりでは男の歩みが偵察のために途切れたことは一度もなかった。それなのに、相手は突然かき消えてしまった。

グラントが一歩ずつ慎重に進んでいくと、生け垣がふいに途切れた。門がある。グラントは懐中電灯を使えたらいいのに、と切に願った。初めての土地でろくに見えもしないで動き回るのにほとほと嫌気が差していた。グラントは山勘を張ろうと覚悟を決め、門の中へ入った。とたんに、柔らかい砂が足の裏に触れ、不審げに立ち止まった。ただの砂掘り場だろうか？　男が何か企んでいるのだろうか？　攻撃か？

そのとき、最近は邸宅へ通じる私道を細かい赤い砂で彩るのが流行《はや》っていることを思い出し、ほっとして息をついた。そこで片足で芝生の縁をなぞりながら、前方にあるはずの家を目指した。突然、家が目の前にそびえたった。八部屋はありそうな真っ白な家だ。闇夜とはいえ、その白さゆえにかすかに光っているようでさえある。ぼんやりと浮かび上がる白壁を背景にしてふたたび男が見えた。じっとたたずみ、振り返ってグラントのほうをうかがっているようだ。グラントは自分も家の翼を背景にしているのに気づき、あわてて膝を折った。だが、一瞬のちに男は家の横手を回り、姿を消した。

グラントは全速力で駆けつけ、壁に張りついて待った。しかし、物音も、息遣いも、動く気配もない。逃げられた。待っても無駄だ。グラントは家の横を回った。やおら柔らかい毛織り地が頭をすっぽり覆い、首のところで絞られる。隙間がなくなる寸前に、指をこじ入れた。締まる力に必死に対抗し、布をてこにしていきなり体を二つに折る。男は背中越しに頭から地面に突っ込んだ。グラントは頭に布をかぶされたまま引きずられて倒れたが、両手が自由になった。敵をめがけて手を伸ばすと、ありがたいことに首を締めつける力が弱まった。まだ布が邪魔して目が見えず、息が詰まりそうだが、絞め殺される危険は脱した。そこで攻勢にまわり、敵の喉元を探った。しかし、男はウナギのように身をくねらせ、膝を使って陰険に攻撃してくる。ハーバート・ゴトベッドは汚い喧嘩に慣れていた。グラントは闇雲にこぶしを振り回したが、種を蒔いた芝生に当たるばかりだ。三十秒でいいから、目が見えればいいのに。手だか足だか知らないが、無我夢中でつかんでいたのを放し、転がって体を離そうとした。だが、しっかりと押さえ込まれていたために叶わなかった。しかし、ポケットに手を入れて懐中電灯をつかむことだけはできた。すぐさま仰向けに転がされて、片手がポケットに入ったまま動きが取れなくなったが、顔に吹きかけてくる息をめがけて自由なほうの手で思い切り殴った。骨に当たった手応え、歯がガツンと噛み合わさる音。男がぐったりと体重を預けた。グラントは身をよじってその下から逃れ、懐中電灯を出そうとした。ポケットから出す前に、男がまた動き始めた。たいした打撃は被らなかったらしい。懐中電灯を向けられると、光が顔に届く前に男は跳ね起きた。間髪を入れず向かってくるのを横に飛んでかわし、グラントは懐中電灯を振りまわした。懐中電灯はわずかに的を逸れ、男ともども倒れた。相手を殴ることに気を取られて接近しすぎたグラントは、男の体重をまともに受け止めて地面に激突した。頭がぼうっとし、動こうと思っても体が言うことをきかない。どんなふうに殺されるんだろうと、他人事のように思った。

ところが意外にも、のしかかっていた重みがふいになくなり、側頭部を何かで横ざまに殴られたかと思うと人の気配が消えた。耳鳴りがしていても、男がもういないのは察せられた。

のろのろと起き上がって座り込むと、尻の下にはさっき殴られた石があった（感触からすると石庭にあったものらしい）。あとを追うつもりでグラントが懐中電灯を手探りしたとき、暗闇の中から女の声がささやいた。

「あんたなの、バート？　どうかした？」

グラントは明かりを点して立ち上がった。

光が女の瞳を捕らえた。鹿のように大きくてやさしげな茶色い瞳だ。だが、瞳以外はやさしさとは縁遠い顔である。

明かりに照らされると、女は息を呑んであとずさった。

「動くな」グラントが言った。服従せざるをえない厳しい口調に、彼女は静止した。

「そんな大きな声を出さないでよ」とあわてて言う。「だいたい、誰なの？　てっきり——友達が来たんだとばかり思ったのに」

「警部——警官だ」

グラントの経験ではこの科白に対する反応は二つにひとつ。怯えるか、警戒するか、だ。やましいところがなければ、たいてい前者。後者の場合は自ら罪を告白するようなものである。女はまさに後者に属した。

グラントは小さな屋根裏部屋がついた、平屋の家を懐中電灯で照らした。

「やめてよ！」女がかすれた声で言った。「起こしちゃうじゃない」

「誰をだね？」

「婆さんよ。あたしの雇い主」

「ここのメイドなのかね？」

「家政婦よ」

「家にいるのはあんたたちふたりだけ？」

「ええ」

グラントは彼女の背後にある開けっ放しの窓を照らした。

「あれはあんたの部屋かね？」

「そうよ」

「中へ入って話そう」

「あんたを中に入れる筋合いはないわ。命令される覚えはないわよ。こっちは何も悪いことをしてないんだから」

「さあ、頼むから！」グラントは、言葉とは裏腹に有無をいわせない口調で命じた。

「捜査令状がなくちゃ入れないくせに。そのくらい知ってるんだからね」

「殺人事件にかかわるときはいらないんだよ」

「殺人！」彼女は目を丸くした。「あたしが殺人事件にどんな関係があるっていうのよ？」

「中へ入って明かりをつけたらどうだね？」

彼女は慣れたしぐさで窓枠を軽々と乗り越え、部屋に入った。電気が点るとグラントは窓枠を乗り越えて入り、カーテンを閉じた。

羽根布団が掛かったベッドと笠つきの電気スタンドが載

ったテーブルを備えた、こぎれいな寝室だ。

「雇い主の名は？」グラントが尋ねた。

彼女は雇い主の名前を告げ、雇われてからまだ数カ月しか経っていないと白状した。

「ここに来る前はどこで働いていた？」

「オーストラリア」

「ハーバート・ゴトベッドとはどんな関係なんだね？」

「誰よ、それ？」

「とぼけるのはやめにしよう、ミス――ところで、何という名前を使っているんだい？」

「本名を使ってるわよ」彼女はグラントを睨みつけた。

「ローザ・フリーソン」

グラントは電気スタンドの明かりを彼女のほうに向けた。見覚えのない顔だ。「ハーバート・ゴトベッドは今晩あんたに会いにきたんだし、あんたも彼が来るのを知っていた。そのへんの事情を正直に話したら面倒なことにならずにすむんだがね」

「いいわよ、話しゃいいんでしょ。たしかにバートを待ってたわ。あの人は牛乳配達よ。だからって逮捕するつもり？　どこが悪いのよ。こんなとこに住んでちゃ、少しは楽しみがなくちゃやってけないわ」

「ふうん」グラントは備え付けの衣装戸棚へ向かった。

「そこから動くんじゃないぞ」

衣装戸棚には女性用の衣類しか入っていなかった。彼女の身分の割には上等すぎるが、新品はひとつもない。グラントは簞笥の中を見せるように命じ、彼女はふくれっつらで従った。中身にとりたてて変わったところはなかった。それから、そのほかの荷物の在処を尋ねた。

「屋根裏の物置よ」彼女は答えた。

「じゃあ、ベッドの下のスーツケースは何なんだね？」

彼女はグラントに殴りかからんばかりだ。

「中を見せてもらおう」

「そんな権利ないわ。令状を見せなさいよ。開けるもんですか！」

「後ろ暗いところがないなら、見せられるはずだ」

「鍵をなくしちゃったんだもの」

「怪しいと思わざるをえないな」

彼女は首にかけた紐から鍵を取り、スーツケースをまずひとつ引っ張り出した。それを眺めるうちにグラントは彼女が純粋の白人でないことに初めて気づいた。仕草や髪の質に異人種の血を感じさせるところがある。黒人だろうか？　インド人だろうか？　そこでハーバートが南洋で伝道していたことを思い出した。

「島を出てどのくらい経つ？」グラントはさりげなく話しかけた。

「そうね、だいたい――」彼女は言葉を切り、すぐに続けた。「何の話だかわからないわ」

最初のスーツケースは空だった。二番めのは男ものの衣類がぎっしり詰まっていた。

「男に仮装する趣味があるのかね？」グラントはきいた。足が腫れ上がり、頭がずきずきしていたが、気分は晴れてきた。「それとも古着屋でもやっているのかい？」

「全部、死んだ婚約者の形見よ。茶化さないでちょうだい」

「婚約者はコートを持っていなかったのかね？」

「持ってたわ。だけど死んだときにずたずたになっちまったのよ」

「ほう？　何が原因で死んだんだい？」グラントは衣類をあらためながら愛想よく尋ねた。

「交通事故」

「落第だな」

「なんですって？」

「もう少し独創的な答えをすりゃいいのに。それで、彼の名前は？」

「ジョン・スターボード」

「スターボードとね！　今度は及第だ」

「何の話をしてるんだか、わかってるんでしょうね。あたしにはさっぱりだけど」

「あの空のスーツケースには婚約者のコートがしまってあったのかい？」

「違うわよ」

グラントは衣類をあらためていた手を止めた。引き出した手にはパスポートの束を握っていた。パスポートは全部で四冊。イギリス政府発行のハーバート・ゴトベッド名義、アメリカ政府発行のアレキサンダー・バイロン・ブラック名義、スペインで発行された聾啞者であるホセ・フェルナンデス名義、そして四冊めはアメリカで発行されたウィリアム・ケアンズ・ブラック夫妻名義。だが添付された写真はすべて同一人物だ。ハーバート・ゴトベッドである。そして妻の写真はローザ・フリーソンだった。

「婚約者は収集癖があったようだな。金のかかる趣味だ」

グラントはパスポートをポケットに入れた。

「やめてよ。あんたのものじゃないでしょ。大声を出すからね。あんたが忍び込んで襲いかかったって言ってやる。ほら！」彼女はガウンの前をはだけ、ネグリジェを引き裂いた。

「好きなだけわめくがいい。雇い主はパスポートにさぞかし興味を示すだろうよ。それから言っておくが、雇い主に何か悪さをするつもりでいるんなら、考え直したほうがいいぞ。さて、靴を探すとしよう。庭のどこかに転がっているはずだ。果たして足が入るかどうかは疑問だが。わたしから音沙汰があるまでおとなしくしているんだぞ、ミセス・ケアンズ・ブラック。今のところ、あんたを告発するつもりはないんだから、よけいな真似をして後悔する羽目にならないようにするんだな」

23

グラントはどうにかこうにか靴に足を押し込んだものの(痛いときには必死に別のことを考えるという子供時代からの方法で)、二、三歩歩かないうちにふたたび脱ぎ捨て、足を引き摺りながらやってきた道をたどって戻った。帰り道を見つけるのは容易ではなかったが、グラントはずば抜けた方向感覚を持っており(目隠しをして目が回るまで体を回転させても、ちゃんと北の方角を言い当てると、警視庁ではもっぱら噂されていた)だいたいの方角はわかった。パトロール中の巡査に行き合うと、道路の反対側で戸口に身を隠し、通り過ぎるのを待った。道順を尋ねれば事情を説明しなければならなくなるのを嫌ったためである。靴を手に持ったままのところを郡警察の巡査に見られたいと思う犯罪捜査課の刑事などひとりもいない。

グラントはホテルに帰り着くと六時に戻るであろうウィリアムズに宛てて、ただちに〝レバノンの木〟という伝道集団について警視庁に問い合わせ、返答がきたら起こすようにとメモをしたためた。それからベッドに潜り込んで四冊のパスポートを枕の下に置くと、夢も見ずに眠りこけた。

十時ちょっと前にウィリアムズが声をかけた。

「ティズダルはどうした?」グラントは目を開けるやいなや、尋ねた。

消息はいまだ知れなかった。

〝レバノンの木修道士会〟については情報が入っていた。一八六二年、愛情を注いだ女性に裏切られた裕福な独身男が禁欲的な生活を送ろうと決意して創設したものであった。創設者自らが院長となり、さらに全財産を伝道団に寄付した。資金の使い道はときの院長が認めた慈善事業に限られるという、清貧に甘んじることを旨とした厳しい戒律があるために、今日では巨額の資金がため込まれているという噂だ。院長が後継者の候補を選ぶ仕組みだが、修道士全員の意見が一致すればいつでも院長を更迭できる決まりがある。

グラントはホテルのえらくまずいコーヒーを飲んで考え込んだ。「ハーバートの狙いがわかったぞ。院長さまになろうっていうんだ。あいつは今の院長をいいように操っているからな。院長を務めるほどの人がこうも愚かだとはね。しかし、まあ、愚か者なぞ珍しくもないよな、ウィリアムズ」

「珍しくありませんとも、警部」ウィリアムズが思い入れたっぷりに言った。

「一代でたたき上げた抜け目のない社長連中だって、ホテルのロビーにいた男にお世辞を言われてころっと引っかかってしまうんだ。しかも、ハーバートは口先がうまいことにかけては天下一品だ。アメリカでの布教活動を誇示して院長の興味を引いたんじゃないだろうか。ともかく、今や院長の一番のお気に入りだ。あと数週間うまくやれば、莫大な資金を意のままにできるんだ。規則を犯したところを見つかるまいと怯えたのも道理だな。きっと妹がいくら遺してくれたのか、こっそり知りたかったんだろう。金額によっては修道士生活をやめるつもりだったんじゃないか。あまり魅力を感じていたとも思えないからな。いくら、ときおりあの女を訪れていたとはいってもさ」

「やつはどのくらいあの修道士会にとどまるつもりだったんでしょうかね、警部？」

「慈善事業を隠れみのにして金をしこたま懐に入れるまでだろう。それはそうと、これで」彼はパスポートの束を示した。「じゅうぶん立件できるから、必要とあらばいつでもやつを連行できる。ただ、殺人がどう関わってくるのかわからないんだよな。がっくりくるじゃないか、ウィリアムズ。あいつがやったんじゃないと言うつもりはない。犯行が起きた日が外出日に当たっていたのは間違いないと思う。だが、なぜ殺す？　クレイがイギリスへ来ると聞いて、やつもあとを追った。女のところに置いてあった衣類から察するに、着いたときは文無し同然だったんじゃないかな。だからこそ、〝レバノンの木〟に入会したんだ。しかし、そこでうまい汁が吸えると踏んだのは、かなり早い時期だったろう。だったら、なぜ妹を殺す？」

「会いにいって喧嘩になったってのはどうです？　あのやけに早い時刻だって、われわれは首をひねってますが、やつにとっちゃ当たり前なんじゃないですか？　午前六時なんて昼飯どきみたいなものかもしれませんよ」

「たしかにそうだな。アロイシャス修道士が二週間前の木曜日に修道院を出たかどうかを、院長に問い合わせてみよう。昨日だったらつっぱねられただろうが、このパスポートを見せれば何でもしゃべるさ」

だが院長は誰にも面会しないと断わられた。格子窓から苦々しげな顔をのぞかせた玄関番はグラントが何を尋ねても、院長の言葉を馬鹿の一つ覚えのように繰り返すだけだった。ハーバートが舌先三寸で院長を操っているとみえる。格子窓が閉じられ、グラントはなす術もなく路地に取り残された。捜査令状を請求するほかに途はない。グラントは痛む足を引きずってのろのろと歩み去った。道すがら、舗道に設けられた地下室の扉にハーバートが入念に油を差したあとがあるのを眺め、車に乗り込んだ。ともかく捜査令状を手に入れるのが先決だった。


ホテルに戻ってパジャマやカミソリ、歯ブラシをひとつにまとめ（これ以上ここに泊まるつもりはなかった）、まだ眠っているウィリアムズに宛てて伝言を書いていると警視庁から電話が入った。

ドーバーに行けるかという問い合わせである。現地で調査をしている警官がグラントの来訪を要請していた。新事実が判明したという。

グラントはウィリアムズへの伝言を書き直し、荷物を車に放り込むとドーバーへ向けて出発した。サービスが悪く、食い物もまずいホテルのがみがみやのおかみに過分なチップをやってしまった自分をいぶかりながら。

新事実が判明。当然、チャンプニズに関してだ。それも、尋常ではない事実だろう。当夜の居所がわかったという程度なら、電話で報告すればすむ。しかし――新事実が判明した、となると……

グラントがドーバー署に着くと、調査を担当したライメル刑事――寂しげな、人のよさそうな顔立ちの青年で、まったく刑事らしく見えないという点が最大の長所だった―

ーが玄関で待っていた。グラントは彼を車に乗せた。ライメルは、さんざんあちこちを嗅ぎまわったあげく、ようやくサールという老人に行き当たったと報告した。サールは引退した甲板員で、水曜の夜というか木曜の午前零時半頃、孫娘の婚約披露パーティから家に帰る途中だった。今日日《きょうび》は港のそばに住むやつは少ないからな。だから道連れはいなかったとサールは話した。何考えてんだか、猫も杓子も丘の上に住むようになっちまった。くしゃみしたら吹っ飛んじまうような安ピカもののでっかい家をこさえてさ。おれは海のところまで来ると足を止めて、一分か二分、波止場を眺めてたんだ。今でも夜に停泊灯を見るのが好きでね。霧が出始めていたけど、まだそれほど濃くなくて、いろんなもんの形ははっきり見えたね。ペトロネルが入港するのは知ってたから——パーティに行く前に双眼鏡で船影を見たんだ——探してみると、突堤じゃなくて沖に碇を下ろして停泊していたよ。でもって眺めていると、舷側から小さなモーターボートを下ろしてさ、それが岸に向かってくるじゃないか。なんか、人目をはばかるって感じで、モーターの音が響かないようにゆっくりやってくるんだ。ボートが突堤の階段に着くと埠頭の陰から男が出てきた。すると背の高い人が——エドワード卿だってわかったよ。しょっちゅう見かけるし、一度なんかあのかたの兄さまが以前持ってなすったヨットでお世話したことがあるんだから——ボートから降りてきて、こう言ったんだ。「ハーマーかい？」そしたら、背の低いほうが「ええ、そうです」って答えて、声をひそめて「税関は大丈夫でしたか？」ってきいた。エドワード卿は「まったく問題なかったよ」と答えられた。それからふたりしてボートに乗り込み、エンジンをかけずに岸を櫂《かい》で突いて離れていった。そのすぐあとで霧が深くなって波止場を覆い隠しちまったんだ。十五分かそこらして、おれは家に向かった。だけど道を歩いていると、モーターボートがまたペトロネルを離れる音が聞こえた。岸に向かったんだか、波止場を出ていったんだかはわからねえけどさ。そんときは、こんなことがだいじだとはこれっぽちも思わなかったね。

「うーん、まいったな！」グラントは言った。「耳を疑ってしまうよ。このふたりに共通するものなんてただのひとつもないんだ」（女は別だが、とグラントはつい思った）「おたがい、別世界の人間なのになあ。ところがずいぶんと親密じゃないか」グラントはしばらく黙り込んだ。「よし、ライメル。よくやった。昼飯を食いながら、考えてみるよ」

「はい、警部。ところで老婆心ながら忠告させていただけますか？」

「どうしてもというんならね。部下として感心した癖じゃないが」

「ブラックコーヒーはだめですよ、警部。きっと朝飯はコーヒーを四杯飲んだきりなんでしょうから」

グラントは吹き出した。「何で心配する？」そう言ってエンジンをかけた。「上の者がくたばれば、それだけ出世が早くなるじゃないか」

「葬式の花輪代が惜しいんですよ、警部」

しかし、車を運転し始めたグラントの顔から笑みは消えていた。クリスティーン・クレイの夫と、彼女の愛人と噂された人物が真夜中に共謀して何事かを行なっていた。それだけでも奇妙このうえない。だが、こともあろうに第七代ビュード公爵の五番めの令息が、たとえ型破りとの評判があろうが、ポピュラー音楽の世界に身を置くジェイソン・ハーマーと内密に交流があったとなると、まったく理解を超える。何がふたりを結びつけているのだろう？　殺人ではない。ふたりが組んで殺したなどという案はあまりにもとっぴで信じがたい。どちらかひとりが彼女を殺したがったという線はありうるが、ふたりがそのために前もって落ち合ったとは到底思えない。モーターボートがふたたびペトロネルから出ていったとサールが証言している。もし、どちらかひとりがボートに乗っていたとしたら？　海岸沿いに北にあるウェストオーバーのギャップまではわずかな距離だ。しかも、ハーマーはクレイが死んだ二時間後にコテッジに現われた。モーターボートに乗ったまま彼女を溺れさせるのは理想的な手段といえよう。すばやく簡単に逃げられるという点もグラントが最初に考えた仮説に当てはまる。考えれば考えるほど、モーターボートが格好の手段と思えてきた。初期捜査の段階で一応近辺のボートについては調べてあった。とはいえ、モーターボートは航行できる範囲が広い。でも――〝でも〟ちょっとひっかかる。あまりにも奇想天外だ。ジェイソンが〝ボートを貸してくれれば、奥さんを溺死させてさしあげます〟とか、チャンプニズが〝手を下してくれるというなら、ボートを提供するが〟と言うところなどとても想像できない。あのふたりは何かほかの理由があって密会したに違いない。そのあげく彼女が死んだのなら、計画的ではなく、偶発的な出来事だったのだろう。

では、密会の目的は？　ハーマーは税関がどうのこうのと話しかけた。それも、のっけから。よほど気がかりだったと見える。麻薬の常習者だろうか？

これにには矛盾する点がふたつある。まず、ハーマーが麻薬常習者には見えない点。それに、チャンプニズが麻薬を供給するはずがないという点。危険を犯すのが生きがいのような男だが、この種の危険は彼が好むところではない。だとすると、税関の目を避けたかったものとは何だろう？　煙草？　宝石？　翌朝チャンプニズはクリスティーンへの土産のトパーズをジョージ・マイヤーに見せていた。とはいえ、どうしても納得できないことがあった。エドワード・チャンプニズが刺激を求めておもしろ半分で、密輸などというはしたない真似をした可能性がなくもない。しかし、ジェイソン・ハーマーのために実行したとは、どうしても思えない。グラントは堂々巡りを繰り返した。ふたりに共通しているのは何だろう？　何かある。密会した事実からそれは明らかだ。しかし、何だろう？　誰の目から見ても、ふたりは単なる知人でしかない。いや、知人でさえもない。ハーマーがイギリスに来る前にチャンプニズは出国していたはずだし、クリスティーンがハーマーと知り合ったのはイギリスで映画の撮影が始まってからだった。

グラントは昼飯を前にしても頭を忙しく働かせるばかりで、まったく食欲が湧かなかった。スイートブレッドもグリーンピースも厨房のゴミ箱に投げ込んだほうがまだましだったろう。コーヒーを飲む段になっても、解決の目処《めど》はまったく立たなかった。身を粉にして働くだけのまっとうで、ごくふつうの知性しかない警部である我が身を呪い、探偵小説に登場する、決して過ちを犯さない、人並外れた勘を持った凄腕探偵ならどれほどよかろうにとつくづく思うのだった。今のところ、まず取るべき手段はふたりのうちどちらかに話をきくことだろう。だとしたら、ハーマーだ。なぜ？　口を開かせるのが簡単だから。いや、素直に認めよう。問題になる可能性が少ないからだ。何かしたり、考えたりするたびに心の中でいちいち動機を探るようじゃ、面倒でやってられないや！

グラントはライメルの言葉を思い出し、二杯めのコーヒーを頼むのをやめて微笑んだ。いい青年だ。将来、きっといい刑事になるだろう。

次いで〈デボンシア・ハウス〉に電話をし、今夕、お茶と夕食のあいだにアラン・グラント（職業を言いふらす必要はない）と会うように都合をつけてもらえないかと、ハーマーに尋ねるように頼んだ。

〝ミスター・ハーマーはロンドンにいらっしゃいません〟と相手は答えた。ホワイトクリフに滞在している大陸のスター、レニ・プリムホーファーに会いにいらっしゃいました。彼女のために歌を作曲しているんですよ。いいえ、今夜はお戻りになりません。住所はホワイトクリフのトールハッチです。電話はホワイトクリフの三〇二五でございます。

グラントはホワイトクリフ三〇二五に電話して、ミスター・ハーマーが出向くことができる時刻を尋ねた。ハーマーはフロイライン・プリムホーファーとドライブに出かけ、夕飯まで戻らないとのことだった。

行楽客の喧騒や風で飛び散った新聞紙が届かない崖の上に金持ちの豪邸が並んでいるホワイトクリフは、ウェストオーバーの目と鼻の先だ。グラントはまだ〈マリンホテル〉に部屋をとってあったので、ウェストオーバーに戻ってウィリアムズと落ち合った。今は、警視庁から捜査令状が届くのと、ハーマーが訪れるのを待つほかなかった。

カクテルの時間になって、やっとハーマーが現われた。

「夕食のお誘いかな、警部？　どうでもいいからともかくそういうことにして、こっちの奢りといきましょう。むずかしいこと言わないでさ。あと一時間あの女に付き合っていたら、気が狂うところだった。まったく腹が立つの何のって。スターなんて腐るほど知ってるが、あの女のいけ図々しいこと！　お手上げだね。英語が心もとないんだから、そのへんを考えてちっとはおとなしくするだろうと誰でも思うじゃないか。ところが、とんでもない！　しゃべるの何のって。ドイツ語混じりで、ときには格好をつけるつもりかあちこちにフランス語をちりばめてさ。ウェイター！　ご注文は、警部？　飲まない？　まあ、そんな固いこと言わずに。いらない？　そりゃ、残念だ。ウェイター、ジンの水割りを一杯頼むよ。そんな細いウェストなら、ご時世に従ってダイエットする必要もなかろうに、警部。まさか、禁酒法を支持してるんじゃあるまいね」

グラントはそんなものにはまったく興味がないと請け合った。

「ところで、ニュースは何だね？　ニュースがあるんだろ？」ハーマーは真顔になって、グラントをじっと見つめた。

「何か重大な事実が判明したとでも？」

「あなたが水曜日の夜にドーバーで何をしていたのか知りたいだけですよ」

「ドーバーで？」

「二週間前の水曜日に」

「誰かにかつがれでもしたのかね？」

「いいですか、ミスター・ハーマー。あなたが正直に話してくれないから、えらくこんがらかってしまっているんだ。おかげでクリスティーン・クレイを殺した犯人の目星がつかないでいる。まったくわけがわからないありさまだ。あなたが水曜日に何をしたかが明らかになれば、この件をやたら面倒にしているあれやこれやの半分が無関係なこととして考慮しないですむようになるんです。あれやこれやがごたまぜになってるうちは、事件の輪郭が見えてこないんですよ。あなただって犯人を捕まえる手助けをしたいはずだ。だったら、その気持ちを証明したらどうです？」

「きみが気に入ったよ、警部。警官をこうも気に入ることになろうとは思いもしなかった。だが、前に話したとおりだよ。クリスがいるコテッジを探しているあいだに道に迷って、車の中で寝た」

「では、あなたが真夜中過ぎにドーバーにいたと証言する人を連れてきたらどうします？」

「それでも車の中で寝たことに変わりはない」

グラントはがっかりして黙り込んだ。こうなってはチャンプニズに尋ねるしかなかった。

ハーマーは小さな目に憂慮らしき色を浮かべてグラントを見た。

「最近あまり眠っていないようだね、警部。倒れる寸前じゃないか。やっぱり一杯やったらどうだい。酒は万物の良薬だ」

「あなたが車の中で寝たと強情を張らなければ、こっちもベッドでぐっすり眠れるんだ」グラントは腹立たしげにやり返すと、ふだんの彼らしからぬ、いささか優雅さにかける物腰で席を立った。

グラントはハーマーの先を越してチャンプニズに連絡を取ろうと考えた。彼らの周辺を嗅ぎまわっていることをハーマーにしゃべられてはまずい。電話でチャンプニズをウェストオーバーへ呼び寄せるのが最善と思えた。ただちに警察の車を迎えにやると申し出よう。そして必要とあらば、チャンプニズがロンドンを発つまでハーマーと話をして釘付けにしておこう。

ところがチャンプニズはすでにロンドンを発ったあとだった。エディンバラの社交的な集まりで〝ガレリアの未来〟という講演をするという。

そこで問題は解決した。警察がチャンプニズと接触する前に、ハーマーが電報か電話で連絡を取ろうとするはずだ。双方の通信手段を傍受するように命じ、グラントはカクテルラウンジへ戻った。ジェイソンはまだ酒を飲んでいた。

「嫌われているのは承知しているよ、警部。だが正直なところ、きみが気に入ったんだ。そして、これも正直なところ、あの女にはこれ以上我慢できない。どうだね、腕利き刑事対ろくでなしの容疑者って関係を忘れて、飯でも食おうじゃないか？」

グラントは意志とは裏腹に、つい口元をほころばせた。否やはなかった。

ジェイソンも口元をほころばせた。こちらは少々賢しげに。「だが食べ終えた頃には供述を翻すだろうと思っているなら大間違いだぞ」

グラントは思いがけずも食事を楽しんだ。ジェイソンを引っかけて真実を吐かせようとするのはなかなかおもしろい駆け引きだった。料理はうまかった。そして、ジェイソンは愉快な相手だった。

やがて電話が入り、エドワード卿が翌朝の始発列車で発ち、お茶の時刻にはロンドンに到着するとグラントは知らされた。さらに、ゴトベッドに対する捜査令状が朝一番の郵便で配達されることも。

そこでグラントは〈マリンホテル〉の部屋で眠りについた。少なくとも明日の捜査の目処《めど》がついたので、いまだ頭を悩ませてはいたものの、自棄《やけ》をおこしてはいなかった。これ以上レニの顔を見たくないと宣言したジェイソンも、やはり〈マリンホテル〉に宿泊した。

24

〈マリンホテル〉の厨房は最上階に設置されている。臭いは上に行くという、建築家の最新発見の賜物である。また、これも最近の建築家の信条にしたがって、すべて電化されるはずであった。しかし、超一流の料理人と自負するアンリの信条とは相容れなかった。プロヴァンス出身のアンリにとって電気で調理するなどとは怖気をふるうべき、とんでもないことであった。雷で料理をせよと神が思し召しになるなら、そもそも火を発明なさらなかったはずだ、というのが彼の主張である。かくしてアンリは伝統的なコンロとグリルを獲得した。そこで午前三時の今、埋み火がだだっ広い真っ白な厨房を柔らかく照らしていた。さまざまに輝く色——銅、銀、エナメル（アルミニウムはない。アルミの鍋と聞いただけでアンリは卒倒してしまう）——が厨房を満たしていた。入口の扉は半開きで、埋み火がときおりかすかにパチパチとはぜた。

扉が動いた。ほんの少し、押し開けられる。男が戸口にたたずみ、耳を澄ませている。それからひそやかに忍び入り、調理台に向かった。引き出しからナイフを出すと、薄暗闇で刃がキラリと光った。だが男は物音ひとつ立てない。調理台を離れ、壁の前に移動した。壁には鍵を吊るした小さな板が打ちつけてあった。男は迷わず目当ての鍵を取った。部屋を出ようとしてためらい、あたかも魅せられたように火の前に戻った。影の投じられた顔の中で、目は光を反射して興奮に輝いていた。

炉の脇に朝に火を熾すための薪が置いてあった。よく乾かすために新聞紙の上に広げてある。男は新聞紙に目を留めた。薪を片隅に寄せ、新聞を少し持ち上げて火にかざす。しんとした厨房から人の気配がなくなるほどに、身じろぎもせずに読む。

突然、様相が一変した。男は飛び上がり、スイッチに駆け寄って明かりをつけた。炉の脇に急ぎ戻って新聞を薪の下から引き抜いた。震える手で新聞をテーブルの上に広げ、生き物であるかのように撫でさすった。それから笑い出した。ぴかぴかに磨かれた木のテーブルをこぶしで叩き、くっくっと小さな声を立てて。ついに抑え切れなくなり、高らかに笑い出した。ふたたびスイッチに駆け寄り、厨房の照明を次々に点す――ひとつ、二つ、三つ、四つ、五つ、六つ、七つ、八つ。やおら何か思いついたらしい。厨房から走り出て、タイル敷きの廊下を足音を忍ばせて走った。薄暗い階段をひとつ、またひとつとコウモリのように駆け下りる。ふたたび、すすり泣き混じりの笑い声を立てている。がらんとした真っ暗なロビーを横切り、緑色のランプが灯った受け付けに突進した。受け付けは無人だった。夜勤のボーイは巡回の最中だ。男は宿帳を繰り、震える指で名前をたどった。ふたたび階段を上がりはじめた。今度は声を押し殺し、すすり泣きを漏らしながら。三階のルームサービスの部屋からマスターキーを取り、七三号室まで走った。マスターキーで扉を開けて明かりをつけ、ベッドの中の人物に飛びかかった。

グラントはそれまで見ていた密輸の夢を必死で振り払い、身を守ろうともがいた。男がグラントにのしかかり、泣きながら彼を揺すって繰り返し喚く。「やっぱり無実だったろ！　やっぱり無実だったろ！」

「ティズダル！」グラントは言った。「ああ、よかった！　どこに隠れていた？」

「貯水タンクとタンクの隙間ですよ」

「ホテルの？　今までずっと？」

「木曜の夜から。どのくらい経ったんだろう？　夜遅くに通用口から入ったんだ。あの土砂降りだったからね。素っ裸で歩いてたって、誰も気づかなかったろうな。以前工事人が来たときに小さな空間があるのを見たんだ。工事人しか出入りしないところさ。夜になると食品置き場へ行って食べ物を失敬した。そのせいで面倒な目にあってるやつがいるんじゃないかな。それとも減っているのに気がついてないかもしれない。どうだろう？」

一心にグラントを見つめるティズダルの目は異様に輝いていた。身震いもしている。明らかにかなりな高熱を出していた。

グラントはティズダルの肩にそっと手を当てて、ベッドに座らせ、引き出しからパジャマを出して渡した。

「さあ、これを着てすぐに寝たまえ。ホテルに忍び込んだときはびしょ濡れだったんだろう？」

「ああ。ぐっしょり濡れて歩けないほど重たかった。でも屋根裏部屋にいるうちに乾いたんだ。あそこはあったかいからね。昼間なんか、あったか過ぎるくらいだ。な、な、なかなか趣味のいい、パ、パジャマだな」ティズダルは歯をガチガチと鳴らして震えた。今になって肉体が高熱に反応を示した。

グラントは彼がパジャマを着るのに手を貸し、毛布でくるみ込んだ。受け付けに電話をして温かいスープを注文し、医者を寄越すように頼んだ。それからティズダルが異様に輝く目で不思議そうに見つめる前で、警視庁に電話をしてよい知らせを伝えた。電話を終えるとベッドの横に立って話しかけた。「ほんとうに申し訳なかった。埋め合わせにできるだけのことをするよ」

「だったら、毛布！」ティズダルが言った。「シーツ！ 枕！ 羽根布団！ ああ、いい気分だ！」ガチガチと鳴る歯と一週間ぶんの無精ひげが許す範囲で彼はにっこりした。「〝さあ、わたしは床につく〟（作者不詳、一七八一年にニューイングランド小祈禱書に記載された）を唱えてくださいよ」そしてあっという間にぐっすりと眠り込んだ。

25

翌朝、グラントはティズダルの叔母ミュリエルを呼び寄せた。医者が〝うっ血を起こしており、患者の体力が衰えているために肺炎になり兼ねない〟と診断を下したためである。もっともティズダル自身は叔母の顔なんぞ見たくもないと言い張ったので、警視庁が叔母の居所を探す羽目になった。グラントはアロイシャス修道士を逮捕するためにウィリアムズをカンタベリーへ向かわせ、自身は昼飯をすませてからロンドンへ戻ってチャンプニズに面会することにした。まずはティズダルを無事保護したという朗報を伝えようと、バーゴイン署長宅へ電話をするとエリカが応えた。

「わあ、うれしい！ あなたのためにほんとによかったわ」

「わたしのため？」

「ええ、だってつらい思いをしたに決まってるもの」

そのときになって初めて、グラントはいかにつらかったかに思い当たった。得体の知れない恐怖を常に押し殺し続けていたのだから。エリカはほんとうに心の優しい娘だと、彼は感心した。

その心優しき娘からスティーンズの鶏が産んだばかりの卵が一ダース、午前中に病人に届いた。花束や果物でなしに、産み立ての卵を送ってくるところがいかにもエリカらしいと、グラントは思った。

「彼女、罪に問われたりしてやしないでしょうね？　あのときぼくに食べ物をくれたことで」ティズダルが尋ねた。

彼は先週の出来事がはるか昔のことのような話しかたをした。屋根裏部屋で過ごした日々が実に長く思えるのだろう。

「とんでもない。エリカはきみの命とわたしの名誉を救ってくれたんだ。彼女がきみのコートを見つけたのさ。いや、今話すわけにはいかない。話すのも話しかけられるのもいけないって医者が言ったんだ」

しかし、グラントは結局話すことになった。そして、さも感心したように〝ふうん〟〝ほう〟と繰り返すティズダルを残して部屋を出た。

チャンプニズとの面会がグラントの心に重くのしかかっていた。ざっくばらんに問い詰めたものだろうか？「いいですか。あなたとジェイソン・ハーマーはあの夜について故意に嘘をついたわけですが、おふたりがドーバーにいたことはわかっているんですよ。何をなさってたんですか？」相手はどう出るだろう？「おや、おや。ハーマーが嘘をついたことにまで責任は持てないね。だが、彼はわたしの客としてペトロネルに乗っていたんだ。あの夜はモーターボートに乗ってふたりで釣りに行ったんだよ」これならりっぱなアリバイとなる。

それに、密輸の線も捨て切れない。チャンプニズ、ハーマー両人が興味を持つ密輸品とは何か？たとえ貨物船一艘分荷物があったとしても、取り引きにまるまる一晩はからないはずだ。それなのに両人ともその夜に関してのアリバイがまったくない。真夜中から朝食の時刻まで何をしていたのだろう？

ドーバーでライメルから情報を仕入れてこのかた、グラントはチャンプニズがイギリスに到着した日についてでまかせを言う前に何を話していたかを懸命に思いだそうとしていた。それさえわかれば、すべてが明らかになる予感があった。

グラントは〈マリン〉を出る前に地階にある床屋で散髪をしようと思い立った。それが一生忘れえぬ散髪となった。床屋のドアに手をかけた瞬間、とつとつと話すチャンプニズの言葉がグラントの心に蘇った。

そうだ、あの話をしていたんだ！

そうか。なるほど。心の中でさまざまな情景がつながり、意味を成した。グラントは踵を返して電話へ向かい、公安部に問い合わせた。質問を半ダースばかりし、にんまりしながら床屋へ戻った。これでエドワード・チャンプニズと渡り合える。

床屋は午前のもっとも混んでいる時間帯で、椅子は全部ふさがっていた。

「すぐですよ、お客さん」商売熱心な支配人が言った。「ほんのちょっとお待ちください」

グラントは壁際に腰を下ろし、棚に積まれた雑誌を取ろうと手を伸ばした。雑誌の山が崩れ落ちた。どれもこれもよれよれになった、かなり古い雑誌ばかりだった。クリスティーン・クレイが表紙を飾っている一冊を手にとり、グラントは所在なげにページを繰った。アメリカで発行された《シルバー・シート》という映画雑誌だ。映画雑誌のご多分に漏れない記事ばかりがずらりと並んでいる。あるスターについての〝飛び切りの真実〟。五十回目か、百回目か知らないが、ともかくこれまで四十九回、あるいは九十九回書かれたことはまったく違う、飛び切りの真実だと主張している。おつむの空っぽそうな金髪美人が、シェークスピアにいかなる新しい意味を見出したかを語っていた。別の金髪美人はいかにして体型を保つかを。それから、フライパンの裏も表もわからなそうな女優が台所でパンケーキを焼いている写真。他のマッチョタイプの男優がいかに傲岸であるかを語る、マッチョタイプの男優。グラントはいらいらとページをめくった。ほかの雑誌に取り替えようとしたところで、ある記事にふと注意を引かれた。彼は次第に興味の色を濃くして記事を読み終えた。最後の行を読み終えると握り締めた雑誌のページを睨みつけたまま、立ち上がった。

「お待たせしました、お客さん」床屋が声をかけた。「こちらへどうぞ」

しかし、その声はグラントの耳に入らなかった。

「用意ができましたよ、お客さん。お待たせして申し訳ありません」

グラントは心ここにあらずといった態で顔を上げた。

「これ、もらっていいね？」雑誌を示して言った。「六カ月も前のだからいいだろう？　ありがとう」そして床屋を走り出た。

床屋も客も目を丸くして彼を見送り、何がそんなに気に入ったものやらと首を傾げて笑った。

「理想の女性でも見つけたんだろうよ」ひとりが言った。

「そんなもんは絶滅したと思ってたがね。理想の女性なんてものはさ」別のひとりが言い返した。

「ウオノメの治療法が載ってたんじゃないかい」

「いいや、親友に相談しにいったのさ」

声を揃えて笑い、それきりになった。

グラントは電話ボックスにこもり、外ではエナメル革の靴を履いた紳士が苛々して順番を待っていた。順番は永久に巡ってこないのではないかと、紳士は思い始めていた。グラントの相手は映画俳優のオーウェン・ヒューズだった。だからこそエナメル靴を履いた紳士はいくつも電話ボックスが並んでいる一階へ行かずに、いくらかでも話が聞こえやしまいかと待っているのだった。誰かが誰かに宛てた手紙で何かを書いたとか書かないとか話している最中だ。

「書いたんだね！」グラントが言った。「よかった！　ぜったいに」それを知りたかったんだ。他言は無用ですよ。

次はテームズ署だったが、外の紳士ががっかりしたことに、電話ボックスの扉はしっかりと閉じられてしまった。

「リバーウォーク二七六番地がボートを所有しているか、わかるかね？」

電話の向こうでやりとりする声が聞こえた。

やがて、〃はい、所有しております〃と返事があった。

ええ、とてもスピードが出る船ですよ。海へですか？　ええ、出られますとも、必要とあらばね。エセックス州の干潟で野鳥狩りをするのに使っているようです。下流で航行できるかですって？　もちろん。

〃一時間半後にはロンドンに着けそうだから、船を用意しておいてもらえませんか。おおいに恩に着ますよ〃とグラントは頼んだ。

相手は快く承諾した。

グラントはバーカー警視に電話をし――エナメル靴の紳士はついに諦めて立ち去っていた――ウィリアムズが九十分以内に戻ったらウェストミンスター埠頭で落ち合うように伝えてほしい、ウィリアムズが間に合わなければサンガーを寄越してくださいと話した。

昼飯どきで道路が空いているのをさいわいにグラントは車を飛ばし、速度制限のない地域では安全かつ猛スピードで運転する技術を披露した。埠頭では少々息を切らせたウィリアムズが待っていた。たった今警視庁から到着し、がっかりしたサンガーを帰したところだった。ウィリアムズは何事であれ圏外に置かれるつもりは毛頭ない男だ。しかも、何やら大事が起こりそうだと警視から聞いたのだから、なおさらである。

「院長さまはたまげていたかい？」グラントが尋ねた。

「アロイシャス修道士ほどじゃありませんでしたよ。やっこさん、よもや尻尾をつかまれるとはまったく思っていなかったようでした。どうやら、つかまえたくてうずうずしている警察がほかにいくつもありそうですよ」

「それも不思議はないね」

「どこへ行くんですか、警部？」

「チェルシーリーチだ。愛すべき画家と民族舞踏家の集まりだよ」

ウィリアムズは温かい視線を上司に投げ、ティズダルが現われて以来グラントの顔色が目立ってよくなっているのを喜ばしく思った。

リバーウォーク二七六番地の浅瀬には灰色がかった大き

なモーターボートが係留されており、警察の船はそこに静かに滑り込んだ。警察船は慎重にモーターボートに近づき、互いの舷縁が一フィートたらずになったところで止まった。

グラントがモーターボートに乗り移った。「来てくれ、ウィリアムズ。証人が必要なんだ」

船室には鍵がかかっていた。グラントは目を上げて向かいの家を眺めたが、首を横に振った。「一か八かやってみるしかないな。だが、間違いないはずだ」

水上警察が眺めている前でグラントは鍵をこじ開け、船室に入った。船乗りに似つかわしいこぎれいな船室で、整理整頓が行き届いている。グラントは戸棚を次々に探り始めた。右舷の寝台の下で目当ての物を見つけた。オイルスキンのコートだ。色は黒。カンヌで買ったものだ。右の袖口のボタンがとれていた。

「ウィリアムズ、これを持ちたまえ。さあ、家に行こう」

ミス・キーツは在宅しているとメイドは答え、ふたりを一階のダイニングルームに置き去りにした。装飾を用いない、最新流行のアパートメントだ。

「なんだか、ローストビーフをごちそうになるより盲腸を取ってもらうほうが似合いの部屋ですな」ウィリアムズが感想を述べた。

しかし、グラントは答えなかった。

リディアが笑みを浮かべ、ブレスレットやビーズのネックレスを賑やかな音を立てて揺さぶりながら入ってきた。

「申し訳ないけど、上にはお招きできないのよ、獅子座の紳士さん。依頼人が来ているの。これが単なる友好的な訪問だとわかってもらえないかもしれないでしょ」

「では、マータのところで会ったとき、わたしの職業がわかっていたんですね？」

「もちろんよ。わたしの能力を少しも買っていないのね、ミスター・グラント。お友達を紹介してくださらないの？」

「ウィリアムズ巡査部長です」

グラントが思うに、リディアはわずかに狼狽したようだが、ともかく巡査部長に愛想よく挨拶した。それから、ウィリアムズが脇の下に抱えているコートに気づいた。

「わたしのコートをどうしようっていうの？」彼女は鋭く尋ねた。

「では、これはあなたのコートなんですね？　ボートの棚にあったものですね？」

「わたしのに決まってるじゃない！　船室に押し入ったのね。何てことするのよ！　あそこはいつも鍵をかけてあるんだから」

「鍵は修理させますよ。それはさておき、ミス・キーツ、十五日の木曜日の早朝、クリスティーン・クレイをウェストオーバーのギャップで殺害した容疑であなたを逮捕する。あなたの発言が不利な証拠として用いられる可能性があることを警告します」

　常日頃は乙に澄ましている彼女の顔が激しい怒りで歪んだ。ジュディ・セラーズに占星術を馬鹿にされたときと同じ表情だ。「逮捕できるわけないわ」彼女は言った。「星にそう出ていないもの。わたしが一番よく知ってるんだから。星はわたしには隠し事をしないのよ。栄光に輝く運命だって告げたのよ。そっちこそ間違いばかりしてつまずくことになってるんだからね。わたしの星座は成功を象徴してるのよ。やりたいことは何でもできるって。そうなるって天に書かれているわ。これも運命ね。〝高貴な身分に生まれるものもあり〟（高貴な身分をみずから獲得するものもあり、高貴な身分を投げ与えられるものもある、と続く。シェークスピア、『十二夜』小田島雄志訳）って言うけど、あとの科白は嘘よ。高貴な身分に生まれつくか、ぜんぜん高貴じゃないかどっちかね。わたしは成功するように生まれついているのよ。指導者となるように。全人類に崇められ――」

「ただちに同行する支度をしてください、ミス・キーツ。必要な衣類はのちほど送らせればいいでしょう」

「衣類？　何でそんなものがいるの？」

「刑務所で着るためですよ」

「わけがわからないわ。わたしを刑務所に入れられっこないわ。星にそんなお告げは出ていないんだから。やりたいことは何でも可能だって告げたのよ」

「誰だってその気になればやりたいことをできますよ。ただ、必ず罰を受けるだけの話です。メイドを呼んで事情を説明してやりなさい。帽子が入り用なら持ってきてもらうんですね」

「帽子なんかいらないわ。誰が同行するもんですか。午後にはマータのところのパーティに行かなくちゃならないんだから。あの人、クリスティーンがやるはずだった役をもらったのよ。例の新しい映画で。わたしのおかげだわね。わたしたちのやるべきことって、大昔にとっくに決められているのよ。オルゴールの歯みたいに、ひとつひとつが決められた場所にはまっていくの。わかるでしょ。あら、わからない？　音楽の知識は？　マータの次はオーウェン・ヒューズのところ。そのあとなら、お会いできてよ。夕方にもう一度来てくれたら、話ができるんだけど。オーウェンをご存じ？　すごく素敵な人。それも生まれついての運命ね。オーウェンのせいだわ、あれを思いついたのも。あら、こんなこと言うつもりなかったのに。偉業は偉大な精神によって成し遂げられる。まあ、いずれにしろ、そうなったとは思うけど。でも、些細なきっかけで抑圧が取れてしまうこともあるのよね。スイッチを入れると明かりがつくみたいに。このあいだスコットランドで講演したとき、この比喩を使ったの。すごくうまくいったわ。なかなかのものだと思わない？　シェリーをいかが？　うっかりしててごめんなさい。きっと上で話を聞きたくてうずうずしてる人たちが気になるせいね」

「何について聞きたがってるんです？」

「わたしについて。あら、違った。あの人たち自身について。そのために来たんですもの。何だか、こんがらかっちゃった。どんな運命が待ち受けているのかを知りたいのよ。教えてあげられるのは、わたし以外にいないもの。このリディア・キーツだけが――」

「電話を貸してもらえませんか、ミス・キーツ」

「どうぞ。玄関の戸棚のところにあるわ。今流行の色つきなの。戸棚じゃなくて、電話がよ。何の話をしてるんだっけ？」

　グラントはウィリアムズに声をかけた。「レイノルズをすぐに寄越すように言ってくれ」

「まあ、あの有名な画家の？（サー・ジョシュア・レイノルズ、肖像画家、一七二三〜九二、を指すものと思われる）ぜひ、お目にかかりたいわ。偉大なる人物として生まれついた人ですもの。どうやって絵の具を塗るとか、どういうふうに色を混ぜるかって問題じゃないのよね。才能がなくちゃ。それを決めるのは星なのよ。あなたの星占いをさせてちょうだい。獅子座でしょ。獅子座の人って、すごく魅力があるわ。王者にふさわしいの。わたしが八月生まれでないのが、ときに悔しくてね。でも、牡羊座は指導者なのよ。それに、口が達者でもあるわね」彼女はくすくすと笑った。「おしゃべりだって、みんなに言われるもの。子供のころなんか、口から先に生まれたって――」

26

三十分後に警察医のレイノルズが駆けつけ、金切り声を上げ、うわごとのようにしゃべり続ける、すっかり正気を失ったリディア・キーツにモルヒネを注射し、いくらかおとなしくなった彼女を署に連行した。

グラントとウィリアムズは戸口に立ち、遠ざかる救急車を言葉もなく見送った。

「さて」しばらくしてグラントが我に返って言った。「気を取り直してチャンプニズに会いにいくとするか」

「我が国の法律を作ったやつらは射殺されてしかるべきですな」ウィリアムズがやおら憎々しげに言った。

グラントはびっくりした顔をした。「死刑のことを言っているのかね？」

「とんでもない！　酒類販売禁止時間のことですよ」

「ああ、なるほどね。わたしの部屋の戸棚にフラスクが入っている。飲んでいいぞ」

「ありがとうございます、警部。さあ、もう泣きなさんな」これは背後で泣きじゃくっているメイドに対してだ。

「世間にないことじゃないんだから」

「とても優しいかたでしたのに」メイドは言った。「あんなふうになってしまわれたところを見るのが辛くて」

「コートをしっかり管理しろよ、ウィリアムズ」グラントはウィリアムズと肩を並べて小道を歩き、用意された車へ向かった。家をあとにするのが言いようもなくうれしかった。

「教えてくださいよ、警部。よりにもよってあの女が犯人だとどうしてわかったんですか？」

グラントは雑誌から破り取ったページを見せた。

「〈マリン〉の床屋にあった雑誌でこれを見つけたんだ。読んでみたまえ」

それは、休暇でニューヨークを訪れた、感傷的な記事専門の中西部の婦人記者が書いたものだった。ニューヨークには役にあぶれた、あるいは復帰を狙う映画俳優がいたるところにあふれていた。そして、ミス・リディア・キーツもニューヨークに滞在していたのである。この婦人記者にとってもっとも印象深かったのは、グレース・マーヴェルと握手をしたことではなく、ミス・リディア・キーツの占いが当たったことであった。リディアは驚くべき予言を三つしていた。三カ月以内にリン・ドレイクが大きな事故に遭うというのがひとつ。リン・ドレイクがいまだ病床についているのは周知の事実である。一カ月以内にミラード・ロビンソンが火事でひと財産失うというのがひとつ。百万ドルをかけて製作した新作映画のフィルムが火事で灰になってしまったのも、やはり周知の事実だ。そして、三番目の予言とは、ある有名女優が溺死するというもの。もちろん、記者はその名前を告げられたが、当然のことながら公表していなかった。〝この詳細ではあるが、疑わしいと言わざるを得ない、三番目の予言が的中すればミス・キーツはこの世に類まれな力を授かっていると証明されます。人々がミス・キーツのもとに押し寄せるでしょう。でも、

金髪の映画女優たちよ、ミス・キーツと海水浴に行くなかれ！　彼女が誘惑に屈してしまうかもしれないから〃

「これは、これは」ウィリアムズは言って黙り込み、警視庁でグラントの車から降りるまで口をつぐんでいた。

「エドワード卿に会ってからすぐに戻ると警視に伝えてくれ」そう命じて、グラントはリージェントパークへ向かった。

大理石の暖炉と羊の毛皮の敷物を備えた部屋でグラントはチャンプニズが到着するのを三十分待った。

「やあ、元気かね、警部？　きみが待っているとビンズから聞いたんだ。長いこと待たせて悪かった。お茶でもどうかね？　さもなければ、叔父が言うところの〃強壮剤〃でも？　〃酒〃よりもはるかにいい言葉だ。何か知らせがあるのかな？」

「ええ。旅から戻られたばかりのところを申し訳ないんですが」

「昨日、大叔母の家で行なった講演よりひどいことなんて考えられないよ。大叔母のためを思えばこそ出かけていったんだが、向こうは向こうで断わってくれればいいのにって言う始末だ。そのほうが状況にふさわしいって理屈だよ。さあ、悪い知らせを話してくれ」

エドワードはグラントの説明に耳を傾けるうちに沈うつな面持ちとなり、自己保身のための軽口は影を潜めた。

「彼女は狂ってしまったのかね？」グラントが話し終えると尋ねた。

「ええ、レイノルズはそう診《み》たてています。一時的なヒステリーということもあるかもしれませんが、正気の人ではなくなった可能性が高いようです。自分が偉大であるという妄想ですね」

「あわれな女だ。それにしても妻の居所がどうしてわかったんだろう？」

「オーウェン・ヒューズがハリウッドから出した手紙に書いたんですよ。奥さんがコテッジを借りているということが秘密であるのをうっかり忘れてしまってね。早朝に泳ぎにいかれることまで書いてしまったんです」

「ずいぶん単純なことだったんだ。そうか……では、彼女はモーターボートの操縦に慣れていたんだね？」

「どうやら、船の上で育ったといってもいいくらいのようです。テームズ川をしょっちゅう行き来してましてね。誰も彼女の行動をたしかめようとしなかった。チャンスが訪れるまでに一度ならず、夜に現場まで行ったことがあるんじゃないでしょうか。奇妙な話ですが、川を使えば道路を行くのと同じようにどこへでも行かれるとは誰も思いつかなかったんですよ。もちろんモーターボートのことは頭に浮かびましたが、まさかロンドンからとは思わなかった。もっとも、そう考えついたとしてもあまり役に立たなかったでしょうが。彼女が着ていたコートが男物であったためにすっかり惑わされてしまいましたからね。ヨットに乗る際に男物のオイルスキンのコートを着る女性はたくさんいます。でも、わたしはそれに思いが至らなかったでしょうな」

短い沈黙が落ちた。

ふたりはそれぞれの心にボートが進むさまを思い描いた。霧深い川を下り、皓々と明かりの灯った河口に出、明かりが連なる岸辺に沿ってボートは行く。低地に散在する造船所の眩しい照明や、崖の狭間に建てられた豪邸にまたたく光に照らされて、小さな町を次から次に通り過ぎる。やがて、夏の霧が重たく水面に垂れ込め、あたりは闇と化す。まったくの闇、物音ひとつしない静寂。そのなかで獲物を待ちながら、彼女は何を考えていたのだろうか？　ひとりきりで、そして考え直す時間はじゅうぶんあった。しかも、おまえは偉大だと告げる星も見えない。それとも、すでに理性を失い、自分の行動が正しいと信じ込んでいたのだろうか？

やがて――次に起きた光景がふたりの心にまざまざと浮かんだ。驚いた顔。にこやかな挨拶。灰色の船体の横でクリスの緑色の帽子――ついに見つからなかった緑色の帽子――が上下する。話しかけるふりをして、リディアが身を乗り出す。そして――

グラントはクリスティーンの爪が折れていたのを思い出した。犯行はそれほどたやすくなかったのだ。

「これで事件は解決しました。実は、まったく別の件に関することでお邪魔したんですよ。殺人事件とはまったく異なる件で」

「ほう？　さあ、お茶がきた。下がっていいよ、ビンズ。警部、砂糖は？」

「リムニクをどこへお連れになったのか知りたいんです」

チャンプニズは砂糖壺を持ったまま、手を止めた。驚愕し、かつ愉快そうで、また——感心しているようにも見えた。

「ハーマーの友人のところに身を寄せている。タンブリッジウェルズの近くだ」

「正確な住所をお教え願えませんか」

チャンプニズは住所を告げ、グラントに紅茶を手渡した。

「なぜリムニクをつかまえたいんだね？」

「我が国に不法滞在しているからです。あなたの手引きで」

「もう、不法ではない。今朝、入国許可が発行されたんだ。さんざん泣き落としたあげくにね。正義の味方である大英帝国としては、迫害され、国を追われた良心的人物を保護し、安住の地を与えるべきであるとか何とかって、お決まりの演説をぶったんだが、効き目はあったよ。議員連中はいまだに自尊心をくすぐられやすいからね。演説を終えた頃には誰も彼も鳩みたいに胸をそっくり返らせていた」

彼は警部の不満気な顔を見やった。「こんな些細なことを気に病んでいたとは意外だね」

「些細ですと！」グラントは語気を鋭くした。「おかげでさんざん苦労したんですよ。あの夜の行動についてあなたはハーマーと口裏を合わせて——」

グラントは微妙な立場にあることを思い出し、自制した。

しかし、チャンプニズは理解を示した。「まことに申し訳ない、警部。わたしを逮捕するのかね？　いわゆる事後犯として逮捕されることもあるんだろう？」

「そうはならないと思いますよ。でも調査はします。楽しみですよ」グラントは癇癪を鎮めた。

「いいとも。逮捕は先延ばしにしてくれたまえ。それにしても、なぜわかったんだね？　うまくやったつもりだったんだが」

「ひょっとしたら永久にわからなかったでしょうね。ドーバーでの調査を担当した若い刑事――ライメルと言いますが――の手柄です」

「そのライメルとやらに会いたいね」

「あの夜、あなたとハーマーが税関を気にしていたことをライメルが探り出したんです」

「なるほど。リムニクはわたしの船室のクローゼットに潜んでいたんだ。あの三十分というもの、はらはらどきどきしたよ。とはいえ、税関員も港長も所詮人の子だからね」

つまりはチャンプニズが乗った船を徹底的に調べるような無礼な真似をする勇気を彼らが持ちあわせていなかったという意味だろう。「その情報をつかんでからやっと、あなたがおっしゃったこと――ドーバーに到着した時刻をごまかす直前におっしゃったことを思い出せば、すべてが明らかになるように思えてきたんです。でもって、やっと思い出したんですよ。ガレリアの唯一の希望はリムニクだ、彼の党の準備が整えばふたたび姿を現わすだろう、とおっしゃった。一番大きな問題点は、あなたとハーマーの共通点を見つけることでした。あまりに単純で、おおっぴらだったから見落としてしまったんです。奥さんにハーマーを紹介されると、またたくまに意気投合し、互いに一目置いたんですね。ハーマーの見事な演技に目をくらまされたことは認めねばなりませんな。あの恵まれない階層の出をすねたふうはなかなかのものだった。もっとよく考えるべきでしたよ。あなたの――」

「わたしの何だね？」

「伝統にとらわれない生き方を」ふたりとも笑みを浮かべた。「いったん手がかりをつかんでしまえばあとは簡単でした。公安部はリムニクが姿を消したことも、パスポートの申請が却下されたことも、また英国政府が彼の滞在を拒絶したこともすべて知っていました。彼がイギリスにいるはずだということまでもね。もっとも確証はつかんでいませんでしたが。では、モーターボートが二度目にヨットを離れたときは岸に向かったんですね？」

「あの夜にかい？　そうだ。ハーマーがわたしたちを彼の友人の家まで車で連れていってくれた。あれは肝が据わった男だ。内心冷や冷やものだったんだろうが、最後までやり通した。ところでティズダルが見つかったそうじゃないか」エドワードはグラントが席を立つと言った。「きみはさぞかし胸をなで下ろしたことだろう。彼は病気なのかね？」

「いいえ。ただの風邪です。もちろん消耗しきっていますけどね。でもすぐによくなるでしょう」

「ヨークで遅版の新聞を買ったんだが、ティズダルがずいぶん酷い目にあわされたふうに書いてあったよ。新聞がどういうものかわかっているから、ひと言も真実とは思わないがね」

「真実であるもんですか。ジャミー・ホプキンズのいつものやり口ってだけですよ」

「ジャミー・ホプキンズとは何者だね？」

「何者――」警部は続ける言葉を失った。そして羨ましそうにチャンプニズを見た。「これでわかりましたよ」彼は言った。「なぜ人が荒廃した地へわざわざ出かけていくのか」

27

それからひと月後、ハーバート・ゴトベッドはイギリスからアメリカへ移送された。老ミセス・キンズリーが教会を建てるようにと彼に渡した二千ドルの使途を説明するようにテネシー州ナッシュヴィルの警察に求められたためである。

彼が航海している頃エリカは――もっとも、どちらも互いのことを知らなかったが――スティーンズで祝賀会を催していた。グラントを招待するのにぬけぬけと〝このあいだの続き〟と言ってのけたものである。先日の顔ぶれにロビン・ティズダルが加わっていたが、グラントはエリカが相変わらずいい加減に化粧をし、子供っぽいドレスを着ているのを見て、無性にうれしくなった。ティズダルのようにハンサムで、しかも不当に扱われた青年と交流を持ったことで、エリカの自意識が目覚め、少女らしい心を失ってしまうのではないかと懸念していたのである。だが、何をもってしてもエリカの自意識は目覚めそうになかった。彼女はシャツの襟がきつすぎると宣告したときと変わらぬ、真面目で淡々とした態度でティズダルに接していた。グラントは、ジョージ卿がおもしろそうに両人をかわるがわる眺めているのに気づいた。グラントとジョージ卿の視線が合い、ふたりは申し合わせたようにグラスをわずかに掲げて祝福しあった。

「あら、乾杯してるの？」エリカが尋ねた。「わたしにもさせて。ロビンのカリフォルニアでの成功を祈って、乾杯！」

全員が心を込めてグラスを口に運んだ。

「牧場が気に入らなかったら」エリカが言った。「わたしが二十一歳になるまで待ってて。そうしたら買い取るから」

「ああいう生活が好きなのかい？」ティズダルが熱っぽく尋ねた。

「そりゃそうよ」彼女はグラントのほうを向いて口を開きかけた。

「二十一になるまで待たずに、早く見に来ればいい」ロビンが懸命に気を引いた。

「ええ、いいわね」エリカは丁寧だが、おざなりに応じた。「ねえ、ミスター・グラント」（なぜだか、彼女は決して〝警部〟と呼びかけない）「わたしがミスター・ミルズから切符を手に入れたら、クリスマスにいっしょにサーカスに行ってくださる？」

エリカはまるでませた科白でも口にしたかのように、頰を赤らめた。本来早熟であるくせに自分ではそうと気づかない、いかにもエリカらしい態度だ。

「もちろん、お供しますよ」グラントは言った。「今から楽しみだ」

「よかった。約束よ」エリカはグラスを掲げた。「クリスマスにオリンピアへ！」

「クリスマスにオリンピアへ！」グラントも声を合わせた。

解説

作家
宮部みゆき

幸せなことに英米のミステリ小説の邦訳が盛んな我が国では、わたしのように英語はからっきしダメでも、彼《か》の地で日常使われている言葉の言い回しや、大人が子供に与える教訓や、古い諺などを知る機会が豊富にあります。文学作品や演劇からの名台詞の引用も多いので、(やはりわたしのように) まったく原典を知らない者であっても、ミステリのなかに引かれていた部分だけを聞きかじって、わかったような気分になることができます。

それでも、それらの言葉が長く耳に残り、彼の国と我が国との民族や宗教の文化的な背景をも乗り越えて、心に深く染み入り、いつのまにか、もともと自分の言葉であったかのように馴染んでしまう――ということは、そうそう多くあるケースではありません。そして、その数少ないケースの代表的な例として真っ先に思いつくのが、「真理は時の娘」という諺ではないかと思います。長い時間の経過という審判を経て、最後に残るものこそが真実である――もしくは、ある時期には不遇に覆い隠されてしまっても、真実というものはけっして滅びず、生き延びて、いつかは明らかにされるものだ――どちらの意味にもとることができるこの諺は、国境を越え言葉の壁を越えて光る格言でありましょう。

などという、少々えらそうなことをわたしが綴れるのも、もちろん、本書の著者であるジョセフィン・テイ女史が、この諺をエピグラフに掲げ、そこから引いたタイトルを冠した素晴らしい小説を書いてくれたからこそであります。ミステリ・ファンには今さら説明不要のこの古典的傑作『時の娘』は、安楽椅子探偵ものとしても、歴史ミステリとしても、たいへん上質で、英米だけでなく、我が国のミステリ小説の書き手に大きな影響を与えました。ただその反面、『時の娘』があまりにも有名になり過ぎ、あまりにも多くの読者に愛されたが故に、かえって作者であるテイ女史の名前が霞んでしまい、女史のほかの作品が我が国で広く読まれるようになるためには、少しばかり妨げになったということも否めません。実は、邦訳されているものにはもうひとつ『フランチャイズ事件』という作品があり、実はわたしはこちらの方がむしろ好きなくらいなのですが、『時の娘』の鮮やかな趣向に比べれば、どうしても地味な作りのミステリであることには間違いありませんので、あまり広く知られていないのが残念でたまりません。

それでも、さすがはポケミス! 長いこと単行本の形では読者の前に姿を見せていなかったテイ女史の(ジョセフィン・テイ名義では)最初の作品が、このたびお目見えすることになりました。それこそが本書『ロウソクのために一シリングを』であります。『時の娘』で、病院のベッドに横たわったままリチャード三世の冤罪をそそぐという大仕事をやってのけたロンドン警視庁のグラント警部も、彼の部下で愛すべき大男のウィリアムズも、華やかな女優のマータも、おなじみのキャラクターが皆登場します。

冒頭、爽やかな朝の海岸に、水着を着た女性の溺死体が打ち上げられ、駆けつけた警官たちが事故か自殺かと首をひねっているところに、死者の知り合いと思われる青年が登場。しかし彼は、自分は彼女をよく知らない、名字さえ知らない、仕事も知らない、自分はただ彼女の好意で、彼女の別荘に寄宿させてもらっていただけなのだと、怪しげなことを言うのです。しかも、彼女の車を盗もうとして、途中で後悔して引き返してきたところだと。なんともあやふやな供述に、とりあえず警官たちが死者の別荘へと赴いてみると、そこで初めて、彼女が有名な映画女優、クリスティーン・クレイだということが判明する――

扇情的な言葉もショッキングな描写もありませんが、手際よく運ばれるこの〝起こし〟の部分を読むだけで、「ああ、上質なミステリってのはこうでなくちゃ！」と、手を叩きたくなってしまいます。また、本書に限らず女史の作品ではいつものことなのですが、何気ない描写や台詞のなかに、女史の鋭い観察眼が光り、頭で考えているだけではなく、人生をきちんと生きている人ならではの小説だなぁと、しみじみ実感できることも嬉しい。

一例をあげるならば、グラント警部が、クリスティーン・クレイの知人で著名な作曲家を訪ねた時のやりとりに、こんなくだりがあります。作曲家は、彼女を気難しいという人もいたけれど、自分は違うと言って、こう続けるのです。

「なぜだかおわかりかな？　ふたりとも自分をつまらない人間と思い、他人にそれを知られやしまいかとびくびくしている似たものどうしだったからだよ」

こういう台詞は、なかなか書けるものではありません。このひと言だけで、クリスティーン・クレイがその身を置いていた華やかな世界を、どう享受しつつ、一方でどう倦んで、どう疲れていたのかが、ほんのりとわかります。また、怪しげな立場と登場の仕方で、警官たちばかりではなく読者の疑惑をも一身に集めてしまうティズダル青年と彼女との関わり合いの不可解さも、事件の謎以上の謎と言えますが、この青年の造形も、簡単そうに見えてそうは易しくありません。彼を主人公に、一篇の青春小説を書けるほど、奇妙な部分と普遍的な部分を併せ持つ、面白いキャラクターです。

もちろんミステリとしての形も美しく、事件の鍵を握るコートの取り回し方ひとつを見ても、それはよくわかります。オーソドックスでわかりやすく、謎もけっして大げさではないけれど、容易にはほぐれない。テイ女史はたいへん知的でジェントルなレディでありますが、作家としてはしたたかな業師なのです。

それにしても——ラストで明かされる犯人の意外なことといったら！　といっても、繰り返しますが女史はテクニシャンですから、かなり早い時期に、この犯人についてきちんと伏線を張っているのですね。本当に身勝手で恐ろしい動機であり、犯人像でありますが、本書が発表された当時（一九三六年）よりも、現在の方が、いろいろな意味でこの犯人の持つエモーションが理解されやすくなっているんじゃないかな——と、わたしは思いました。読者の皆さんの感想をお伺いしてみたいものです。

ところで、本書を原作に、アルフレッド・ヒッチコック監督が一本の映画を撮っています。タイトルは『第3逃亡者』。『バルカン超特急』のひとつ前の作品ですから、初期の仕事ですね。ただし、映画と原作はまるっきり違います。かつて『第3逃亡者』を名画座で見た記憶を思い起こしながら本書を読んだわたしは、「ヒッチおじさんはこの本のどこが気に入って、どこが気に入らなかったのかしら」と、楽しく想像しました。ヒッチコック監督の一連の作品がＤＶＤなどで入手しやすくなっている昨今、読み比べ見比べてみるのもまた一興かもしれません。

＊本書は《ミステリマガジン》二〇〇〇年六月号～十月号に分載されたものです。

HAYAKAWA POCKET MYSTERY BOOKS No. 1704

直《なお》良《ら》和《かず》美《み》

お茶の水女子大学理学部卒
英米文学翻訳家

この本の型は，縦18.4センチ，横10.6センチのポケット・ブック判です．

検印
廃止

〔ロウソクのために一《いち》シリングを〕

2001年7月15日初版発行　2005年7月15日再版発行

著者　ジョセフィン・テイ
訳者　直良和美
発行者　早川浩
印刷所　中央精版印刷株式会社
表紙印刷　大平舎美術印刷
製本所　株式会社明光社

発行所 株式会社 早川書房
東京都千代田区神田多町2ノ2
電話 03-3252-3111(大代表)
振替 00160-3-47799
http://www.hayakawa-online.co.jp

〔乱丁・落丁本は小社制作部宛お送り下さい
送料小社負担にてお取りかえいたします〕

ISBN4-15-001704-2 C0297
Printed and bound in Japan

ハヤカワ・ミステリ〈話題作〉

1763
五色の雲
R・V・ヒューリック
和爾桃子訳
ディー判事の赴くところ事件あり。中国各地を知事として歴任しつつ解決する、八つの難事件。古今無双の名探偵の活躍を描く傑作集

1764
歌姫
エド・マクベイン
山本　博訳
〈87分署シリーズ〉新人歌手が、自らのデビュー・イヴェントの最中に誘拐された。大胆不敵な犯人と精鋭たちの、手に汗握る頭脳戦

1765
最後の一壜
スタンリイ・エリン
仁賀克雄・他訳
〈スタンリイ・エリン短篇集〉人間性の根源に潜む悪意を非情に描き出す、傑作の数々を収録。短篇の名手が贈る、粒よりの十五篇！

1766
殺人展示室
P・D・ジェイムズ
青木久惠訳
〈ダルグリッシュ警視シリーズ〉私設博物館の相続をめぐる争いの最中に起きた殺人は実在の犯罪に酷似していた。注目の本格最新作

1767
編集者を殺せ
レックス・スタウト
矢沢聖子訳
女性編集者は、原稿採用を断わった夜に事故死した。その真相を探るウルフの眼前で、さらなる殺人が！　シリーズ中でも屈指の名作